与幸运无缘的小贞
攒着她的运气,
兑到了她人生的头奖。
"何玉何玉,我也爱你。"

番大王 著

中国致公出版社

图书在版编目（CIP）数据

为了让何玉后悔/番大王著. — 北京：中国致公出版社，2022

ISBN 978-7-5145-2001-9

Ⅰ.①为… Ⅱ.①番… Ⅲ.①长篇小说-中国-当代 Ⅳ.①I247.5

中国版本图书馆 CIP 数据核字（2022）第 114896 号

为了让何玉后悔/番大王　著

WEILE RANG HEYU HOUHUI

出　　版	中国致公出版社 （北京市朝阳区八里庄西里 100 号住邦 2000 大厦 1 号楼西区 21 层）
发　　行	中国致公出版社（010-66121708）
特约监制	鹿玖之
责任编辑	杨　鸿
责任校对	魏志军
策划编辑	鹿玖之
封面设计	白砚川
责任印制	王雨薇
印　　刷	艺通印刷（天津）有限公司
版　　次	2022 年 11 月第 1 版
印　　次	2022 年 11 月第 1 次印刷
开　　本	880mm×1230mm　1/32
印　　张	10
字　　数	258 千字
书　　号	ISBN 978-7-5145-2001-9
定　　价	45.00 元

（版权所有，盗版必究，举报电话：010-82259658）

（如发现印装质量问题，请寄本公司调换，电话：010-82259658）

目录

姜家的小姐

第一章　▶▶　001

地瓜干友谊

第二章　▶▶　033

未来小画家

第三章　▶▶　061

高中进行时

第四章　▶▶　090

你好姜小贞

第五章　▶▶　117

她被欺负了

第六章　▶▶　144

姥爷剪头发

第七章　▶▶　174

Contents

目录

她等的季节
第八章 ▶▶ 200

何玉我爱你
第九章 ▶▶ 230

故事的交互
第十章 ▶▶ 263

被炒粉拯救
番外一 ▶▶ 301

与你再相逢
番外二 ▶▶ 304

第一次约会
番外三 ▶▶ 310

改名的原因
番外四 ▶▶ 312

妞妞与阿鑫
番外五 ▶▶ 314

Contents

第一章
姜家的小姐

妞妞很烦恼,超级无敌烦恼。

大人好笑地说:"六岁的小朋友怎么会烦恼呢?"

六岁的小朋友当然会烦恼!

妞妞的姥爷一年前中风了。"中风"这个词,妞妞是从妈妈嘴里听来的,她曾经以为这类叫什么风的都是麻将牌的名称。

姥姥最喜欢打麻将,她每次打出一张牌都会眉飞色舞地大声喊出来。

东风!

北风!

一筒!

类似这样。

不过中风显然和打麻将没有关系,因为姥姥不喜欢姥爷中风。

姥爷中风后,有半边身子不能动了,所以姥姥每天都要很辛苦地照顾姥爷。

每晚的饭点过后,姥姥以前的牌友会路过他们家门口,去巷子口的大树下打麻将。那时候,妞妞就会发现姥姥的眼中流露出羡慕之情。

羡慕的感觉妞妞是知道的，就好像她有蛀牙妈妈不让她吃糖，她只能眼巴巴地看着妈妈把自己的糖全部吃掉那样。

　　话说回来，妞妞的烦恼不是因为姥爷中风了。

　　姥爷中风有什么值得她烦恼的呢？姥爷天天吃好喝好，想赖床就赖床，不用像她一样要早起去上学。而且他还有姥姥陪着，他从前就很嫉妒姥姥跟别人打麻将，时常抱怨她在他身边待着的时间太少了。

　　但妞妞的烦恼啊，和姥爷中风有密不可分的联系。

　　因为姥爷需要姥姥，姥姥全权负责他的饮食起居，还要帮着他努力复健……她就不能抽出时间陪妞妞出门玩了。

　　妞妞只能找邻居家的阿鑫玩。

　　阿鑫小她一岁，在幼儿园上中班，妞妞以前是不屑于跟他一起玩的。

　　阿鑫很喜欢哭。妞妞给他梳辫子，他哭；妞妞给他涂指甲油，他哭。用大人的话说，妞妞觉得阿鑫很不成熟。

　　他都五岁了，怎么还这么爱哭呢？

　　姥爷的中风一直没有好，妞妞感到好无聊，只好一直跟阿鑫玩。

　　就这样玩着玩着，最近妞妞突然发现，阿鑫哭起来的样子变得不讨厌了。

　　她习惯了他突然响起的像小鸭子一样"嘎嘎嘎"的尖锐哭声，所以现在他哭的时候，她可以泰然自若地盯着他的哭脸看。

　　妞妞看着看着，发现阿鑫的睫毛好长，浸了泪水以后看上去根根分明，亮晶晶的。

　　他哭得太用力，脸蛋也变得红扑扑的，像鲜美的小苹果，咬一口肯定甜丝丝的。

　　妞妞这样想着，就咬了……不对，是亲了他一口。

第一章 姜家的小姐

然后妞妞的烦恼就来了。

阿鑫的哭声猝然止住,他不可思议地瞪大眼睛,呆愣三秒后,他脸蛋上的红色扩散到了耳根。

妞妞舔了舔嘴,发现没有甜味。

"我要跟妞妞结婚了!"阿鑫捂着脸,晴天霹雳似的说。

这就很严重了。妈妈嫁给了爸爸,姥姥嫁给了姥爷,妞妞的意思是……她只能跟一个人结婚。

她本来是在豪豪和小壮之中考虑结婚对象的,他们俩都是她在幼儿园认识的。

豪豪足球踢得很好,拥有阳光般的笑容,小孩儿们都说他是他们幼儿园最帅的男孩儿。而小壮会把自己的下午茶分她一半,会帮她绑鞋带,如果嫁给他,她每天都能瞒着妈妈,多吃到半块饼干。

如今多了个阿鑫。

老实说,他脸上的红苹果还挺可爱的。

妞妞好为难,长大以后到底要跟谁结婚,因为三个人她全都喜欢!

愁啊,愁眉不展啊。

去幼儿园,妞妞没法儿心安理得地拿走小壮的饼干;到操场,妞妞没法儿回应豪豪阳光般的笑容;放学回家,她更不敢去阿鑫家玩了。

阿鑫那句"我要跟妞妞结婚了"不断回荡在她的脑海中。

如果接受一个人的好意,却跟另一个人结婚,那她不就成了坏女人吗?

电视剧里有坏女人。坏女人身边的男人会遇到好女人,然后坏女人就会被抛弃,被抛弃以后生活很不如意,不如意的生活让她开始做坏事,做了坏事她就会被警察抓起来。

妞妞如果被抓起来，妈妈不会给她买汉堡包吃，姥姥做的红烧肉她也吃不到了。

妞妞不想做坏女人！

半夜，姥姥给姥爷倒完尿盆从厕所出来，看见自己六岁的外孙女坐在没开灯的饭厅里叹气。

"妞妞？"姥姥一头雾水地盯着披散着头发的妞妞，"晚饭没吃饱？"

妞妞在心中沉痛地摇头：不，她早已有了更深层次的烦恼。

姥姥试探地问："我给你煮点儿面条？鸡肉蘑菇汤底的？"

"要加蛋！"她铿锵有力地答。

妞妞"吸溜吸溜"地吃着鲜美的鸡汤面，决定跟她最爱的姥姥谈论她的烦恼。

"姥姥，你为什么嫁给姥爷？"

三个男孩儿各有各的优点，但如果是结婚这么严肃的事情，哪个优点才是最重要的呢？

妞妞以为姥姥会给她一个词，像是她问妈妈同样问题的时候，妈妈回答她的"老实"——妈妈就喜欢爸爸憨厚可爱的性格。

不承想，姥姥不假思索地给妞妞留了一句莫名其妙的话。

"为了让何玉后悔。"她说。

妞妞完全没听懂："什么意思啊？"

"哈哈，什么意思……"不知道想到什么，姥姥捂着嘴，自个儿笑了起来，"说起来，是个很长的故事哦。"

"我要听。"

"那你上床睡觉，我到你房间跟你讲。"

第一章 姜家的小姐

一老一小悄悄地先后进了妞妞的房间。

打开床头灯,姥姥用温暖的手掖了掖妞妞的被角。

昏黄的暖光下,姥姥的表情好像忽然变得跟平时很不一样,看上去特别柔软,软得像是寒冷的冬天里那白色的、大大的羊毛毯子。

妞妞在这样的柔软中,听到姥姥用轻轻的声音说:"我和何玉认识的时候,比你还小,那年我五岁。"

妞妞惊讶地问:"姥姥也有五岁的时候吗?"

"有的,"姥姥笑道,"小傻瓜,每个人都有小时候呀。"

五岁的姜明珍很烦恼,超级无敌烦恼。

身边的小孩子们都不明白,有什么事值得姜明珍烦恼。他们的意思是,姜明珍是姜家唯一的千金,那可是姜家,在市中心有一家大酒店的姜家。

姜明珍从出生起,便在满满的爱中长大。家里人把她捧在手心怕摔了,含在嘴里怕化了,唯恐她哪里过得不舒坦。

有什么东西是姜明珍要不到的呢?

"我要范阿姨回来!"

姜明珍叉着腰,嘴噘得快到天花板。面前的排骨汤都放凉了,她说不吃就不吃。

"小珍乖,妈妈手好酸,你吃一口好不好?"徐美茵举着汤匙,柔声哄,"爸爸妈妈已经请了新的保姆,今天下午她就会来我们家陪你玩。"

"我不要新的保姆!"

姜明珍的手在空中挥了两下,汤匙里的汁水全部洒到了妈妈的袖子上,她却还没有发够脾气:"新保姆做的饭不好吃,妈妈做的也不好吃,我只要范阿姨!"

徐美茵蹙起秀气的眉,微不可闻地叹了口气,她拿自己这个女儿是一点儿办法也没有。

姜元当初娶徐美茵,便是看中她的温柔美丽、知书达理。她是书香门第出来的娇小姐,这辈子没跟人急过眼,说话细声细气。谁知道他们俩生出的女儿,没有继承半点徐美茵的好脾气。

姜明珍年仅五岁,已是家里没人能管得住的小霸王。对于她的愿望,父母从来都是有求必应。有时候她的要求过分了,父母不答应,那时姜明珍就更来劲,一哭二闹,势必要吵到父母点头为止。

不过这一次的事不大一样。

那个从小照顾姜明珍的姓范的保姆,上个星期辞去了工作。

范阿姨是乡下出来的,到城里给人做保姆,家里有个和姜明珍差不多大的儿子。上周她接到电话,她家男人突然出了意外,人当场就没了。范阿姨伤心欲绝,年幼的儿子一个人在乡下没人照顾,她不得不回去。

姜明珍闹得再凶,姜家也没法儿开口让范阿姨丢下儿子,来他们家照顾姜明珍。

"小珍,范阿姨家里出了事……"徐美茵不知道怎么跟自己的女儿解释。

"我不管,范阿姨不在我不舒服,我不舒服就不吃饭。"

得了,姜明珍哪是个能明白事理的?

女儿两顿饭不吃,徐美茵已经急得像热锅上的蚂蚁。

等姜元回来,她不得不跟他商量,能不能多加点儿钱让范阿姨回来。

第一章 姜家的小姐

"我们小珍从小就是那个阿姨带的,"她说,"突然换了人,菜的口味也变了,她难免不习惯。"

姜家给范阿姨打电话的时候,她刚处理完丧事。

姜明珍是个难伺候的小孩儿,但凭良心说,姜家给的工钱一直都很多。这回他们想把范阿姨请回来,又顾及她家的事情,工钱比之前翻了一倍有余。

三言两语,范阿姨就被他们说动了。

"我很愿意回去照顾珍小姐,但我儿子一个人在乡下,实在是找不到能帮忙的亲戚。"斟酌之后,范阿姨小心翼翼地问,"可以把我的儿子一起带到城里吗?"

她愿意回来,姜家已经很感谢,于是答应得爽快。

"当然可以!"

心头的大石头落了地,徐美茵欢天喜地张罗起范阿姨回来的事。

新的保姆被辞退了,范阿姨从前住的保姆房恢复原样。

姜明珍知道范阿姨要回来,自然也开心坏了。一早听说这件事,她脸都没洗,便一蹦一跳地往楼下冲,说要去车站接范阿姨。

徐美茵连忙解释,范阿姨还要几天才能回来。于是姜明珍像个泄了气的皮球,又瘪了下去。

"这几天,你可以帮着妈妈一起布置范阿姨儿子的房间。"

姜明珍来了点儿兴趣:"谁?"

"范阿姨的儿子呀,他也跟着范阿姨一起来我们家住。"

徐美茵揉乱女儿的额发,笑着问:"以后家里就多了一个可以跟小珍玩的人了,高不高兴?"

自然是高兴的，姜明珍吸吸鼻子，不想表现得太明显："他多大啊？"

"比你大一些吧。"徐美茵推测道。范阿姨从前照顾小珍长大，她家的孩子大概会比小珍大几个月。

"哦。"姜明珍的嘴角又往上扬了一些。

小朋友好像都喜欢跟比自己大的孩子玩，姜明珍也不例外。

她是家中独女，没有哥哥姐姐，仅有的几个同龄玩伴，也因为姜明珍的性子太差，跟她玩不到一起去。

现下有一个新的小伙伴要来，她兴奋得恨不得拿拳头在桌上"咚咚咚"打鼓。

"我的玩具房可以住。"姜明珍建议。

玩具房就在她的房间隔壁。

徐美茵没看出她的心思，说："不用你的玩具房啊，家里有很多客房的。"

姜明珍坚持道："他肯定更喜欢玩具房，那里面有很多我的玩具。"

听到女儿自然而然地擅自为别人提前做决定的语气，徐美茵的心里忽然闪过一丝担忧。

"小珍，等范阿姨儿子来了，你要对他有礼貌，知不知道？"

"知道。"姜明珍一口应下。

但是姜明珍所定义的"有礼貌"和徐美茵希望她做到的"有礼貌"，可能还是不一样。

"上一次，我的朋友带她女儿来我们家，我也千交代万交代你要有礼貌，结果你硬要人家跟你一起玩积木，她不想玩，你就用积木丢她，你上次答应我的都没有做到。"

第一章 姜家的小姐

"我很有礼貌呀,我都请她跟我一起玩了,我把积木都抱出来了,她却不玩。"姜明珍瞪大眼睛,满脸不可置信,"积木那么好玩呢!"

"你觉得好玩,人家不一定觉得好玩。我叫你有礼貌,是让你尊重客人的选择,他们想做什么,你就让着他们,先考虑一下他们的感受。"

徐美茵这般语重心长,奈何她面对的只是个五岁的小呆瓜。

姜明珍什么也没听懂。

不过她觉得她妈说得很有道理,于是说着"哦哦",点头如捣蒜。

保姆带孩子进城的那天,姜明珍提前做了准备。

她叫了很多伙伴来家里。

是这样的,姜明珍发现,她每次单独和小朋友玩的时候,对方都不会玩得很开心。如果有其他小朋友在场,对方就可以跟其他人玩,那时候对方会是最开心的。

她想,这就是妈妈说的"有礼貌",比起自己的感受,她要先考虑一下客人的感受。

小朋友们玩到快中午的时候,她家的门铃终于响了。

铃响那一刻,姜明珍宛如惊弓之鸟,她跑到了后院。

家中的小伙伴们不明所以,看见她紧张兮兮、如临大敌的模样,还以为在玩什么"鬼来了"的游戏,就跟她一起一窝蜂地奔到了后院。

徐美茵下楼开门。

开门的时候她还在疑惑,刚才闹哄哄的客厅怎么一下子安静下来了?

"小珍?小珍?"没有人应。

一群小鬼头蹲在后院,脑袋凑在门边,聚精会神地盯住将要进门的人。

徐美茵打开门。

后来何玉问姜明珍,第一次见他时,她对他是什么印象。

她诚实地回答:"你小时候长得很普通。"

普通的五岁小男孩儿长什么样,何玉就长什么样。

他矮矮的,头发短短的,圆圆的脸上因为两颊有肉,所以鼓鼓的。

一个鼻子、两只眼睛、一张嘴,他的脸没有任何值得点评的出彩之处。

她除了"普通"之外还能再说点儿什么呢?

姜明珍想象中的乡下小男孩儿应该要比他再黑瘦一点儿,可这个男孩子的长相跟城市里的五岁男孩儿并没有区别。

他不黑,肉嘟嘟的脸被他的妈妈擦得很白也很干净,让人形容的话,他的脸像馒头,圆不溜秋的,而且是被捏得规整,又蒸得很透的那种。

因为何玉问姜明珍的是她第一次见到他时对他的印象,她只能说"普通"。

他如果问,她第一次见到他时,对他有什么感觉……

姜明珍不为人知地偏爱吃形状圆的馒头。

所以她第一次见到何玉,就感觉好想咬他一口。

范阿姨两只手拎着大包小包,身边的男孩儿细细的胳膊上也拖了一个麻袋。

开门后,她让男孩儿把麻袋放下来,笑着说了些什么。

小孩儿们全部探头探脑地想要看清楚麻袋里的东西,被挤在中间的姜明珍只隐隐约约地听到几句"乡下特产""花生""地瓜干""小姐爱吃"什么的。

徐美茵不停道谢:"太客气了,从乡下那么远一路背过来。"

范阿姨把小孩儿推到前面,向她介绍了几句。

那男孩儿乖巧地跟着他妈妈叫人:"徐阿姨好。"

"真乖!"徐美茵弯下腰,摸摸他的头,"你叫什么名字?"

后面的小孩儿窸窸窣窣地扭来扭去,姜明珍见到男孩儿的嘴一张一合,没听清他说的话。

"喂!"她生气地吼了声,往身后用力一推,"你们再挤我试试看!"

小朋友们瞬间老实了。

她问:"他说他叫什么名字?"

"他叫芋!"有听到的人向她汇报。

听得更准确的人模仿着那乡下男孩儿有口音的普通话,一字一句道:"活芋。"

姜明珍撇撇嘴,名字可真难听。

徐美茵那边已经开始和保姆聊她家里的事。几天没见,范阿姨的精气神差了很多,整个人像是老了几岁。

小孩儿们听不懂大人们谈的东西,注意力就转移了,有人建议玩扮家家酒。

"姜明珍,你玩不玩啊?"

"哎呀,"怕被骂的小孩儿赶紧对他做出噤声手势,"你现在别叫她。"

姜明珍正在聚精会神地偷听呢。

范阿姨应完徐美茵的话，忽然注意到屋子里少了点儿什么。

"今天珍小姐不在吗？"

"在的。"

徐美茵一转头，正好和后院处露出半只眼睛的姜明珍对上视线。

"你在那儿做什么？"她冲她招手，"过来啊，范阿姨回来了，还有她家的小哥哥，你不是这几天一直盼着他们来吗？"

男孩儿顺着徐美茵的视线，往后院的方向看过来。

姜明珍脚底抹油似的溜了。

徐美茵"扑哧"笑出声："这孩子，平时天不怕地不怕，没想到见到生人还害羞呢。"

范阿姨对姜明珍的性格也很了解："没事的，让珍小姐和她的朋友们在后院玩吧。"

徐美茵点点头："我们进来说。你的房间还是之前那间，我给孩子准备了一个新房间。"

"不用的姜太太，他跟我一起住就好了。"

她们说着话往里面走去。

新来的小男孩儿寸步不离地跟着他的妈妈。

在后院的姜明珍视线始终没离开门，等了良久，没有人进来。

"他干吗不过来找我们玩？"她随手点了一个小孩儿，吩咐道，"你过去，叫他过来。"

"哦。"小孩儿听话地去了。

姜明珍刚才听到了一点儿他们说要玩扮家家酒的话，现下她有了空闲，开始分配起他们的角色。

第一章 姜家的小姐

"我要做老板。"她理所当然地说。

扮家家酒的时候,她向来是当主角的,比如女王、小姐、公主、老板……反正是游戏里最厉害的人。大家都不爱玩姜明珍版本的扮家家酒,上次她扮皇帝,所有人见到她都要给她磕头。

"没有老板。"

胆大的小朋友站出来反抗姜明珍。

"我们玩古代结婚的扮家家酒。"

"是啊,刚才石头剪刀布,我们已经分好了角色。"

"哦,"姜明珍说,"你们是什么角色?"

他们纷纷站出来回答。

"我是新郎。"

"我是新娘。"

"我是媒婆。"

"我是新娘爸爸。"

"我是新郎妈妈。"

"还剩下仆人、宠物狗和马,你选一个吧。"

"我要做新娘。"姜明珍昂着下巴,伸出手指往原本扮新娘的女孩儿身上一指,"你是仆人。"

小女孩儿立刻委屈了:"我不干。"

"哼!"姜明珍把她手上的新娘红盖头用力扯走,"你们在我家,要用我的玩具扮家家酒,不听我的,你们就没得玩。"

大家还是想玩的,于是面对霸道的姜明珍,他们全都敢怒不敢言。

被分配仆人角色的女孩儿心不甘情不愿地拿起了仆人的饭勺和塑料碗。

而那个先前扮新郎的小孩儿并不想跟姜明珍搭档,连忙举手:"我,我想换成宠物狗,不做新郎了。"

跑腿的小朋友带着乡下男孩儿到后院的时候,所有人都已经根据自己的角色打扮好了。

小伙伴告知他们:"我们准备玩古代结婚的扮家家酒,还剩下新郎和马没人选。"

跑腿的小朋友环顾四周,看到姜明珍的头上盖了一块红彤彤的布。

没有任何犹豫,他已选择完毕:"我要做马。"

那么新郎毫无疑问……所有人都同情地看向新来的男孩儿。

他并不知道情况,没有任何异议。

"谢谢你们,把最好的让给我。"小男孩儿有很重的口音,说话时十分刻意地压低了音量。

他冲他们友好地笑了笑,肉乎乎的脸蛋在那个笑容中显得更圆更鼓。

透过不遮光的红布,姜明珍模模糊糊地看见他的表情。她就站在他的对面,把他的那句"谢谢"听得很清楚。

"他不一样,"她想,"不像其他人,他说不定能跟我玩得很开心。"

扮家家酒的游戏在全员安心的气氛中开始了。

大家各司其职,演宠物狗的蹲在地上汪汪叫,演仆人的开始舀土到塑料碗里,有的小孩儿暂时不知道做什么,就一边拍手一边给新郎新娘哼婚礼进行曲,虽说主题是古代婚礼。

媒婆挥舞着小手帕,牵盖着红盖头的新娘入场。

"马"在前面叫着,后面跟着新郎。

第一章 姜家的小姐

"结婚啦,结婚啦。"小孩儿们抓起地上的草抛到空中。

姜明珍看着地面,有个穿着一双洗得发白的布鞋的人在她面前站定。

他牵了她的小拇指,拉着她往前走。

轻轻包裹住小拇指的手掌和她见到的脸蛋一样,有很多肉,而且暖暖的。

人工哼唱的、走调的婚礼进行曲再度响起来。

他们一路走到仆人准备好"饭菜"的地方。

游戏的气氛达到最高潮,小孩儿们声嘶力竭地起哄:"新郎掀盖头,入洞房。"

馒头脸的小新郎闻言照做。

他的脸上堆满笑意,双手十分慎重地捏住红布的边缘,往上一掀。

姜明珍重见光明的刹那,心情很好地朝他抛了个媚眼。

紧接着,剧情便往一个她完全没有预料到的方向疾驰而去。

那男孩儿的笑容生生地僵在了脸上,他的表情像是吃话梅的时候不小心把整颗给吞了下去,被卡住了喉咙。

不明所以的姜明珍伸手想要抓住他。

男孩儿往后一缩,几乎是跳了起来,对着她的脸尖叫道:"妈……妈妈有鬼!"

可不是见鬼了吗!

血红色盖头下,散乱的长发盖住了女孩儿的左眼,若隐若现地露出右眼。他胆战心惊地扫过她的五官——塌鼻子、厚嘴唇、黄到发黑的皮肤,发丝后面那只小小的右眼死死地盯着他,在惊吓中,他看到它对着自己眨巴了两下,眼神比之前更加诡异。

"鬼新娘!"

围观的小孩儿们捧腹大笑。

"哈哈哈,姜明珍是鬼新娘!"

姜明珍迄今为止的五岁人生中,从没受过今天这样的羞辱。

没人会对她说,她长得丑。

她怎么可能长得丑呢?姜明珍常听大家说的话只有一句"女儿长得真像妈妈呀"。

她的妈妈徐美茵是远近闻名的大美女。

所以姜明珍一直认为,自己是妈妈的缩小版——她有着比妈妈小了很多的眼睛、比妈妈塌了很多的鼻子,她的嘴巴比较像爸爸,厚厚的。

有哪里是错的吗?她长大后就会跟妈妈一样漂亮了。

姜明珍气死了。

她气到都没法儿按照正常水平发挥、大吵大闹地开始就地发疯。

"你……你怎么敢……"

她攥紧拳头,在同伴们的嘲笑声中,对冒犯了她的乡下小男孩儿撂狠话。

"我告诉你!"咬着牙,她一字一句道,"活芋!你一定会后悔的!"

胆敢惹她姜明珍,看他今后在姜家的日子怎么过。

男孩儿被她吼得一愣一愣的。

叉着腰的姜明珍撞开他的肩膀,气呼呼地走了。

在她走后,小朋友们全部围过来,对新来的男孩儿表示出兴趣。

第一章 姜家的小姐

他们早就看姜明珍不顺眼了,这下终于有人站出来替他们狠狠地出了口恶气。

"你真厉害啊!"

他们脸上的表情相当兴奋。

"你是从哪里来的?"

"你说话跟我们不一样,真好玩。"

男孩儿不知道他们在高兴什么。他转头看向人群之外姜明珍挺直肩膀的背影,用力地咬紧了下唇。

"你要去哪儿?"

他的脚刚挪动一步,小孩儿们便将他拉住了。

"别管她啦!我们都不喜欢跟她玩!"

"姜明珍不在,我们重新黑白配,来玩新的扮家家酒吧。"

他们很快投入到下一轮游戏中。

"黑——白——配!"

姜明珍回到自己的房间,正好听到后院的小孩儿们在大声地分队。

果然像从前一样,没有她的时候,其他人玩得更开心。

把窗户打开,她随手抄起床边的玩偶熊,从二楼砸了下去。

最讨厌的"活芋"的后脑勺被她砸了个正着。

有小孩儿尖叫,被空降的庞然大物吓了一跳。

"是姜明珍扔的!"大家看到了。

姜明珍冲他们做了个鬼脸。

她见男孩儿吃痛地捂着脑袋,在和他对上视线之前,她砰地关上了窗户。

姜明珍的举动引发了众怒,小朋友们一窝蜂地跑进屋子,找到在厨房做饭的徐美茵告状。

"阿姨阿姨!姜明珍打人啦!"

小男孩儿抱着罪证玩具熊,被他们簇拥在最中间。

范阿姨停下手中的活儿,皱了皱眉。

"何玉,怎么回事?"

不等男孩儿开口,小朋友们就七嘴八舌地把前因后果都说了出来。

听完他们的话,徐美茵"扑哧"一笑,压根儿没把小男孩儿惊惶中喊的"妈妈有鬼"当一回事,范阿姨却是脸色都变了。

"你怎么能对珍小姐说这种话?"

男孩儿不敢应他妈妈,把头埋得低低的。

"姜明珍用肩膀撞他、骂他,还拿东西丢他!"其余的小朋友纷纷站出来帮他。

在所有支持他的声音中,男孩儿一言不发。

抱着熊,他挤开人群上了二楼。

姜明珍的房门开着。

她正对着镜子往头发上夹发卡。

小蝴蝶、大红花、金色皇冠……梳妆盒里放着所有她引以为傲的漂亮发卡,姜明珍用力地将它们一个个按到自己的头发上。

咽了咽口水,何玉向她递出手上的玩具熊,说:"对不起。"

姜明珍推开椅子,朝他走来。

他们同岁,不过她比他还要高一些。此时她的头抬得高高的,生气时的两个鼻孔在他眼中比她的眼睛还要大。

"我长得像鬼吗?"

第一章 姜家的小姐

挑起他的下巴,她逼迫他直视自己。

此刻的姜明珍脸上没有凌乱的发丝遮挡,但过度装扮的她像是头上顶着一艘色彩斑斓的船,不出众的五官在凶煞的表情中更显得扭曲。

小男孩儿皱起了眉头,撇了撇嘴,神情像一只落水的小狗狗。

在威压之下,在反复的纠结之中,他蚊子叫一样诚实地应了一声:"嗯!"

玩具熊再一次从二楼飞下来。

这一次,它砸中了正要上楼查看情况的徐美茵。

她看不清是个什么东西飞过来,下意识闪了一下,没站稳。

"姜——明——珍!"

姜明珍自出世以来,头一次听她妈用这么大的音量喊她。

为了躲熊,她妈把脚给崴了。

不知道自己闯了什么祸,她仍旧躲在房间里耍脾气。听到声音出来的是何玉,他出来帮小姐捡熊。

"姜明珍,我在跟你说话,下楼!"

徐美茵即便是以这么严肃的语气说话,都叫不动姜明珍。

她看着保姆儿子乖乖的小脸蛋、垂得低低的肩膀,心中真是羞愧难当,她家的女儿被他们惯得太坏了。

"你不用捡这个,"她对男孩儿说,"回你的房间休息吧,不用让着她。"

范阿姨没法儿安心:"可是……"

徐美茵对她摇摇头:"你也不要理她,让她自己闹脾气。"

晚上,姜元回家。

他一进门就看到妻子闷闷不乐地倚在沙发上,范阿姨在帮她按摩脚踝。

"你可算回来了,你女儿现在没人管得了。我凶她,她也不会怕我。"

姜元是家里最宠着姜明珍的人,对她闯祸、闹脾气的行为已经屡见不鲜了。见状,他立刻赔上笑脸去安慰老婆:"小珍怎么惹你生气了?"

"你看我的脚。"徐美茵苦着脸,把今天的事跟他说了。

姜元沉吟片刻,问:"那她现在在干吗?"

徐美茵一脸"你说呢"的表情。

姜元猜测:"把自己关在房间里,不肯吃饭?"

徐美茵点头。

每次哪里不合姜明珍的意,她就只会用这招。偏偏他们为人父母的,一想到自己的心肝小宝贝挨了饿,哪能狠得下心真的不去管她?

范阿姨把菜热了又热,还偷偷上去喊了她几次,姜明珍没开过门。

别看她才五岁,她已经很了解她的父母,每次他们生气归生气,最终还是会过来哄她的。

"你们吃过了吗?"姜元叹了口气。

"我吃了,"徐美茵说,"范阿姨和她儿子还没有吃。"

范阿姨解释:"我不饿。珍小姐不高兴,和我家何玉有关系,我让他在房间里面壁思过。珍小姐不吃饭,他也不用吃了。"

"这说的什么话?"姜元忙道,"快让孩子出来吃饭。"

"是啊,你的孩子没做错事,是小珍脾气太差了,跟所有小孩儿都处不来。"徐美茵对范阿姨充满抱歉,"总不能她一个人不吃,害

第一章 姜家的小姐

得你们也吃不了饭,现在很晚了。"

范阿姨支支吾吾地又推托了一番,终于应了个"好"。

客厅只剩下夫妇二人,姜元看了眼手表。

"真的不叫小珍吃饭了?"

"要叫你去叫。"

姜元点点头,往二楼去了。

站在女儿的房门外,他旋了旋开关,果然门从里面被反锁了。

"小珍?"

没人理他。

"我买了蛋糕,是你最喜欢的那家店哦。"

明明姜明珍才是做错事的人,到头来她还得要人哄。她爸已经给了她台阶,她还嫌台阶铺得不够软,不愿意下来。

姜元清了清嗓子,继续说:"蛋糕隔夜不好吃的。你不吃,我就让范阿姨和她儿子吃掉了。"

屋内依旧没有动静。

别说徐美茵了,姜元也拿他的女儿没办法。

饿得饥肠辘辘的何玉坐在餐桌前。

正当他举起筷子,准备夹起一根四季豆的时候,二楼的门悄无声息地开了。

"喂,你……"

姜家的大小姐从楼上飞奔而下,杀气腾腾地大喝一声。

"活芋!"

被点名的小孩儿一抖,四季豆"啪叽"掉到桌面上。

"你坐我的位子了!"

他缩了缩脖子,呆头呆脑地低头看了看他的屁股下面——那确实是一把比其他椅子要高的儿童椅,毫无疑问,它属于姜明珍。

何玉坐下之前哪里知道啊?跟屁股被火烧了似的,他麻溜地让出椅子,又被人强行按了回去。

徐美茵冲他温柔一笑:"你就坐这里吃,没关系的。"

姜明珍已经杀到饭厅,瞪着他,两眼冒火。

徐美茵凉凉道:"有的人,别人怎么叫她也不吃饭,那为什么要给她留饭厅的位子呢?她不来吃饭,那她的位子就属于要吃饭的人。"

"我要吃!"

如果眼神有实体,姜明珍这会儿已经把何玉的脚抓起来,将他整个人倒过来抖了。

"我的蛋糕呢?被你吃了?"

何玉摇了摇头。

听到她主动说要吃饭,在场的大人们都安心了。

范阿姨忍俊不禁:"珍小姐,你的蛋糕在冰箱里,我去给你拿。"

"好了,"徐美茵拍了拍被吓到的男孩儿,让他继续动筷,"你快吃饭,不用理她。"

看了看姜明珍,何玉犹犹豫豫地重新夹起桌上的四季豆。

"你在吃什么?"她不会放过他的任何举动。

这下连一旁的姜元都看不下去了:"别闹了小珍,你不是最讨厌吃四季豆的吗?"

"我要吃!"

姜明珍从今日起斩钉截铁地变成了爱吃四季豆狂人。

精致美味的小蛋糕摆在桌边,她没看一眼。

第一章 姜家的小姐

姜明珍坐在范阿姨的腿上，不断地让她给自己喂四季豆，并且每一口都是以惊人的速度咽下的。

今天以前，这个小孩儿是以"喂饭难"出名的。即便是熟悉她性情的范阿姨，每喂她吃一顿饭也跟打仗无异。

她挑食、爱闹脾气、坐不住，吃个饭还要人连哄带骗。

今天的姜明珍吃起饭，和平时简直判若两人。

何玉如坐针毡，想要快快吃完，离开饭桌。

他不敢动好吃的肉菜，只吃眼前的那碗四季豆。姜明珍的双眼始终盯着他，吞咽的速度比他的还要快，唯恐四季豆被他先一步吃完。

姜元和徐美茵对视一眼，不约而同地笑弯了嘴角。

来了个新的小孩儿真是不错，他们想：这下有招对付姜明珍了。

何玉来到姜家一周，有一句话已经变成了姜明珍父母的口头禅。

"小珍，你不吃的话，我们就给何玉吃了。"

这句话可以变换形式，应用在其他类似的场景。

"小珍，你不洗澡的话，范阿姨就先给何玉洗澡。"

"小珍，你不收拾玩具的话，你的玩具都送给何玉。"

"小珍，你不听话的话，爸爸妈妈去疼何玉了，何玉比你乖多了。"

他们有时只是随口说说，试试看能否奏效，不想这招对姜明珍百试百验。

只要是能跟何玉过不去，姜明珍就有用不完的精力。每次抢他的东西，她都兴奋得宛如打了鸡血。

全部大人都对她"自觉"的状态感到欣喜，感到不适应的只有何玉。

东西吃到一半被抢走、玩具玩到一半被抢走，甚至他待在院子的一个小角落里晒太阳,都可能被姜明珍发现,然后勒令他移走。

不去院子,他老老实实地在房间待着,还是摆脱不了姜明珍。

大人会来房间找他,把他拉到姜明珍面前"做榜样"。

有时候他会得到一块昂贵的小蛋糕、一碗熬了好几个小时的滋补汤,有时候他没头没脑地被拉进浴室,女孩子的玩具被大人塞进他的怀中……最开始何玉不解其意,看到大人给他好吃的东西,犹豫着到底能不能吃;他们让他做些奇怪的事,他想着是否要配合。

经过一段时间的观察后,他得出结论:不能吃,要配合。

好吃的是留给姜明珍的,事情是姜明珍该做的,她的东西,大人不是真的要给他。

那些东西在他这儿绕一个圈子,属于她的全部回到她的手上。他在其中需要配合大人们,表演一个来者不拒,被抢走东西也依旧不哭不闹的乖小孩角色。

所有人都默认何玉是一个乖孩子,他也确实是的。

他比姜明珍懂事、沉静,他是乡下来的保姆的儿子。他的乖巧是自然而然的事,任何人都不会感到奇异。

姜明珍在无休止地闹脾气的时候,同样是五岁的小孩儿,他在帮着妈妈干活儿。

何玉早早地起床,跟范阿姨一起去菜市场买菜;范阿姨做完菜,小孩儿便按照他妈妈的吩咐,拎着厨房的垃圾袋到外面丢垃圾。此时,才睡醒的姜家大小姐坐在椅子上张大嘴,需要人喂饭。

范阿姨收拾卫生的时候,何玉拿着小块的抹布,帮忙擦桌子。而姜明珍负责把家里弄乱,把桌子弄脏。

他们是不一样的。

第一章 姜家的小姐

幼年的何玉尚且无法理解这种不一样源自什么。

他只感觉，自己在这里住得越久，就越讨厌姜明珍。

她做的每件事都很令人讨厌……

姜元从饭店里拿回来新鲜的大螃蟹，蟹腿蒸的时候掉了，范阿姨收起来拿到房间，悄悄让何玉吃掉。他从前没有吃过这样大的、这样好的螃蟹，蟹肉被他吃得干干净净，连壳都被他舔到吃不出味才肯扔。而姜明珍呢？她看到螃蟹就大呼一声"又吃螃蟹，怎么天天吃这个"，范阿姨把嘴皮子说破，她都不愿意尝一口。

徐美茵买了一双新鞋子、一套新衣服送给何玉，范阿姨领着孩子道谢、鞠躬，感激不尽。隔天，何玉在玩具房看到姜明珍，她在给她的芭比娃娃做衣服，把自己的衣服拿来剪。那些衣服还很新，一剪子下去就坏了，布料被扔得满地都是。过一会儿她玩腻了，丢下一片狼藉去玩别的了。那些垃圾一样的布块和他的新衣服有一模一样的商标。

在乡下洗澡，没有热水器，何玉洗澡的热水是爸爸烧好水后兑的，十分有限。现在他们住在姜家，洗澡水是温暖的、源源不断的，所以何玉完全不能理解，为什么姜明珍不爱洗澡，明明洗澡那么舒服。

有天晚上在睡前，望着窗外静谧的天空，何玉忍不住小声地问他的妈妈："妈妈，我们什么时候才能回家？"

"你是说，回乡下？"范阿姨对他会提出这个问题感到疑惑，"怎么了？住在这里不好吗？"

何玉想了想，无法否认："住这里是好的。"

姜家的房子很大也很漂亮，洗澡有热水，每天都有好吃的。

但是，在很多次姜明珍对他大吼"这是我的东西"时，何玉会在心里想：姜明珍的东西其实没有那么好，他不愿意拿的。小蛋糕、大螃蟹，他可以不吃，新衣服、新鞋子他可以不穿，甚至让他用水龙头接出来的凉水洗澡也没关系。他想回他自己的家。

他没有来得及把他的"但是"说出口。

"这里当然是最好的，"接着他的话，范阿姨笑了起来，"这儿是城里，乡下和这儿哪能比，况且我们住在有钱人的家里。"

她和儿子一起看向窗外。

从保姆房的位置看出去，能看到隔壁人家的大门，和姜家一样，他们的门高大气派。别墅的外墙被刷成美丽的湛蓝色，门口有两根灯柱。他们家的灯真的很亮呀，好像比天空上的月亮还要亮许多。

"你在这里好好的，讨姜伯伯喜欢，过几年我们拜托他，让你在城里上学。"

她抚摸着小男孩儿的头，嗓音轻柔，仿佛跟他一起乘着大船，漂浮在梦中。

"等我们家阿玉上完学，在城里找个好工作，也成为有钱人，住这样的漂亮房子，那我就不用每天这么辛苦工作了。"

何玉听他妈妈说过类似的话，她是对他爸爸说的。

"你多打点儿工，存点儿钱，等以后生活好起来，我就不用这么辛苦地一天到晚在城里打工了。"

何玉收回视线，不再看外面的天。

现在爸爸不在了，家里只剩下妈妈和阿玉了。

把要说的话全部咽回肚子，他静静地合上眼。

何玉希望与姜明珍互不打扰地和平共处，但姜明珍显然没有这个

第一章 姜家的小姐

打算。

在跟何玉过不去的这些天里,她的热情不减反增,乃至她在其中找到了奇怪的乐趣。

不管她怎么刁难、捉弄何玉,他永远是一副和和气气的笑脸。那张肉嘟嘟的馒头脸偶尔会变皱——在何玉真的很委屈的时候。

即便是那样,他也不会对她反击。

他乖得像只小狗。

于是她一次次地招惹他,看他露出委屈的表情,以此收获快乐。

睡觉时间是何玉在姜家最舒坦的时刻,他以为,姜明珍至少不会抢他的睡觉时间……才怪呢。

姜明珍又来了。

徐美茵整天对着姜明珍夸何玉有多么乖、多么自觉独立、多么能帮大人做事,姜明珍不服气之下,细心侦查,终于发现他有一点不如她。

他跟范阿姨一起睡!

徐美茵明明为何玉空出了一个房间,可他每晚都睡在范阿姨的保姆房。

娇气如姜明珍,她都能做到跟爸爸妈妈分房睡,那个何玉竟然做不到。姜明珍发现这件事的时候,得意得下巴快要仰到天上。

"你们知道吗?!活芊羞羞脸呢,他每天晚上要范阿姨陪着睡觉。"

她将何玉的糗事告诉大家,想让所有人一起笑话他。

姜元在看报纸,听了她的话头也没抬。

"人家到一个新的环境,睡得不安稳,跟他妈妈睡很正常的。"

"哼!"听众没给出她预想的反应,姜明珍很不满意,"我都可以自己睡,他五岁了都不敢自己睡,真胆小。"

她的话没得到任何附和，客厅只余"沙沙"的翻报声。

当晚，姜明珍失眠了。

她酷爱招惹何玉，到了一个什么程度呢？

"范阿姨，我要跟你一起睡。"

穿着公主睡裙的小女孩儿抱着枕头，凌晨时分敲响了她家保姆的房门。

"好的，珍小姐，你到房间里等我。"揉揉惺忪的睡眼，范阿姨立刻履行她的命令，"我拿一本故事书上去，给你讲故事。"

"不用，"姜明珍不由分说地挤开她，进到屋里，"我要睡在这里。"

她把自己的枕头往床上一按，原本放在那里的大枕头和儿童枕头被她从中间挤开。

何玉觉还没醒，迷迷糊糊间，看到他最恐惧的姜明珍跳上了床，爬到他旁边。

这一吓，他就被吓清醒了。

范阿姨同样不知道大晚上的她家小姐想要玩什么，为难道："珍小姐，我们的床太小了，你睡这里会不舒服的。"

"我想睡哪里就睡哪里。"姜明珍把何玉的被子扯过来。

他的被窝已经被他睡得很暖和，她冰凉的脚丫子伸进去，往他大腿上一搁。

何玉被冻得一激灵，也不敢出声叫她挪走，由她冰冰地贴着。

"那小姐你睡这里，我和何玉去其他地方睡吧。"若是姜明珍看中了这间保姆房，范阿姨便帮她收拾一下，让她能舒服地睡下。

他们走的话，她一个人睡这里就没有意义了，姜明珍当然不肯。

"我要范阿姨陪我睡，活芋可以走。"

她这句话让何玉破天荒地对她表示出了反抗。

"我不要一个人睡。"他这句话说得很大声，说完之后又接着一个字一个字地说，音量越来越小。

"我会做噩梦。"他说。

按姜明珍平时的做法，她这会儿必会闹起来，不看到何玉一个人睡誓不罢休。

破天荒地，她没有那么做，大概是因为他的表情相当可怜，像小狗害怕被扔掉一样，很弱小很无助。

"好吧，"她善心大发，放他一马，"不管你睡哪里，反正我要睡这儿。"

最终变成三个人一起睡。

范阿姨多拿了一床被褥给姜明珍，不大的床顿时变得很挤，幸好有两个是小孩儿，勉强是睡得下的。

大人躺在中间，小孩儿躺在两边，姜明珍要听故事。

范阿姨的睡前故事讲得并不算好，她识字不多，能念的童话故事书只有几本，她说的故事姜明珍已经听了很多次了。

等到故事讲完，两个小孩儿已经陷入熟睡。

范阿姨关了灯。

可能是姜明珍来了的缘故，何玉晚上还是做噩梦了。

那是一个他最近常常做的噩梦。

尘土飞扬的工地上，爸爸在高高的地方工作，何玉拼命向他爸爸招手。

"太高了，爸爸快点儿下来。"

"爸爸，很危险的。"

姜明珍被何玉的梦呓吵醒。

她掀开被子，踮着脚，绕到他的那边，想听清他在说什么。

小男孩儿裹着被子，头上发了大汗。

他似是被梦深深地魇住，圆圆的脸皱成一团。

"爸爸。"他嘴里一声声地念。

姜明珍尝试把他晃醒，摇了两下他也没有反应。

何玉的汗出得更多了，脸色白得吓人。

"啪！"

清脆的巴掌声后，他睁开了眼。

身边，母亲的鼾声平稳，他的脸颊有一点儿痛。

何玉的眼珠子转到身侧，在他反应过来发生了什么之前，睡衣的领子已被姜明珍拎了起来。

"喂。"

女孩儿的语气一如既往地讨人厌。

"你住在我家，你也属于我，要听我的话。"

沉默了好几秒，何玉总算有了反应。

他伸手，摸了摸自己被打得火辣辣的脸蛋。

"知道了吗？"她瞪着他，眼里写满威胁。

何玉只好点头。

"我命令你，不准做噩梦。"姜明珍的语气着实很凶，凶到旁人完全看不出她刚才有被他做噩梦的模样吓到，还吓得不轻。

"再做噩梦我就把你打扁！"她向何玉展示自己的拳头，捏得紧紧的拳头，"很扁很扁。"

第一章 姜家的小姐

那一晚之后,何玉在姜家的最后一块净土也被姜明珍入侵。

时不时地,睡到半夜,他们的房门被敲开,自备枕头的姜大小姐在保姆房外出现。

她对察看他的睡眠情况有超乎寻常的耐心。往日沾床就睡的姜明珍能睁着眼睛不睡觉,一直熬到范阿姨和何玉都进入梦乡。

何玉已经记不清有多少次捂着疼痛的脸蛋从睡梦中醒来。

他并不是每一次都记得自己做了什么梦。有时候他觉得自己只是刚刚打了个盹,然后姜明珍的巴掌就来了。

所以何玉越发觉得,她莫名其妙地来保姆房睡觉,只是想打他而已。

他原本希望姜家的家主能够管一管姜明珍。

当姜元和徐美茵得知女儿晚上不睡、到保姆房打扰别人时,确实是准备对她说教。

这顿说教却被姜明珍的一句话瓦解了。

"你们都不知道吧,活芋睡着后会做噩梦、讲梦话,"她振振有词,"我把他叫醒是为了他好,让他赶紧回到真的世界。"

徐美茵被她逗笑:"哟,我们小珍懂得体贴人啦?"

"对呀。"姜明珍不要脸地承认了。

于是她的父母没有骂她,只稍微地跟范阿姨交代"她来找你们,别给她开门,你们睡你们的,她闹一会儿就回去了"……但是以范阿姨的性子,怎么可能忍心把小姐关在门外?

姜明珍来得频繁,范阿姨索性晚上不再锁门,还特意给她在床上留出了位置和被褥。

半夜打何玉的事,姜明珍不以为耻,反以为荣。

自从被她妈夸奖"体贴"之后，她抓他做噩梦抓得更加认真，简直像接到一个了不起的任务那般严谨慎重。

在姜家住着，何玉本来就圆的脸又往外围扩大了一圈，一部分是吃胖的，一部分是被她打肿的。

不做噩梦也是不可能的。

姜明珍本人就是活生生的、何玉的童年噩梦。

有一天，何玉做噩梦，梦见自己被姜明珍追着扇巴掌，惊魂未定地醒了之后，发现她真的在扇他巴掌。

为了方便她"监督"，也就是扇巴掌的迅速和便利，姜明珍跟范阿姨提议，她睡觉的位置从范阿姨的旁边移到他们俩的中间。

如果何玉比姜明珍睡得早，他就有很大概率在睡到一半时被打醒。

如果何玉比姜明珍睡得晚，她熟睡时的大字形睡姿能把他挤得掉下床去。

如果可以的话，何玉每天都不想睡觉了。

第二章
地瓜干友谊

"我觉得最近我跟活芋的关系变好了哦!"

打着哈欠的姜明珍坐在妈妈怀里,向她汇报:晚上太辛苦了,她没有睡饱,白天困得不行。

"嗯,"徐美茵刮了刮她的鼻子,宠溺道,"本来就是你这个小霸王在单方面地跟他闹矛盾,人家一直很好很乖的。"

姜明珍说的"关系变好"是指中午发生的一件事。

闲着没事去何玉的房间玩,姜明珍意外地发现他在吃零食。

"你在吃什么?"

绕到何玉背后,她重重地往他背上一拍。

何玉整个人已经锻炼出了"姜明珍条件反射"。他先是被吓到,判定惊吓源是姜明珍后,立刻摊开手,把东西推到她面前。

"吃的不是你的东西,我没有抢你的东西。"

她的眼神在碗里扫了一圈,果然如他所说,不是她的零食。

姜明珍对干零嘴只钟爱膨化食品,碗里那些看着干巴巴的土黄色果条和气味奇怪的花生,她从来没有尝过。

即便如此,她也不会轻易放过他:"它们从哪儿来的?"

何玉老老实实地回答:"我和我妈从乡下家里背来的。"

"范阿姨带来我家的吗?"姜明珍表示怀疑,"我怎么没见过?"

"你见过。"

他垂下眼,把碗往自己这边收了一些:"你说臭……"

他这么一说,姜明珍就想起来了。活芋来的第一天,手上拖着个大大的麻袋,范阿姨说他们从乡下带了些土特产,当时她好像说有地瓜干、盐水花生。不懂那些是什么,姜明珍凑到麻袋旁边闻了闻,捏着鼻子说了句"好臭"。

后来她在家里再没看见过那个麻袋了。

姜明珍还是稍微懂一点儿"礼貌"的,毕竟她妈妈成天张口闭口都在教导她。

原来那是何玉的零食,她想,那她不应该说它臭的。

是自己"没礼貌"了,姜明珍忽然有些不知所措。她搓了搓鼻子,状似不经意地问他:"好吃吗?"

"好吃。"何玉啃着地瓜干,咂吧咂吧嘴,吃得有滋有味的。

于是姜明珍朝他伸手。

"给我吃一个。"

她把手伸得老长,但她的眼睛十分刻意地看着别的地方。

姜明珍心中早已做好被拒绝的准备。平时她是怎么对待何玉的,她心里有数。换作何玉向她要东西吃,她这会儿已经站到他的头上,对他一顿拳打脚踢加辱骂了。

何玉没说话。

他那儿传来"咕噜咕噜"的声音,是他的手指在碗中拨来拨去。

姜明珍悄悄撇了撇嘴。她就知道他要报复,他竟然不理她,自己

第二章 地瓜干友谊

吃自己的。他明明听见她说话了吧?她音量又不小。

懊悔自己向他要东西,她准备合拢手掌……

有东西被放在了她的手心。

脸上傲慢的表情绷不住了,姜明珍立马转头,望向自己的手——是一块地瓜干!

比何玉刚才啃的大了好几倍,外观也好看,橙黄橙黄的,看上去很新鲜。

他刚才……姜明珍看了看他的碗,他刚才是在选碗里最大最好的地瓜干给她?

明显是的。

姜明珍大概不知道自己在笑。

何玉来这里以后看过各式各样的姜明珍。大多数时候,她都噘个嘴闹脾气,常常拿小眼睛瞪他,做鬼脸吓他。

他唯独少见她笑起来的样子。

笑起来的姜明珍不凶,不像鬼了。

他好像也变得没那么怕她了。

姜明珍见到何玉在对她笑。

他分她地瓜干,拣了块最好的,还对她笑。

不论什么时候的何玉都超像小狗!

从前是落水的、怯怯的小狗,如今是小心翼翼的、摇尾巴的小狗。

她发现自己挺喜欢看他这个样子,现在她的心情很好。

姜明珍用力咬了一口地瓜干。

咬完后嚼啊嚼,她不可置信地又咬了一口。

"这是什么啊?"她大声感叹,"好甜、好香哦!"

姜家特大新闻——姜明珍不再抢何玉的东西了。

晚饭时间,姜元撞见两个小孩儿的对话。

何玉问:"我妈说可以吃晚饭了,我要去吃了,你去吗?"

"去!"姜明珍答得干脆。

虽然跟以往的模式一样,何玉吃东西,姜明珍追过来跟他一起吃,但从前的餐桌气氛可不是这样的。

"范阿姨,今天的虾好吃呢!"

被喂饭的姜明珍很久没有吃得这样慢条斯理,范阿姨还担心是今天的菜不合口味。听姜明珍这么说,她连忙将桌上的油焖虾拿得离小姐近了一些。

姜明珍双手端起那碗油焖虾,把它放到了何玉的饭碗前。

大人们只见过她抢东西,没见过她让东西,忽然瞧见这一幕,都怀疑她是不是在搞什么恶作剧。

何玉对大小姐的殷勤也不适应,她明显地让给他的虾,他一筷子也不敢动。

"你怎么不吃菜呀?"姜明珍疑惑。

何玉将头埋得低低的,生怕夹菜时因为不小心看了虾一眼,就被怒斥:"活芋,你竟敢抢我的虾!"

所以他只吃自己碗里的米饭。

范阿姨转眼间又剥好了一只虾,喂到姜明珍嘴里时,被她先一步夺下勺子。

"虾好吃的。"她把勺子往何玉的碗里一伸,虾被丢了进去。

到他饭碗中的虾是已经被"污染"的,姜明珍绝对不可能再碰。

于是何玉硬着头皮,将虾连着饭扒拉到嘴里。

"嗯，好吃的。"他咽下去，很小心地对她笑了一下。

"是吧！"姜明珍一脸自豪，好像那虾是她做出来的。

徐美茵听女儿说过她和何玉关系变好，不过亲眼见到还是感到惊奇。

第二天吃早饭时，姜明珍的奇怪状态还在持续。

她对范阿姨说："不要你喂饭了，我可以自己来。"

接着，她右手张大，握住勺子，用一种类似铲土的姿势开始吃饭。

"珍小姐，不是这么握勺子的。"范阿姨哭笑不得地想要上前教她。

姜明珍看了眼何玉。

感知到她的目光，他停下了吃饭的动作，让她看他是怎么拿勺子的。

姜明珍学着他的样子，重新握好了饭勺。

"天哪，我们家小珍最近长大了，超乖、超可爱啊！"

姜元和徐美茵感动得几乎落泪，为了奖励"懂事"的女儿，又斥"巨资"给她买了一大堆新玩具。

小公主明珍抱着手，站在她豪华的玩具房外，叫住了路过的何玉。

"喂！"语气万年不改，高高在上。

何玉已经习惯姜明珍跟他说话时不用正眼看他。不过他还是停住脚步，听一下她要跟他讲什么。

"我的玩具太多了，一个人玩不完。"

大小姐的脚往旁边挪了一小步，玩具房的门口多出了一些空间，正好可以通过一个人。

"你要是想玩，我可以让你和我一起玩。"

何玉出乎意料地没有立刻应"好"。

姜明珍对于这一点很是讶异。

她又不是不知道何玉有什么玩具。他和范阿姨住的那间保姆房，被范阿姨做家务的物件堆得满满的，何玉平时能玩的只有一盒水彩笔。

缝纫机窄窄的桌板是他的书桌，垃圾一样的传单、广告单背面是他的画纸。他在纸上涂涂画画，能这样安安静静地待上一整天。

姜明珍以为，她允许何玉来玩她的玩具，他会欣喜若狂地对她磕头道谢。

可他居然在犹豫？

"我有拼图、积木、跳跳棋、玩具赛车、飞机模型、打地鼠、音乐手拍鼓，还有全套的厨房玩具……"姜明珍掰着指头，一个一个地数给他听。

何玉打断她："你……你不想让我玩，我绝对不会玩的！"

那些玩具很贵的吧，他光是听着都害怕。如果他不小心把它们弄坏了，她肯定要他赔的。

姜明珍沉默了。

何玉怕多惹事端，脚步匆匆准备离开。

"你走什么啊？"

她羞恼地跺了跺脚，见他马上要离开二楼，赶紧追了过去。

听见背后的脚步声，何玉没停，反而走得更快。

"我想！"姜明珍急死了，一嗓子喊出来，"我想让你跟我玩！"

何玉停了。

他抓抓脑袋，一副搞不清楚状况的模样。

他打量着姜明珍，眼里写满了困惑。

姜明珍顿时没了刚才喊话的底气，她这才意识到自己说了什么。

第二章 地瓜干友谊

他看得越是认真,她就越是目光闪烁。她咬紧了唇,脸颊开始发热。

"别看了!"

姜明珍生气地叉着腰,"噔噔噔"地跑开,躲回她的玩具房。

她没锁门。

躲归躲,玩具房的门开得可大了。

何玉盯着那门又想了几分钟,最后鼓起勇气走了过去。

姜明珍在里面玩她的布娃娃,玩得可认真了,完全没有要跟他搭话的意思。

"可以……"他舔了舔唇,主动地小声试探,"可以一起玩拼图吗?"

姜明珍没回答他可不可以。

她背对着他,把红红的脸藏得严严实实的。

"那边,"她抬手,指向玩具房的一个角落,"箱子里全是拼图。"

何玉按她说的,去那个箱子里找拼图。

"拼熊的这个好吗?"他举起来问她。

"随便。"

谁能想到,曾经的死敌,如今能面对面地坐着,你一块我一块地共同完成拼图。

何玉以前只看过别的小孩儿玩,自己没有拼过,姜明珍拼起来比他有经验得多。

"这个应该放在这里,你看它的边边是直的。"她没有嫌他拼得慢,反而相当有耐心地教他玩。

当何玉把手上最后一块拼图完美地拼上时,一整幅图画完整地出现在他们的眼前。

蓝蓝的天,绿绿的树,五颜六色的花儿开了一地。卡通熊和小猪朋友趴在森林里晒太阳,它们看着对方,笑得开开心心。

"耶!"

"拼好了!"

姜明珍跳起来,和何玉击掌。

她的眼神很亮,笑容很大,他也一样。

所有的芥蒂在这一刻都没有人记得了。

他们看着对方,笑得开开心心。

"我要拿去给我爸爸妈妈看!我们好厉害!"

"拼图真好玩。"他不复往日面对她时小心翼翼的胆怯,兴奋得鼻尖泛着红。

他们看了眼外面的天,时间离吃晚饭还早。

姜明珍咽了咽口水,问他:"我们还拼吗?"

何玉超大声说:"拼!"

合拍的拼图伙伴马不停蹄地重归队伍,进行下一步的征程。

姜明珍的肚子"咕噜噜"地叫了一声。

"你吃不吃地瓜干?"美好的气氛中,何玉忘记她第一次说袋子臭的事,非常自然地问出口。

姜明珍点头如捣蒜:"吃。"

"我去拿!"他一溜烟地出了门。

她坐在原地等他,什么也不做,就乖乖地等。

"我要等活芋回来,和他一起拼。"姜明珍这样想着。

何玉从乡下带来的地瓜干真的很多,有足足一麻袋,好像足够两个小孩儿吃一个童年,也许一个童年都吃不完。

第二章 地瓜干友谊

主动找何玉玩、主动跟何玉示好,对于姜明珍来说都不是丢面子的事。

"我是为了吃到地瓜干才对他好的!"

她这么跟自己说。

夏天到来的某天,何玉抖掉麻袋里的残屑,将整理出来的、瘦巴巴的地瓜干捧到姜明珍面前。

"是最后一块了。"他说。

"啊……"她的语调拖得很长,像没写完的句子,后面拖着六个意犹未尽的点。

徐美茵说,这个夏天过完,姜明珍和何玉就要去上学前班了。

姜明珍不懂学前班是什么,于是她妈妈解释道:"上学前班是为了给你上小学做准备。邻居家的小朋友、之前跟你一起玩的小孩子们,他们全部要去上学前班的。在学前班,小珍还能认识到其他的、更多的新朋友。"

原本以为上完一年的学前班就能回家,然后永远在家里待着的姜明珍感到了恐慌。

"上完学前班,还要继续上小学吗?"

"是啊,"徐美茵笑道,"小学、中学、高中、大学,小珍要全部上完的哦。"

夏天到来后,姜明珍一直闷闷不乐。

究其原因大约是地瓜干没有了。

姜大小姐想吃东西却吃不到的情况极为罕见。范阿姨没给她买新地瓜干的原因,是姜家的家主不让。

姜明珍换的第一颗乳牙便是在她啃地瓜干的时候,一用力啃掉的。

小孩子娇气得很，换牙时出了点儿血，她见嘴里一口一口吐出来的全是红的，牙龈又疼，扑到父母怀里哭成了泪人。

横行霸道的女儿因为牙掉了哭成小猫咪，姜父姜母自然心疼得不行。

"小珍，不能啃地瓜干了哦。你在换牙，地瓜干又硬，你要是吃了再把另外的牙弄掉了，下次还得哭。"

相比于父母的小心，姜明珍是典型的"好了伤疤忘了疼"。

掉牙没几天，她就开始偷偷向何玉讨地瓜干吃了。

这下，他那儿的地瓜干全部被吃完，她彻底没得吃了。

何玉知道最近姜明珍不高兴。

她的心情全是写在脸上的。他每天白天跟她一起玩玩具，晚上还时不时地被她监督睡眠，看不出她不高兴也很难。

随着入夏，姜明珍思念地瓜干的症状越来越严重。

他们俩在玩具房搭积木，搭到一半的时候，她忽然开始叹气。

"你玩吧，我不玩了。"

何玉看她背着手走到窗边。

她惆怅地望向外边，长长地叹："唉。"

她泄了气的肩膀往下沉了一截。

忧愁的、丑丑的脸使她远观活像个小老太婆。

"要是还有地瓜干该有多好。"

何玉挠挠头，沉思了一会儿。

扫视周围，确定没人，他走到她耳边用气音对她说："我觉得，不然……你跟你爸爸妈妈闹脾气吧。"

第二章 地瓜干友谊

姜明珍怀疑自己听到的。

何玉拍拍她的肩,十分确信地道:"闹得大一点儿,他们会给你买的。"

他的表情非常真挚,真挚得让她一时失了语言。

她当他是乖孩子。姜明珍的意思是,何玉看上去胆子小小的,又那么听大人的话,居然会鼓励她闹脾气。

其实想来,他们俩第一次见面时,他就表现出了有什么说什么的实诚。如果他真的胆子小,估计是不敢对她三番五次"不敬"的。

想得远了,姜明珍看上去有些走神。

"你不想跟他们闹脾气吗?"何玉把她的发呆理解为不认同他的提议。

姜明珍的心思不在那上面,草草地点了点头。

何玉明白了:"那我再想想办法。"

等到几天后,他神神秘秘地找到她时,姜明珍才知道,何玉的"想想办法"不是说说而已,他真的细心观察了。

"早上我跟我妈妈去菜市场,发现有人在卖地瓜干。"

"你可以帮我买吗?"听到那三个字,姜明珍的精神立马来了,"我的存钱罐里有钱,我有很多钱的。"

"不行,早上我要跟我妈妈一起买菜,我没有办法帮你买。"没多想,他便拒绝了。

被拒绝是正常的,姜明珍很容易接受现实。

"好吧,乖孩子。"

何玉的"想想办法"却没有到此为止。

姜大小姐日日叹着气,对于他们从前最爱一起拼的拼图,她也不再感兴趣。

"送给你玩。"将全新的拼图往何玉怀里一塞,她便回自己房间午睡去了。

躺在床上快睡着的时候,她的门被叩响了。

姜明珍起床拉开门,外面是何玉。

"要不要出去,我们到菜市场买地瓜干?"

他的语气很急:"我妈妈刚才去商场买东西了,她跟我说,她没这么快回来。"

"啊?"

突如其来的干坏事邀约让姜明珍有点儿发蒙,不过她立刻心动了,甚至兴奋起来。

"菜市场在哪里?"

"比较远,"何玉一早考虑好了,"我们骑自行车去。"

"你是说我停在后院的自行车吗?可是我不会骑。"

"我会!"

何玉有姜明珍未曾了解过的样子。

他是山里出来的小孩儿,爬过树、抓过鸟、打过架,从小他跟爸爸待在一起的时间更多。在乡下的时候,何玉和"乖小孩儿"这几个字可扯不上关系。

他爸爸坚信,男孩子得磕磕碰碰,才能养得皮实。在工地里闲着无事,他教他的小孩儿学骑车,让何玉直接用他那辆破破烂烂的成人自行车学。

以何玉的身高,他在车上连脚都踩不到地,摔得多了,竟然也学会了。

第二章 地瓜干友谊

"你坐稳啊。"

小男孩儿的普通话一说得大声就不标准,他这会儿没注意到这个,踏上儿童自行车,他的脸上神采飞扬。

姜明珍比他高、比他重,她战战兢兢地坐在后座,把脚稍稍地抬离了地面。

有风掠过她的耳廓。

何玉一蹬腿,脚踏上踏板,流畅地踩了起来。

自行车在动!速度越来越快了!

他的力气有这么大的吗?

姜明珍一只眼睁着,一只眼闭着,双手抓着前面的椅座,半点儿也不敢放松。

那只待在她家的、温顺的、好欺负的小狗有一天忽然被放到了野外,它在大草地上开始一路狂奔。

"要下坡了。"何玉说。

风儿吹乱姜明珍的额发,她用睁着的那只眼睛看见身边的房子快速倒退。

他们的自行车在坡上飞驰而过,凉风沿着自行车下行的轨迹,劈开一条道,驱散所有夏日的燥热。

藏了一个夏天的心事被风一吹,轻轻巧巧地浮到嗓子眼。

姜明珍小声道:"我不想上学前班。"

"你说什么?"何玉没听清。

"我——"她音量变大,一字一顿,"我不想上学啊!"

"为什么?"他没停下,没回头。

看不见何玉的表情,姜明珍反而坦荡。

"没人喜欢跟我一起玩。"

何玉回答:"我也上学。"

"啊?"风太大了,她贴近他才听得见。

"我也上学啊。"

这回她听见了。

"哦!"

何玉也上学前班。

有很多小朋友的学前班意味着会有很多小朋友讨厌姜明珍,她向来和其他人玩不到一块儿。

不过何玉也上学前班,他和姜明珍上同一个班。

最后他们还是没有买到地瓜干。

偷偷溜出来的这一趟,何玉看准了时机、地点、交通工具,但他忘记提醒姜明珍带钱。

他们千辛万苦地到达菜市场,又两手空空地回来了。

不过姜大小姐思念地瓜干的症状由于他们这一次的出行得到了缓解。

她不再叹气。

俩小孩儿也顺利地迎来了学前班的开学。

姜明珍担心的自己讨人厌的事完全没有发生,相反,她在学前班里是非常受欢迎的。

班内无人不知、无人不晓,只要跟姜明珍玩得好,就有好吃的吃,有好玩的玩。

姜明珍的玩具是最多的,她带到学校玩的玩具不需要再带回家,看谁顺眼就把玩具送给谁。

姜明珍的妈妈每周五会拎一些吃的喝的来他们学前班。

她说是来给自家女儿送吃的,但她总是会多买。那"多买"的分量足够分给班里的老师和同学,还有富余。

每个周五的姜明珍是班里众星捧月的小公主。

她的课桌上整齐地摆放着诱人的食物,在小朋友们期待的目光中,她开始将它们分出去。

跟她玩得最好的人能最先被姜明珍点到名,分到的也是最多的。

"活芋,你想吃多少先拿走。"姜明珍叫的第一个人,毫无例外地次次都是他。

大家知道何玉和姜明珍的关系非比寻常。

两个人一起上学放学,坐同一桌,课间玩游戏时也总是在一起。

至于原因,小朋友之间也传遍了。何玉的妈妈是姜明珍家里的保姆,每周姜明珍妈妈送来的东西都是那个保姆拎着的。

"何玉是姜明珍家的下人。"这算是说得好听的。

更难听的话也有人说:"何玉是姜明珍家养的狗。"

隔壁班有几个认识姜明珍的小孩儿,何玉第一次到姜明珍家的时候,她有叫他们去她家玩。对于那天的何玉,他们全部印象深刻。

姜明珍不在的时候,他们找到何玉。

"你现在怎么跟姜明珍玩得那么好啊?"他们好奇地问道。

"是不是跟他们说的那样,你真的成她家的狗了?"

何玉回答不上来。

他长到六岁,似乎比其他六岁的孩子要沉默一些。

与身边围绕了很多伙伴的姜明珍不同,何玉没有交到一个新朋友。

班里的小孩儿跟着姜明珍叫他"活芋"。所有人都知道他是乡下来的,学他的口音说话是一件滑稽好玩的事情。

何玉试着反抗开他玩笑的人:"能不能不要学我说话?"

开他玩笑的人吐着舌头继续学:"能不能不要'xiáo'我'索发'!"

这时候的姜明珍也跟着大家一起笑,那个模仿的人模仿得太像,把她逗乐了。

她无从得知,何玉在内心深处会为被笑话口音的事感到自卑,毕竟他从来没有对她说过。大家笑他的时候,他也总是表情平静。

姜明珍对于能和何玉上同一个学前班超级高兴。

她觉得,她跟何玉天天在这里玩得很开心。

课间,他坐在位子上,抱着他那盒表面图案快要磨没的水彩笔画画,她见了,立马拉他起来。

"活芋,别画了,跟我去踢毽子吧。"

于是,全是女孩儿的踢毽子小组加入了一个何玉。

姜明珍刚学踢毽子没多久,才踢了一下,毽子便落了地。

她弯腰捡了几回,体力已经耗得差不多了。

她不小心踢得比较远,就向在旁边站着的何玉求救:"帮我捡毽子好吗?"

他二话不说地去捡了。

何玉用起来实在方便,姜明珍不自觉地开始依赖他,踢得远了都喊他捡。

逐渐地,其他女孩儿学着姜明珍,也让何玉帮忙捡毽子。

这个活动发展到后面,女孩儿们踢毽子少不了要叫何玉——他是专门捡毽子的。

第二章 地瓜干友谊

何玉可不就是姜明珍养的狗吗？即便是别人说的，他也想不到反驳的话。

狗会帮主人捡球，他会捡毽子，对姜明珍言听计从的何玉比狗还听话许多。

由于保姆儿子的身份，在所有人包括范阿姨、姜家家主、姜明珍，乃至何玉自己的眼中，他天然低了她一等。

这个身份到了人多的校园，被越发放大了。加入这个鄙视环里的，有学校里的同学和老师。

它已经慢慢地大到让他深感不适的程度，何玉感到哪里出了错。

"姜明珍跑哪里去了啊？你怎么没有看住她？快把她叫回来上课。"老师这么对他说。

被叫小狗后，何玉的沉默对待让爱开玩笑的同学们变本加厉地给他取了新外号，叫"土狗"。

姜明珍听到后问为什么，他们说因为何玉是乡下来的，是姜明珍家的狗。

"你们也觉得他像一只小狗吗？"她说，"我早就觉得像了！他的眼睛像小狗的眼睛一样圆圆的，而且他总是很乖呢！"

何玉是喜欢和姜明珍玩的，可是，他在一步步成为姜明珍身后的一道影子，失去了自己的名字和颜色。

父亲去世后，为了不成为母亲的负担，何玉努力地听话乖巧，不去惹事。如果他是天生逆来顺受的性格，或许他能和姜明珍相安无事地共处，但他不是。

何玉的愤怒在周六的下午被一件事情点燃了。

学校老师留了作业，让小朋友们回家画画，画的主题是《我的朋友》。

姜明珍准备对着何玉的脸画这幅画，去保姆房找他的时候，发现他和范阿姨一起出门买东西了。

他平时不离身的那盒水彩笔放在缝纫机上，她正好看到。

想到要画画，她的水彩笔在二楼的书包里，姜明珍懒得跑上楼去拿，于是直接把何玉的水彩笔拿来用。

何玉回来，见到正在画画的姜明珍。

她在客厅一边看电视，一边随心地在纸上涂色，跟着电视里的声音笑得乐呵呵。

有很多画废的纸被揉成团丢在地上。

几支水彩笔用得没水了，被丢在纸的周围。

"你为什么用我的水彩笔？"

何玉远远看到那些笔，冲过来，直接把它们从她手中夺了过来。

她的手被他抽痛了！

"你干吗啊？"姜明珍揉着手，瞪了他一眼，"我借你的用一下不行吗？"

"不行。"

姜明珍从来没听过何玉用那么大的音量说话。

他将水彩笔盖上盖子，一支一支地放到盒子里，其间完全不看她。

"哼，活芊小气鬼！"姜明珍哪曾被何玉用这样的态度对待过，沉寂许久的大小姐脾气顿时上来了，"你的水彩笔难用死了，好多画两下就没水了，我还不爱用呢！"

"被你弄坏了。"何玉捡起被丢在地上的水彩笔，在自己手心里

第二章 地瓜干友谊

试着画线,"没水了……"

他整个人像傻掉一样,不停地画呀画,笔已经涂不出颜色了。

姜明珍看着他低垂的头,豆大的泪水从他眼里一滴滴滚落。

他竟然哭了。

本来姜明珍已经气到准备掀桌子,看他这样,忽然心虚了。

至于吗?何玉被她从梦里打醒无数次,有时候打得很重,他也不会哭啊。被她骂得狠的时候,被她抢东西的时候,那些不比她用了他的水彩笔严重吗?他都没有哭啊。

"没水就没水啊,我赔给你。"姜明珍宽宏大量道。

既然他哭了,她就不发火了,这次不跟他计较。

"你那种水彩笔我还有很多。我有 24 色的、48 色的、72 色的,你要是觉得不够,我可以叫我爸妈买十盒赔给你。"

何玉还在哭。

"你听到没有!"她吼他,"不要哭了好吗?"

男孩儿哭得脸都红起来了,嘴用力地一下一下抽气,呼吸不畅的样子。

姜明珍也被他弄哭了。

她哭起来不同于他的安静,她哭得歇斯底里。

大人们注意到客厅的动静,赶忙下楼看发生了什么事。

两个小孩儿都在哭,根本无法沟通。

范阿姨过来,仔细一看那些水彩笔的样式,心道"坏了"。

"这是何玉他爸爸送他的水彩笔,"听着儿子的哭声,她心里也疼,"被小姐拿去用,好像用坏了一些。"

"小珍!"姜元和徐美茵对范阿姨家里的事再清楚不过,马上转头去骂姜明珍了,"你怎么能乱用别人的东西呢?"

"不就是……破水彩笔吗?"姜明珍赖到地上,揉着眼睛,蹬着腿,哭得上气不接下气,"你们也凶我!"

她不懂,她委屈,她对何玉爸爸的事一无所知。

大人们叹了口气,不知对她从何说起,只好先和何玉道歉。

"何玉啊,叔叔阿姨给你买水彩笔好吗?你要什么样的,叔叔阿姨买,买特别多啊。你别哭了,原谅姜明珍好吗?她……"

那是何玉听过的最恶毒的一句话。

"她,不知者无罪呀。"

六岁的他尚且无法完整理解这句话,他只听得懂意思。

因为姜明珍不知道,所以她做的错事全部可以当作没有发生过,他要原谅。

可是,他的水彩笔坏了,就那么坏了,世界上哪有这样的道理?

全世界最贵的、最好的、最多颜色的水彩笔,它们加起来也抵不过他爸爸买给他的那盒水彩笔。

"我不要你们的水彩笔!"男孩儿的声音哑了,像竖起毛的小动物一样,露出浑身的锋利。

当姜明珍哭得累了,号啕大哭化为抽泣时,他仍然在哭。

周围的声音都在耳朵里消失,何玉沉浸于无尽的悲伤之中。

他幼年丧父,到新的地方居住,过着寄人篱下的生活,还有做不完的噩梦……压抑的情绪被用坏的水彩笔剪开了一个缺口。他停不下来,这一年来让他感到沉重的一切将他淹没。

"阿玉,别哭了。"范阿姨按住何玉的肩,帮他擦眼泪。

即便大人们平常夸了他千句万句"你好乖",姜家也不是能容他

第二章 地瓜干友谊

发脾气的地方,不能再哭了。

徐美茵把姜明珍带回房间,她还不乐意。

何玉还没有跟她道歉呢!

上一次他得罪她,是在他说她长得像鬼的时候。最后他帮她捡熊,跟她说了对不起,好久之后她才打算原谅他的。

这一次比上一次更严重!

姜明珍不哭了,她冷静下来,深感自己刚才没有发挥好。

"活芋把我的手弄痛了。而且,他的笔他自己天天用,是他用没水的,我只是拿来画了一两下而已,怎么能说是我用坏的,明明他……"

"姜明珍!"徐美茵拉下脸,非常严肃地叫了她的大名。

"哼。"姜明珍的嘴噘得高高的,能挂得上一个酱油瓶。

"换作是你,你的水彩笔被人弄坏了,你会是什么感觉?"

她答得理所当然:"我才不会在意,反正我有很多水彩笔。"

徐美茵叹了口气,想举出更恰当的例子:"如果你最喜欢的玩具被别人弄坏了呢?"

"我会叫他赔我一个啊。如果他不赔,我就跟你们说,让你们重新买一个一模一样的给我。"

姜明珍从小家境优渥,她有溺爱她的父母,没吃过苦,让她站在何玉的角度思考问题是很难的,他们的生活找不到相通之处。

好在徐美茵有教导她的耐心。

"如果我不答应给你买,你再也没法儿拥有一模一样的玩具了,你会怎么做?"

姜明珍倔着，不肯松口："那我找爸爸啊。"

"我说的是，如果你爸爸和我有一天没有办法买东西给你了，你再也拿不回你最爱的玩具了，那你会怎么做？"

她妈妈尝试把姜明珍放到何玉的位置上，让她明白何玉哭泣是事出有因。姜明珍不傻，她听出来她妈妈的意思了，可她若是承认何玉没做错事，那做错事的就成了她自己。

"你们会给我买的。"

跟她讲道理简直是对牛弹琴。

换作以往，徐美茵这会儿已经放弃说教了，她觉得孩子还小，大了再跟她说也不迟。但她看着自己六岁的女儿，忽然觉得，或许现在教她都太晚了。

从什么时候起，她的女儿已经成了这副不可爱的样子？

"你今天做了很严重的错事。"

放弃要她将心比心地自己发现错误，徐美茵直接指出来了。

"第一，你借用别人的东西，没有提前跟人家说；第二，那是对何玉很重要的水彩笔，你把它弄坏了；第三，你弄坏水彩笔后没有跟他道歉，反而大哭大闹，怪他小题大做。"

姜明珍不懂："活芋的东西我为什么不能拿啊？"

徐美茵反问她："你为什么可以拿？我有没有教过你，借用别人的东西前，要问别人愿不愿意？"

她是教过。姜明珍会问的，假设对方是学校的同学，她借东西一定会提前打招呼，但对方如果是何玉，姜明珍便不会提前知会。

她抢他的东西，已经成了一种习惯。从何玉乖乖地把自己的地瓜干让给她的那一刻起，最后一点儿"他"与"我"的界限也消失了，

第二章 地瓜干友谊

他的东西就等同于她的。

"好吧,"姜明珍承认,"算我有一点点做错了。"

"不是一点点,我说了,是错得很严重。他的水彩笔是他爸爸送他的。你知道吗……何玉的爸爸不在这个世界上了。"

"啊?那他去了哪里?"她问得一派天真,完全不知其中的沉重。

徐美茵选择不再避讳地和女儿谈论不幸的事。但姜明珍对于死亡的理解相当浅薄。死亡离她年轻的爸爸妈妈很远,离她更远,远得就像是永远不会到来一样。

她妈妈吐出一口气,向后靠上了椅背。

"哪里也没去,他只是不会回来了。"

姜明珍沉默了。

她沉默地思考"不会回来"的概念。

"没了爸爸以后,何玉每晚睡得很不安稳。你不是相当了解的吗?他晚上老是做噩梦。听范阿姨说,何玉爸爸出事的时候,何玉也在那个工地。他这孩子很可怜啊……"

"所以,"姜明珍想起来了,"他做噩梦时总叫着'爸爸',他很想念他的爸爸?"

"是啊。你之前到爸爸妈妈这儿,笑话何玉要跟范阿姨一起睡。和何玉一样的年纪,你已经跟我们分房,在自己房间也能呼呼睡得跟小猪似的。但是,小珍啊,你能安心地睡觉是因为你知道家里很安全,不管发生什么事爸爸妈妈都会保护你。而何玉呢?这里不是他的家,他的爸爸没有了。"

徐美茵一字一句都说得温柔,姜明珍的头却被她越说越低。

她忆起何玉被梦给魇住、脸色煞白的模样,心中突然袭来一股不可名状的悲伤。

"小珍,希望你能听进去妈妈今天说的话。以后,你更应该懂得珍惜、尊重何玉。你在我们的家里是主人,主人的身份不是让你用来欺凌别人的,你应该对何玉有礼貌,让着他,优先去考虑一下他的感受。"

徐美茵的用词比较深奥,不过姜明珍觉得她听懂了。

她非常用力地对妈妈点点头。

姜明珍打算跟何玉道歉。

小公主自打出生以来,跟人道歉的次数屈指可数。

她上一次道歉,是对妈妈。

看了电影里恶作剧的桥段,姜明珍觉得很好玩,于是在她妈身上做试验。有一天他们一家三口出去买东西,在大庭广众之下,姜明珍溜到她妈妈旁边,把她的裙子往上一掀……徐美茵那样脸皮薄的淑女哪曾在外面出过这样的丑?偏偏罪魁祸首是自己的女儿,她有气没处撒,回家以后,她躲在房间里哭了。

姜明珍跟她妈妈认错道歉,伸出手,被她打了十下手心。

那事也就这么过去了。

"知错就改,还是好孩子。"大人这样教她。

姜明珍想,知错就改,她还能跟何玉像从前一样,天天开开心心。

被妈妈教育的第二天,姜明珍让徐美茵带着她去了百货商店。

她为何玉精心挑选了一盒全新的水彩笔,是72色的。

姜明珍坚持要最大包装的,以表自己道歉的诚心。一盒水彩笔拎起来有他们上学的书包那么大,一排排鲜艳的颜色看着相当气派。

第二章 地瓜干友谊

买水彩笔,姜明珍倒是干脆利落;送水彩笔,她却足足拖了一个星期。

何玉一个星期没有跟她讲话了,不论是在家里还是学校。

家里,何玉有那间窄小的、能关门的保姆房。

但是学校……学校里他只有她一个玩伴,他的同桌也是她。他不跟姜明珍说话,连姜明珍都想不出他能跟谁说话。

事实是,他做到了。

除非老师上课提问、范阿姨跟他说话、姜家家主问候他,其余时间何玉没开过口。

在姜明珍眼里,他仿佛一整个星期没跟人说过话了。

往日他一个人无聊时会画画——用他的水彩笔,可是何玉现在连画也不画了。

他沉默地观察着世界,像没长嘴巴的木头人一样。

姜明珍拖着"道歉"的事,越拖越难以开口,特别是对着何玉那张面无表情的脸。

按她以往的做法,她可能会去刁难何玉一下,让他不得不先一步跟她说话,比如故意撞开他的椅子,比如故意拿走他的东西,他不求她,她就不还。

可是,她知道自己这次是做错事了啊。

她心里愧疚,看着形单影只的何玉,更觉得他可怜。所以和他相处的时候,她也尴尬,也小心翼翼。

"只要何玉跟我说一句话,我立马跟他道歉!"抱着这个想法,姜明珍浑身不自在地度过了一周。

看来何玉是不会先理她了。

又是一个周六,家里空荡荡的,大人们不在。

学校有同学看着,不适合道歉,家里如果有其他人,同样不适合道歉……姜明珍权衡了一下,这一刻无疑是道歉的最好时机。

于是小公主拎起她的72色水彩笔,蹑手蹑脚地下楼了。

保姆房的门紧闭着,里面静悄悄的。

把耳朵贴到门上听了一会儿,她终于听到一点儿"沙沙"的翻书声。

呼,太好了,何玉在家。

姜明珍深呼吸几口气,敲响了房门。

"……"

没人来开,她继续敲。

姜明珍敲到门快散架了,里面的人仍旧不为所动,她就自己把门打开了……

何玉果然在。

他坐在缝纫机那边看书。

"哈哈,原来范阿姨没锁门啊,真巧。"

说得范阿姨哪次锁过似的,她一向进出自如,再清楚不过了,这话她自己听着都生硬。

"咳咳,咦?你在看什么?看得挺认真呢。"

他在看什么,姜明珍光看封面就知道了。

《儿童读物:不能做的事情》——书是他们学校自己出的,健康教育课上用。

何玉没抬头、没回话,当她是空气。

姜明珍的怒气渐渐飙升上来了。

手上拎着显眼到不行的72色水彩笔,她站在这儿也不是,走也

第二章 地瓜干友谊

不是。

"这个给你。"

她抡起水彩笔,往他的书上一砸,强烈地想要唤起他的注意力。

这下,何玉终于看她了。

姜明珍既想跟他说话,又不愿意显得自己太卑微,那样会被他看不起。她高高地昂着下巴,装出轻描淡写的语气。

"我是听我妈的话来跟你道歉的,这盒新的水彩笔是你的了。要是还有什么不满……"

她直挺挺地伸出双手,任他打。

"你想对我做什么都可以。"

说是这么说,姜明珍并不认为何玉会真的打她。

她一动不动地站着,等他的反应。

何玉将手中的书从水彩笔下面抽出来,合上。

"你说的。"他站起来,勾了勾嘴角。

然后,何玉看着姜明珍,举起手——拍在了她的胸上。

《儿童读物:不能做的事情》第一条:"男孩子不可以触碰女孩子的隐私部位,隐私部位指的是穿泳衣时会遮住的地方……"配图是卡通男孩儿把手放在女孩儿的前胸,女孩儿大惊失色。配图上打了个红色的大叉叉。

老话说,三岁看大,七岁看老。

六岁的何玉已经能够学着健康读物的错误示范,做出"摸姜明珍的胸"这等混账事。

足可见,未来的他会是个不折不扣的乌龟王八蛋。

用这一个星期，何玉想清楚了所有事。

他为学前班里的所有矛盾找到了一个解决办法。

他不要再做姜明珍的"狗"。

从今以后，他要和她划清界限。

跟姜明珍作对的方法有很多种，但惹了她以后，她绝对不会善罢甘休。不跟她作对，他却也不愿意接受姜明珍的道歉，让两人的关系回到从前。

最后，何玉用他六岁的聪明脑袋瓜想出了办法——他要让姜明珍讨厌他，不再接近他。

于是，让故事回到他的手拍在她胸上的这一幕。

姜明珍低下头，愣愣地望着何玉的手，十秒后，惊叫声响彻全屋。

"啊！"

她知道这是不好的事情，知道这带有不好的意味，那是健康教育课上老师教的"男孩儿不能对女孩儿做的事情"。

何玉做了！

"活芋不要脸！"

姜明珍的手还保持着伸直的状态，这会儿直接举起来，左右开弓各给了他一巴掌。

打完他，她又羞又愤，立即转身逃走。

何玉的目的顺利达成。

第三章
未来小画家

这下,姜明珍成了主动躲着何玉的人。

周一上课,她自己提早到学校,跟老师说她要换同桌。等何玉来的时候,他的位子已经被一个头上绑着蝴蝶结的女孩儿占了。

姜明珍和女孩儿亲热地一起折着纸,何玉来了,她一点儿要跟他讲话的意思都没有。

"请问,你的位子在哪里?"瞧了眼桌子上被换掉的姓名牌,何玉直接问那个女生。

女孩儿给他指了指:"前面第三排,靠窗户。"

何玉走以后,姜明珍马上对女生发火了。

"你干吗跟他说话啊?"她从下面踢了她一下,表情相当不快。

"他来找我讲话,我回答而已。"女孩儿委屈地辩解着,抬脚擦了擦自己被弄脏的鞋,"这……你也用不着踹我吧?"

"你要是跟他讲话,你就是叛徒。"姜明珍仰高下巴,现场制定了严格的规矩。

女孩儿只好应道:"哦。"

姜明珍和她家的"土狗"闹矛盾了,不过一个上午,这件事在学校的小朋友们之间传遍了。

上个星期，大家见到他们不再像从前那样形影不离，就觉得有什么事发生。

这个星期，姜明珍不和何玉坐在同一桌，且明令禁止：所有跟她玩的人不准跟何玉玩。

要是姜明珍发现谁跟她玩又和何玉说话，那她便会把那人视为"叛徒"。"叛徒"跟何玉同一待遇，所有跟姜明珍玩的人，都不能理"叛徒"。

"土狗好惨啊！"看热闹的人说，"他被他的主人抛弃了。"

身处风波中心的何玉反而是最平静的那个。

他坐在新的位子，该上课的时候上课，该吃饭的时候吃饭。课间他不必像往日那样帮女生捡毽子，但他还是会去教室外面走一走。

学校里有一处类似植物园的地方，用于园艺课时老师带领小孩们认识不同种类的花花草草。平时除非上课，否则大家不怎么去那儿玩。

何玉课间总去的地方就是那里。踏进植物园以后，他的身影便消失在繁茂的树木丛中。上课铃响的时候，他时不时会带着一两片叶子回到教室。

大伙儿起初以为他是无聊，单纯地摘叶子玩，并不感到稀奇。直到周三的音乐课，何玉用他捡回来的树叶在班上吹了一段《小星星》。

被这奇异的一幕惊呆，不少人表现出浓厚的兴趣。

"这个我只在古装剧里看过！"

"我也看过！你好像古人哦，竟然能用叶子吹出歌。"

"你怎么做到的啊？"

向何玉问话的人被姜明珍斜了一眼，怕自己成为"叛徒"，他悻悻地噤了声。

即便如此，何玉仍然好心地回答了他。

"跟叶子有很大的关系，"他说，"要选择合适的叶子。"

就这样，植物园在课间一下子变得热闹起来。

最开始没有人主动去和何玉说话。小孩儿们聚作一团在植物园里玩，他们玩他们的，何玉一个人蹲在地上，这里看看，那里看看。

等何玉换了一个地方以后，他们又匆匆跑到他去过的草丛。

"你们有看见土狗刚才挑的是哪种叶子吗？"小朋友们七嘴八舌地讨论。

看清楚的人在地上选了一片类似的树叶，往嘴边凑。

"噗噗噗……"叶子发出的声音很奇怪，他又吹了几下，吹得满脸唾沫。

"你吹得不够用力吧？"旁边的小孩儿给他建议。

那人使出更大的劲，手中的树叶直接被他吹破了。

其余的人换了不同形状的叶子，换了不同的方法，又尝试了几次，可是没人能像何玉一样用树叶吹出好听的声音。

他们在这边瞎忙活的时候，植物园的另一头传来了清亮的《小星星》的调子。

看来，何玉又找到了一片适合吹奏的树叶。

小孩儿们沉默地听着他吹完，再看看自个儿手中的叶子，越看越觉得不顺眼。

"我……"有个人弱弱地说，"我有点儿想去问土狗，是什么样的叶子。"

大伙面面相觑，似乎没人持反对意见。

"呃，你们要不要去问？"

"你们去问的话，我也去。"

"那我也去！"

从树丛中抬起头，何玉看见身边挤了一群班上的同学。

"喂，土狗，"男孩儿轻咳一声，道，"我们有问题要问你。"

何玉自然知道他们的来意，玩着手中的叶子，他的声音轻却坚定："我不叫土狗，我有名字。"

"好吧……何玉。"

有事求人总归嘴软，他们没有在小小的称谓上纠结。

"那个，我们想问你，能吹的是哪种叶子啊？"

何玉冲他们笑了笑，摊开手掌，让他们看他的树叶。

"要表面光滑的叶子，它的边是这种一条的、平平整整的弧形，然后你们摸一下叶子，一整片几乎是一样厚的。"

他教得很认真，小朋友的脑袋全部凑过来，观察那片叶子的特征。

"除了这些，要找绿得刚刚好的叶子。如果它太新鲜了，容易吹破，太老的叶子则声音不好听。"

这其中简直太有学问了。

小朋友是容易兴奋的生物，在植物园里找出那样特别的叶子，是一个极具挑战的任务。何玉说完，他们便迫不及待地四散开，寻找自己的叶子。

"这片树叶可以吗？"

找得快的人很快举着叶子回来找何玉认证了。

何玉上手摸了摸，冲他点点头："可以的，你吹吹看。"

第三章 未来小画家

那小孩儿张开嘴，双唇往树叶上一抿。

"吹不响啊？"他立刻失望了。

"是吹的方法不对，"接过那片树叶，何玉两手贴着叶片的边缘，稍微向上一翻，"要把叶子折起来才会发声的。"

小孩儿表示怀疑："真的吗？折一下能有什么区别？你吹给我听听。"

何玉将折好的叶子往唇上一贴，轻轻松松地吹出了小笛子一般的特殊响声。

这下所有人都藏不住对他吹叶子技艺的羡慕了："你好厉害啊！这个是谁教你的呀？"

"我是乡下人，常在山里玩，山里有很多这种树，所以我们很多乡下小孩儿都会吹叶子。是其他小孩儿教我的，他们比我吹得好，我只会最简单的。"

何玉虽然对他们取的外号表现出反感，但是他对自己的身世并没有顾忌，一口一个"乡下"，说得相当坦然。

"我想学！"

那片叶子的主人听到乐声，早就按捺不住了。

"何玉，你可以教我吹吗？"

"可以啊。"

他爽快地应下，折好叶片，手把手地教他。

"嘟……"

不娴熟的吹奏吹出的一半是空气的声音，混杂了一半低沉的乐声。

男孩儿瞪大眼睛，捏着叶子，眼珠子惊讶地转来转去，表达着对于吹出声的激动。

鼓起气，他又吹了几下。

"嘟嘟嘟……"

"天哪！真的可以吹出不一样的声音！"

一传十，十传百，大家奔走相告，植物园有能吹出声音的叶子。

几个课间过去，班上的好多人手里都拿着片树叶了。姜明珍团队里"叛徒"的数量也逐渐增多。

因为人变少，她们踢毽子分队都分不平均。

课间，姜明珍没去操场，她抱着手臂，坐在自己位子上生闷气。周围时不时传来"哔哔哔"的吹叶子噪声，让她的表情越来越臭。

"姜明珍……大家都去了，"她的新同桌看着她，扭扭捏捏地问，"我可以去植物园找叶子吗？"

姜明珍白了她一眼："你想当'叛徒'可以，我周五不会分你好吃的了。"权衡一下，新同桌还是选择坐回了位子上。

她心不甘情不愿的，头上的蝴蝶结也耷拉下来。

"你为什么不跟活芋玩啊？以前你们不是很好的吗？"

教室里正好没什么人。姜明珍在何玉那儿受了委屈，憋在心里这么久，也挺想对人说说的。

她朝女生招招手，女生动作流畅地把耳朵伸过来。

"他……"姜明珍咬了咬唇，对她耳语道，"他摸我了。"

"摸你？"女生往后一退，眼神在姜明珍的身上四处打量。

用力冲她点点头，然后姜明珍把手按在了自己的胸上。

"啊？"女生十分夸张地拿手捂住嘴。

"是不是？他太过分了！"姜明珍气鼓鼓地叉着腰，"我打算永远不理他了。"

第三章 未来小画家

女生托着腮，沉思着。

末了，她一下子想到什么，猛地一拍桌子。

"我知道了！"

头上的蝴蝶结因为她的大动作上下跃动了两下，小女孩儿语出惊人。

"姜明珍，活芋是不是喜欢你啊？"

姜明珍"扑哧"乐了："你在说什么呀？"

"是真的啦，我听我哥哥说的！"

女孩儿煞有介事地挪了挪凳子，细细与她道来。

"有一天我哥哥在房间里抱着他的女朋友，抱得很紧很紧，被我撞见了。他说，那是因为，他太喜欢他女朋友了。我哥哥说啊……"

女孩儿清了清嗓子，模仿起她哥哥的语气。

"当一个人爱另一个人爱得很深，他全身所有的部位都会反常、失灵、变得不对劲。当他爱的人出现了，他的身体才重新被注入活力，被自己爱的人吸引过去。所以，我哥哥会往他女朋友身上贴，两个人像被粘住一样，抱着一动不动的。"

她学得不像，整段话经过她的嘴变得痞里痞气，不过这种程度已经足够唬住姜明珍了。

什么情啊爱啊的，六岁的她们一个在乱说，一个在瞎听。

姜明珍死命点头，其实压根儿没理解多少。

正是因为她的一知半解，她觉得女孩儿的哥哥说的话真是太厉害、太有道理了！

话题回到何玉。

女孩儿一脸严肃地问姜明珍："如果是平常的活芋，他会摸你吗？"

她答得斩钉截铁:"他肯定不会的。"

"嗯,"女孩儿掰着指头,一个个对上号,"所以,他身上反常、失灵、变得不对劲。"

她抬头和姜明珍对视,而后她们一齐看向姜明珍的胸。

最后一个指头也按下来。

"他被你吸引了。"

结论得出得很轻松,且毋庸置疑。

女孩儿说:"何玉爱上你了。"

姜明珍有心事了。

上课后,她托着腮,望着何玉圆圆的后脑勺,陷入了沉思。

她想来想去,总觉得有哪里不对劲:何玉真的喜欢我吗?

何玉是因为她弄坏他爸爸送的水彩笔才跟她生气的,到这里她都能理解。但是他到底为什么要摸她?生气的话,应该打她骂她的,他却没有!而是摸了她!

同桌十分肯定的那句"何玉爱上你了"在姜明珍的脑子里不断循环。

不行,这样下去不是办法。

姜明珍决定今晚回家,去爸爸妈妈那边核实一下她的猜想。

半夜十一点。

徐美茵和姜元躺在床上,夫妻俩恩恩爱爱的。女儿已经睡觉了,这个点无疑是他们一天里最悠闲愉悦的时刻。

"老婆,你最近是不是忙瘦了?"

姜元心疼地在徐美茵身上掐了掐。

第三章 未来小画家

"讨厌！"她娇声推他，"你捏的那里，不是肉很多吗？"

"爸爸妈妈！"

姜明珍的声音忽然响起，夫妻俩被结结实实地吓了一跳。

回头一看，他们的女儿不知道从什么时候起站在门口了。

"你怎么不关门啊？"徐美茵嗔怪地瞪了姜元一眼。

"咳咳。"姜元摸了摸头，装作没事地帮老婆整理好衣服。

"小珍啊，"他们招手让她过来，"你怎么这么晚了还不睡觉？"

姜明珍脱了鞋，爬到爸爸妈妈的床上："我有个问题想问你们，不问清楚我睡不着。"

"哦？什么问题？"

"就是……"她看着他们挨在一起的身子，认真地问，"你们爱对方的时候，会不会突然很反常地、莫名其妙地把手放在对方的身上？"

夫妻俩对视一眼，两个人脸上都写着大大的尴尬。

"当然了！"他们答得异口同声。

姜明珍点点头，自己嘴里碎碎念道："原来真是这样啊。"

"也要看手是放哪里。"怕把女儿教坏，姜元补充了一句。

"放胸上呢？"

"呃……"

因为无语，他又开始摸头了。

妻子脸红地小声说他："都是你，刚才被小珍看到了啦。"

"那绝对是非常爱啊！"

对着女儿求知欲满满的脸蛋，姜元强行正经起来。

"那是爱到要跟对方结婚的时候才能放的地方，比如我和你妈妈，我们结婚了,所以可以放。小珍不可以随便把手放到别人的胸上哦。"

"结婚?!"姜明珍微微张大嘴,脸瞬间憋红了。

"怎么啦?"徐美茵关心地问她。

"没有。"姜明珍从床上蹦下来,一路逃出了父母的房间,"你们睡觉吧,我得回去想一想。"

如果说校园里有一个"最受欢迎小朋友"的评选,何玉无疑是最近的第一名。

吹叶子游戏在孩子们之间是最火爆的,要想选到好叶子、吹出好声音,问"吹叶子大师"何玉就行。

他人超好说话,而且很有耐心。从前得罪过他的人,他也会教。

每个课间,何玉的座位旁边会围着一大群来找他请教的人。他连教室的门都出不去,因为向他问问题的人太多了,就连隔壁班的小孩儿们也全来了。

姜明珍的同桌挥舞着她的新叶子,高高兴兴地坐到座位上。

"哔——哔——哔——"她吹了几声,问姜明珍,"你听得出我吹了什么吗?"

姜明珍动动眉毛:"两只老虎?"

"对的!"同桌兴奋得手舞足蹈,"哈哈,何玉教我吹的,这个太好玩了!"

"你们这群叛徒!"她揉揉鼻子,假装不是很关心地伸出手,"那什么,把你的叶子给我看看。"

"不要,我好不容易才找到的。"

女孩儿宝贝地捂好自己的树叶,怕姜明珍生气,她赶忙补充道:

第三章 未来小画家

"你也去植物园找吧,让何玉带你去。"

姜明珍摇头。

跟何玉讲话的人越来越多,她身边的人越来越少,当所有人都成了"叛徒"之后,姜明珍反倒成了落单的那个。

踢毽子小组解散了,她课间也不知道有什么能干的,就在位子上傻坐着。

她不主动找何玉,先前是因为生他气,现在是因为,她觉得何玉喜欢她的话会先来找她的。

徐美茵问了姜明珍几次:"彩笔的事你跟何玉道歉没?你们什么时候一起上学一起吃饭呀?"

姜明珍每次的回答都是:"我等他主动来找我。"

家里人看他们闹了这么久矛盾,姜明珍这大小姐脾气说也说不通,便懒得再管。

大人们有他们的事情要忙。

姜元的饭店生意十分成功,所以他打算再在市中心开一家更大的饭店,走高端路线,赚更多的钱。这段时间徐美茵跟他一起在忙新饭店的事。

而范阿姨最近心神不宁地整天守着电话,有时候打电话能打一个多小时。

姜明珍偷听到一些,电话那边在说"工地""工伤""赔偿款"什么的……反正是她完全不懂、不感兴趣的东西。

头上绑蝴蝶结的同桌女生晃了晃在走神的姜明珍。

"你别不高兴啦,"她说,"爱情的滋味本来就是这样的,微微苦涩。"

姜明珍不明白:"他对大家都很友善呢,唯独不理我。喜欢我也不用这么奇怪吧?"

女孩儿摸着下巴,一副爱情专家的模样,给她分析。

"跟所有人都可以玩得很开心,只跟你玩得不开心,这说明你……很特别。"

她的话让姜明珍的表情渐渐明朗。

"对的,"姜明珍悄悄告诉她,"我从我爸妈那边证实了,活芋想跟我结婚。"

"肯定的。"女孩儿拍她肩膀。

"哎呀,我还不一定答应他,他好讨厌的!"

姜明珍两手并拳,扶着下巴,小短腿在空中晃来晃去。

"对了,老师要我们画的《我的朋友》,明天要贴出来公布第一名了。你画的什么呀?"

"就……"姜明珍说,"随便画了画。"

其实她画的是何玉,那个《我的朋友》,正是她拿走何玉水彩笔的那一次画出的作业,想起这个她就郁闷。

女孩儿跟她分享小道消息:"有人看到老师把何玉叫到办公室,夸他画得很好。"

"那他有可能会是第一名吗?"姜明珍惊讶道。

"嗯。"女孩儿挤眉弄眼地冲她笑,"要不要去办公室偷看他画了什么?"

"不看。"姜明珍扭过头,坚定地拒绝。

课桌底下,她的腿晃得更高了。

第三章 未来小画家

那还用看?

肯定是画的她!

《我的朋友》画画展览,得到第一名的孩子可以获得学校发的奖状。

在选择第一名的时候,老师们遇到了难题。

"你们觉得哪幅更好?"

他们对着桌上被单独拿出的两幅画,陷入了沉思。

一幅画来自三班的张柳,画得很认真,线条也很可爱,是两个小朋友在家里玩的场景。

另一幅来自一班的何玉。

画的色彩浓烈,首先映入眼帘的是一个填满画纸的圆,圆里有一张似笑非笑的脸,它堆在五彩斑斓的三角形、长方形和椭圆中,若隐若现。圆的外面,严密地缠绕着一双长长的、绷带样式的手。

拿起何玉的画,美术老师说:"这幅画很特别。我看了一下午小朋友们的画,但令我印象深刻的只有这幅。"

"是因为配色吗?"

"嗯。"美术老师道,"除此之外,他的构图和创意也非常耐人寻味。"

"这画的是什么啊?"

"唔,应该是表达友谊给予他的特殊羁绊。那双长手像在描述一种拥抱。所谓的'朋友',不正是能够拥抱你所有丑陋的人吗?"

"我觉得画的是他内心的自己,他把自己悲伤的情绪藏了起来,自己将它保护。"

有人"扑哧"笑出声:"不要过度解读了,艺术家们,你们在看一个六岁小孩儿的画好吗?"

于是老师们问他:"那你觉得这幅画怎么样?"

"我是读不出他要画什么,确实颜色搭配和画面挺好看的啦,不过……"

他举起另一幅来自张柳小朋友的画:"选第一名,我认为选这幅吧,比较简单易懂,其他小朋友也会认可的。"

"那可不一定,你是成人的目光,怎么能代表小朋友的审美,说他们会更喜欢哪幅。"

老师之间没法儿达成一致选出第一名。他们商讨后,最终决定在学校里办一个投票活动,让孩子们来选。

隔天。

早早来到学校的姜明珍和她的同桌,在张柳和何玉的画下仔细研究。

"为什么老师会觉得他的画画得好呢?"同桌把何玉的画看了又看,仍旧十分茫然。

"画得很传神啊。"

姜明珍硬生生地从那些花花绿绿的三角形、椭圆和彩带中,找出了自己脸的影子,虽然她也不懂何玉为什么要把她画得那么圆。

"画中的人是我呢。"她拍拍自己的脸蛋。

"有吗?"同桌怎么看都不觉得像。

"有啊,"姜明珍掏出包里的镜子,模仿画上的脸,挤出一个怪表情,"你再看看。"

第三章　未来小画家

"确实是！"诚实的同桌有一说一，"你和这幅画上的脸一模一样丑呢！"

"是吧，所以他画得挺好的。"满意的姜明珍背着手，走回了她们的班级。

上课之前，老师跟班里的学生通知了下午的活动：由他们在张柳和何玉的画中选出《我的朋友》画展的第一名，每个小朋友都有投票权。

姜明珍特意观察了一下何玉。当老师通知这件事的时候，他趴在桌上，专心致志地给自己垫板上的卡通人物描边，仿佛老师讲的是别人的事，不太关心。

姜明珍挺担心他不能得第一名的。

凭良心说，她觉得张柳的画更好一些。人家画的是两个小朋友玩游戏的场景，玩具小火车画得很像，背景的小花小草也很漂亮。

何玉就不应该画她啊！

他不知道吗？她的脸长得不讨人喜欢。

"皇帝不急太监急"正是用来形容姜明珍的。她一个早上愁容不展，想着要怎么让何玉多得点儿票，获得第一名。

后来真被她想出办法了。

每周五，姜明珍的妈妈都会带东西来学校，让姜明珍分给同学们，借机和大家搞好关系。自从姜明珍身边的人全部变成"叛徒"，她带来学校的东西也没人敢拿了。

上周便是那样，她的桌上堆满了好吃的，大家看着她一个人吃。

初时，姜明珍吃得一脸炫耀，沐浴在大家羡慕的目光中。渐渐地，看她的人变少了，她也吃得有点儿撑，脸色开始不好看了。

一个人自然是吃不完的,毕竟徐美茵准备的是一个班的量。剩下的零食全部被姜明珍藏进了她的柜子。

这天的午休时间。

学前班的午休,小朋友们会在阿姨的监督下进行午睡。

真正睡着的人很少,大家基本都在被子里玩一玩自己藏的小玩意儿,或者跟隔壁床的同学打闹,不过这些都得偷偷地做。

阿姨吹哨之后,所有的小朋友都要闭上眼睛。

她开始按照惯例巡视一圈,检查大家有没有老实睡觉。

姜明珍小朋友今天眼睛闭得特别快,手也老老实实地放在被子里。

阿姨仍旧在她的床边停了下来。

"咳。"阿姨不知道怎么说好。

姜明珍躺的姿势挑不出毛病,规规矩矩的,可是她的被子底下鼓起了小山一般的形状。

阿姨想不知道她藏了东西都难。

换作别的小孩儿,阿姨可能会过去掀开被子,偏偏她是姜家的千金。常来学校的姜家太太每次都有给阿姨们送礼物,让她们多照顾一下姜明珍。

权衡之后,阿姨蹲下身,对姜明珍耳语:"不要闹出太大动静哦。"

闭着眼的姜明珍小鸡啄米似的点点头。

等听到大门的关门声,说明阿姨出去了,小朋友们纷纷睁开眼,开始午间的玩乐。

"喂,"喧闹声中,姜明珍从肚子上抓起一包零食,朝她隔壁床的同学晃了晃,"下午的画画展览投票,你准备投给谁?"

"何……"正摆弄着叶子乐器的同学适时地咬住嘴唇。

第三章 未来小画家

盯着她手中的零食,他有眼力见儿地改了口:"如果我不投何玉,你会给我零食吃吗?"

她摇头:"投何玉才给你。"

"啊?"同学相当惊讶,"为什么啊?你不是讨厌何玉吗?"

姜明珍冷哼一声,撇了撇嘴:"关你什么事,问那么多,投不投他?"

"投!"同学喜滋滋地接过零食。

她又拿出一包,让他帮忙传话:"你帮我给你隔壁床的人,让她投何玉的票。投的话,她就有零食吃。"

小同学咬着嘴里的果冻,二话不说办事去了。

就这样,以姜明珍的床位为中心,零食一人传一人地四面分散开。

"你投何玉的话,就有零食吃,姜明珍给你的。"

"如果你投票给何玉,姜明珍会给你零食。"

"投何玉,姜明珍给你零食。"

"姜明珍给的,记得投票给何……"

男孩儿拿着零食往自己的隔壁床一塞,突然察觉到有什么不对劲。

"哦,不用叫你投票呢。"

何玉睁着眼,打量着他。

同学尴尬地挠挠脖子:"那你传到你的隔壁吧,叫他投你的票,零食是姜明珍发的。"

稍微坐起身,何玉看向姜明珍的床位。

她索性站在那边发零食了,脚上没穿拖鞋,直接踩在水泥地上。

他问隔壁床的同学:"你听反了吧?她是要给我投票?"

男孩儿打包票:"嗯!这个绝对没错的。"

何玉想不通："为什么？"

这个问题的答案他也不知道啊，男孩儿自行猜测，做出回答："大概她觉得你画得好？"

"她觉得……我画得好吗？"

何玉抿着唇，心中涌过一些奇异的情绪。

他低下头，捏着手中的零食，包装上写的是"蜂蜜小蛋糕"。

门猝不及防地被打开了。

小孩儿们太吵了，阿姨进来抓人，一眼看到站在床外面的姜明珍。

"姜明珍。"

没办法，不抓说不过去。

"你不好好午睡，得出来罚站。"

姜明珍没有辩驳什么，很干脆地跟着阿姨走了。

何玉侧过身，悄悄睁开眼看她。

她的睡衣下摆没有拉好，一半塞在裤子里，一半在外面。

拖鞋呢，还是没有穿上。

"何玉，你做什么呀？"隔壁床的人见他掀开被子跑出去，想要拦住他。

来不及了，何玉已经被阿姨注意到了。

一片人人自危的寂静中，她望着眼前这个自己送上门的小男孩儿。

"我也没有好好午睡。"他举起手，报告阿姨。

姜明珍古怪地看着他。

察觉到她目光的何玉并没有回头。

"那你也去罚站？"搞不懂他的用意，阿姨试探地问。

"嗯。"他自觉地站在姜明珍的身后。

第三章 未来小画家

那没什么好说的了，只能把他们俩都带出去。

正午的阳光最盛，脚踩在地板上是烫的。

阿姨让他们站在这里后，自己进食堂吃饭了。

姜明珍和何玉隔了一条手臂的距离站着，两个人都没有开口说话。

其实姜明珍有很多想说的，但她的嘴像是被线缝住了，她深深地叹了好几口气，仍旧开不了口。

最后，先说话的是何玉。

"穿鞋。"他说。

她瞥向身侧的水泥地，他把他的鞋脱下来，放在那儿了。

姜明珍没有动作，何玉当她是又闹大小姐脾气，不愿意穿。

蹲下身，他抓住她的脚，往上一举，将自己的拖鞋垫在了下面。姜明珍重心不稳，被他弄得差点儿摔倒。

另一只脚，他打算如法炮制。

"等下，"她赶忙出声，"我自己穿！"

何玉放开她的脚踝。

"你的衣服，"他一次性说完，"后面没拉好。"

姜明珍转头看向自己身后，还真是。

他怎么看得那么仔细啊！

"要……要你管哦。"她本来能摆出凶巴巴的样子缓解一下尴尬的，如果没有结巴的话。

何玉扭过头，没再看姜明珍。

做完这两件事，他恢复了刚才沉默的状态。

姜明珍努努嘴，低头往脚上看了看。

何玉的蓝色拖鞋她穿着正好。

他的脚呢？不怕烫吗？

"喂，"她小声说，"你的事，我已经知道了。"

意外地，何玉冲她点点头。

"对，我很快要走了。"

"哈？"姜明珍瞪大眼睛，完全是第一次听说，"你要走？"

"你不是说知道了吗？"何玉没想到她这么惊奇，"我爸爸的事，他的工地应该要赔钱给我们。可是他们一直拖着，都好久了，乡下的亲戚说他们工地最近干活儿的人越来越少，让我妈尽快回去问问是什么情况。"

"呃，我知道的是……"我知道的是你想跟我结婚的事。

姜明珍咽下后半句话，把注意力放在他刚才说的事上："那你们什么时候回去啊？"

忽然听到这样的大消息，她整个人变得紧张兮兮。

何玉没有立刻回答她，她更加着急。

"周末我爸爸的新饭店开张，你要去吃饭的，你不去了吗？"

"我也不知道。"他被她的情绪感染，心情也乱起来，"可能会去，好像下个星期走吧。"

"这么快……"

姜明珍的表情一下子暗了，拿何玉的拖鞋踢着地上的石子，语气中带着浓浓的不舍。

"你去多久啊？"

"不久的，"看着她踢出去的一个个小石头，何玉说，"拿到钱就回来了，一两个星期，或者一两个月。"

"一两个月很久啊！范阿姨一个人回去问不行吗？你为什么要一

第三章 未来小画家

起去啊?"

她大概自己也没注意到,她的手不自觉地拉住了他的袖子。

何玉深深地看了她一眼。

"我妈妈是保姆,我是保姆的儿子,保姆是照顾别人的。如果我妈妈不在,就要你们反过来照顾我了,这是不可以的。"

他的话中有一条意味强烈的分界线,将"你们"和"我们"分隔开了。

姜明珍失魂落魄地松开他的袖子。

"哦,那我会等你回来……我是说,我等范阿姨。你知道的,我要范阿姨喂饭。"

"嗯。"

下午。

小朋友们为《我的朋友》画展投票,选出学校里的第一名。

"让我们恭喜何玉同学。"

念出最终得奖学生的名字,老师领着同学们为他鼓掌。

在掌声中,何玉走上讲台。

所有的小朋友里,姜明珍无疑是鼓掌鼓得最用力的那个。

老师把红底金边的奖状交到何玉手中,他双手举起它,向大家鞠了一个躬。

奖状上,大大的黑字写着"何玉小朋友,你在本次校园绘画展览《我的朋友》中,表现优异,荣获第一名,被评为'未来小画家'。特发此状,以资鼓励"。

"未来小画家!"姜明珍比获奖的本人还激动,在台下带头大喊大叫。

"何玉是未来小画家!"鼓掌的小孩儿们跟着她起哄。

何玉被他们叫得脸红,收起奖状,不让他们再看。

他的画将被挂在校园的"文化之窗"展览三个月。"何玉"这个名字最近真是出尽了风头,没有一个人再叫他的旧外号,也很少有人想起,当初他们取笑他是姜明珍家的狗。

姜明珍和何玉不说话的日子里,不只徐美茵问姜明珍"为什么不跟何玉多道歉几次",范阿姨同样让何玉不要那么心胸狭窄,要原谅珍小姐的无心之失。

何玉不愿意原谅姜明珍的原因却不只是她弄坏他的水彩笔。他想跟她划清界限,他忘不了别人说他是"土狗"时姜明珍的附和。

他跟她玩,跟她分享自己的东西,最初是因为她是家里的小姐,他要讨好她。

但到后来,他主动和她一起玩,主动带她出门去买地瓜干,那些和讨好一点儿关系都没有。

他当她是朋友。

如果她不把他当朋友的话,何玉想:"那我也绝对不要做姜明珍的狗。"

"姜明珍,你画的什么呀?"

评选第一名结束后,美术老师发下大家的画画作业,姜明珍的那一幅画作吸引了大家的目光。

"一堆一堆黄黄的,天哪,好恶心!"

姜明珍扑到自己的画上,挡住周围孩子们好奇的视线。

第三章 未来小画家

"我看见了!"

后桌男同学从姜明珍的胳肢窝中"咻"地抽出画。

"她画了一个在快乐大便的小男孩儿。"

"哈哈哈。"四周爆发出笑声。

姜明珍羞恼地跳起来,抢过男孩儿手中的画,揉作一团,丢进了教室后面的垃圾桶。

"姜明珍的朋友是一个拉大便的男孩儿!"

见她真的生气了,后桌继续做鬼脸捉弄她。

"你再说一句试试?"

她一脸凶恶,朝他亮出拳头。

"哦,我不敢了……"后桌假意求饶,趁姜明珍放松,他找准空隙,往教室外跑去,边跑边大喊,"姜明珍画大便了!大便朋友!大家快来看!"

姜明珍怒气冲冲地攥紧拳头,追在他后面跑。

最后那幅画也没有被她再带回去。

那些橙黄色水彩笔涂出的高山、那个短头发的笑脸男孩儿被揉成皱巴巴、脏兮兮的纸团。

它安安静静地躺在垃圾桶,彻底被人遗忘了。

拜姜明珍一塌糊涂的画技所赐,这世上只有很少的人能看出,她画的不是在快乐大便的小男孩儿。

她画的是坐在地瓜山上满面笑容的她的朋友何玉。

何玉是当天的值日生。

他做完教室卫生,关掉电灯,独自走在放学回家的路上,掏出兜里的蜂蜜小蛋糕,一小口一小口地把它吃掉了。

新饭店举办了开张的剪彩仪式，那无疑是姜家最风光的时候。

富丽堂皇的大饭店里，大理石的柱子像要抵达天空那样高，连成排的水晶灯散发着炫目的光彩，前堂铺着望不见尽头的红毯，红毯的两边摆满了生意伙伴送来的花篮。

人们再往里走，就到了宽敞气派的会客大厅。

何玉能嗅到空气中淡淡的、好闻的气味，许多许多他叫不出名字的菜被精美地摆盘后高高地展示于台子之上。服装整洁的服务生站在自助餐台边，面部挂着训练有素的微笑。

这儿一切的布置都是那么精致新潮。

漂亮的女主人换上晚礼服，戴着熠熠夺目的珠宝；男主人同样西装革履，头发往后梳得油光发亮。他们一人一手，牵着他们的女儿，从二楼的旋转阶梯走下来。

姜明珍是真正的公主。

她穿着露肩的蓬蓬公主裙，公主裙是两层的，前短后长。裙子外面一层是滑腻的细纱，纱上点缀着白色的小花，裙边是刺绣的图样；里层是低调的珍珠白，在地灯的照耀下泛着莹莹的光。

和往常上学时不一样，姜明珍把头发绾起来，头上别着小皇冠发卡，散落于腮边作为点缀的发丝也被细致地卷过。

她甚至化了妆，不出众的容貌在化妆师鬼斧神工的修饰下，终于显出了一点儿可爱。

主人们一下楼，便被前来道贺的宾客团团围住了。

知道姜家最疼这个女儿，姜明珍是大家重点问候的对象。

"你好啊，姜家的小公主，还记得赵叔叔吗？"大嗓门的中年男人俯下身，跟姜明珍握手。

第三章　未来小画家

他身边的女伴一同上前问候:"一年没见,珍小姐长大了,变漂亮了。"

"可不是大了吗,"徐美茵笑道,"她今年都上学前班了呀。"

姜明珍乖乖地跟叔叔阿姨们问好。

何玉在人群的角落,被他妈妈带着。范阿姨少见这样的场合,而何玉更是有生以来第一次见到这些。

朝夕相处的姜家一家三口分明是他非常熟悉的人了,但仍旧有些他说不上来的东西和平时不一样。

会被姜明珍气哭的姜家太太脸上有大方得体的微笑,忙起来胡子拉碴的姜家家主精神地端着酒杯,周到地欢迎来客,就连爱耍脾气、不懂事的姜明珍见到大人们也不怯不闹。

何玉低下头,看看自己的衣服和鞋子,只有他和平时是一样的。

"阿玉,走吧。"范阿姨牵起儿子的手,"这些都跟我们没关系。姜太太让我们来吃好吃的,我们到里面去,我带你见识一下自助餐。"

何玉收回目光,对妈妈点点头。

摆脱那些光鲜亮丽的人群,范阿姨才稍稍自在了一点儿:"以后到这个饭店吃饭不知道要多少钱呢,装修这么好啊,比电视剧里演的都好。我们等下要多吃一点儿,这儿的可都是好东西。"

特地选了一个偏远的位子坐下,他们不想要引人注目。

可惜,多吃一点儿是不大可能了,菜还没吃两口,妈妈兜里的电话就响了。

她接起来后,没听几句便皱起了眉头。

何玉用口型问她:"工地吗?"妈妈冲他点点头,然后用手势让他待在原地,她自己出去讲电话了。

一直到剪彩仪式开始，妈妈都没有回来。

宴会厅中气氛热烈，主持的司仪口才极好，把大家逗得掌声不断。

原地坐着的何玉心不在焉，嚼着嘴里尝不出味道的美食，他的眼睛始终没有离开过大门。

周围的欢声笑语他融不进去，他只关心他妈妈接的那通电话会不会是什么不好的消息。

"来，让我们饭店的小公主说说，你长大以后想做什么呀？"

司仪把话筒递到小女孩儿的手里。

姜明珍的声音从音箱中传出来，何玉往台上看去。

她被她的爸爸抱在怀里，满脸幸福的笑容，嗓音脆生生的。

"我长大以后要做一个大厨师，爸爸饭店里的菜都由我炒，大家吃了都夸好吃。"

在场所有的大人听了她的话都忍俊不禁。

姜元亲了亲女儿的脸颊："那我指望着我家的小珍了。"

天天需要保姆喂饭的姜明珍有一天能在大饭店里掌勺，任谁都难以想象。

不过，她那一番话说得着实认真。

小女孩儿的眼里装满了未来，装满了闪闪发光的梦想，一字一句，那么明亮坚定。

何玉跟着大家一起鼓掌，为她感到开心。

他们的分别在剪彩仪式的第二天。

两个小孩儿并没有彻底地和好。

知道何玉要走，姜明珍憋不住，自己主动去找了他。

第三章 未来小画家

范阿姨和何玉在房间里收拾东西,姜明珍敲门,喊何玉出来。

"活芋,虽然你不会回去太久,不过……我有话对你说!"

"说什么?"他问。

瞅了瞅屋里的范阿姨,她神秘兮兮地给他使眼色。

"你到后院来。"

何玉跟在她的身后,姜明珍一路走到院子的最暗处。

四周静无人声,头顶有厚厚的树荫遮蔽。她深呼吸几口,转过身面对他。

"你回到乡下,不可以喜欢除了我以外的女孩子。"

何玉一头雾水:"什么意思?"

姜明珍翻了个白眼,她对于他事到如今仍在装傻感到生气,索性把话说得更明白。

"我是说,你好好地长大,变成一个厉害的人,以后我会考虑和你结婚的。"

"我没懂……"何玉挠挠后脖,看她的眼神像在看某个外星生物,"你为什么要考虑……跟我结婚?"

叉着手,姜明珍端起高高在上的表情,冷哼一声。

"你喜欢我的事已经被我知道了。"

她的话音落地三十秒,对面无人接话。

轻咳一声,姜明珍准备列举自己是从哪里发现的,何玉适时地阻止了她。

"我没有喜欢你,"他说,"你长得丑,脾气也不好,我永远不会跟你结婚的。"

姜明珍难以置信自己听到了什么。

这个瞬间忽然唤起一段回忆。

在这个后院，在这个馒头脸男孩儿的嘴里，他们第一次相见，他掀开她的盖头，喊了一句"妈妈有鬼"。

新仇加旧怨。

双重的得罪，双倍的愤怒。

"活芋！"

她中气十足地吼，惊起一众飞鸟。

"啪叽。"

穿过错杂的枝干与繁杂的树叶，一坨白白的鸟屎顺利降落，砸中姜明珍的头顶。

何玉定定地看着她。

姜明珍一摸头，再一看手，"哇"地大叫起来。

历史总是惊人的相似——遇上何玉后变得狼狈的姜明珍，狼狈的姜明珍恼羞成怒地说出那句狠话。

"活芋！等着吧，你一定会后悔的！"

何玉回到房间，范阿姨把行李收拾得差不多了。

"你学校里的书啊、纸笔啊，那些要带吗？"

他对妈妈摇头。

那些东西之中，何玉只抽出了两张纸，塞进书包。

第一张纸是他"未来小画家"的奖状。

第二张纸看上去皱巴巴的，即便被人为地压平过，上面的折痕仍旧清晰可见。

"你的画啊？"范阿姨看着稀奇，多问了一句，"怎么压成那样？

还橙橙黄黄的,弄得那么脏。"

"画的时候颜色就那样。"

虽然不是他画的,但是,是画他的画。

把纸张平平整整地放好,何玉背上书包。

"走吧妈妈,我们回乡下。"

第四章
高中进行时

姥姥的故事讲得极慢，过去好几天，妞妞才听姥姥说到她的六岁。

不过这和妞妞总爱打岔也有关系。

当姥姥说到小时候的自己长得丑，妞妞看着姥姥的脸，非常认真地说："活芋太过分啦，姥姥才不像鬼呢。"

何玉爸爸送的水彩笔被姜明珍弄坏，那一段把妞妞听哭了。

她趴在姥姥的腿上，用纸巾擦完眼泪又擤鼻涕，小声地说："活芋好可怜，姥姥你做得不对。"

等姥姥把姜家的剪彩仪式说完，妞妞兴奋地自行补充故事后面的内容。

"我知道，你后来成为厨师了，大酒店的厨师！姥姥煮的菜是全天下最好吃的菜，是妞妞爱吃的菜当中的第一名！"

姥姥捏捏小姑娘惹人爱的小脸蛋，问她："妞妞饿了没？姥姥给你做饭好吗？"

妞妞当然说"好"。

等吃完了午饭，小女孩儿迫不及待地要听下一段故事。

"姥姥，你是想让活芋怎么后悔啊？他后来后悔了吗？"

姥姥笑眯眯地对她说:"等姥姥有空了再给你讲故事哦,你姥爷要吃饭了。"

姥爷吃饭得姥姥一口一口地喂。

他的身体有一半不能动,自己吃饭很困难。

妞妞意犹未尽地应了声"哦"。

平日里,姥爷吃饭的时候,她会自己跑出去玩,今天却不一样。她把阳台的竹椅搬到姥爷的房间,对于姥姥、姥爷,好奇心旺盛的妞妞坐在房间的角落,抱着椅背,观察姥姥是怎么喂饭的。

姥姥把专用的垫子垫在姥爷身后,把他垫高。怕汤水不小心洒出来,姥姥给姥爷准备了一个围兜,那围兜是天蓝色的,面料看上去很柔软。

姥爷身上的衣服裤子全是深颜色的,和姥爷不苟言笑的脸庞很搭。围到他身上的围兜瞬间破坏了那股严肃,把姥爷变成了一个小婴儿。

妞妞看着围兜,姥爷看着妞妞。

随着孙女新奇的目光,他低头瞅了瞅胸前的小围兜。

这下姥爷不乐意系围兜了。

"不会洒。"晃了晃身体,姥爷不配合姥姥的动作。

"要围的,你每天都围着呢。"姥姥握紧围兜,利落地在他脖子后面绑上一个蝴蝶结,固定好围兜。

姥爷的嘴巴变得有一点点扁扁的、凸凸的,是他在噘着嘴表达不高兴。

姥姥最了解他,看向坐在他们身后的小孙女,她问:"怎么?害臊啊?怕妞妞看?"

姥爷没回答她。

围上围兜以后的姥爷成了个老小孩儿,这会儿他闹脾气,更加像小孩儿了。

"妞妞又不会笑话你。"

妞妞赶紧顺着姥姥的话,冲姥爷点点头。

系围兜是准备吃饭的第一步,姥姥一个人忙上忙下,在床上展开吃饭的小桌子,把姥爷吃的饭菜从电饭锅里端出来,再一个个地摆到小桌子上。

姥姥左手捧着个空碗,右手拿着勺子。她舀起一勺稀饭,细心地吹凉后,喂到姥爷的嘴边。

他的嘴张开得不大,但姥姥的技术好。她把勺子送进他嘴里,使了巧劲往上一提,配合姥爷嘴巴的弧度,一口饭就喂进去了。

炖得软烂的黄花鱼被姥姥提前去了骨,她仍旧担心有刺,喂给姥爷吃之前,会再检查一遍,顺便帮他给鱼肉蘸点儿酱油。

全程妞妞都在一旁盯着看。

老小孩儿如坐针毡地吃下小半碗饭,便开始不配合了。

"不吃了。"他跟姥姥说。

姥姥觉得奇怪:"不好吃啊?"

"吃饱了。"

她伸手摸了摸他的肚子,平着呢。

"才吃几口,怎么饱啊?"

"我自己吃。"姥爷举起能动的那只手,想把装着饭的碗拨到他的臂弯里。

那怎么方便呢?

姥姥把碗从他的手上抢走。

"不准自己吃!"她的语气听着凶巴巴的,声音大得像吼,实则是在哄他,"我乐意喂你!你不让我喂,我会生气的!"

一勺饭喂过来,她让姥爷张嘴:"啊……"

姥爷只好跟着她:"啊……"

"很乖,"她摸摸他的头,"至少半碗饭要吃完,等下削水果给你吃。"

"姥姥,"联想到之前她讲的故事,小孙女忽地问道,"是小时候的姜明珍难喂饭,还是姥爷难喂饭?"

"噗!"姥姥笑着,和姥爷对视一眼,"我想想啊。"

手上没停,她又给他喂进去几口饭,于是得出结论。

"姜明珍难喂饭,你姥爷比她乖多了。"

"妞妞在说什么?你小时候怎么啦?"被连夸两次乖的姥爷乖乖地发问。

趁他听话,姥姥把他喂得手里的饭碗都要见底了。

"我最近跟她讲我小时候的故事呢。"

姥爷一言不发地望着她。

"你也想听吗?"

姥爷立刻点头。

"你也听啊?"她笑他,"你不是全都知道吗?我给妞妞讲,你凑什么热闹?"

"姥爷姥爷,"妞妞从竹椅上跳下来,跑到姥爷床边,"你也知道沽芋吗?姥姥说,她嫁给你,是为了让……"

哎呀,这个好像是不能讲的。

妞妞赶忙捂住嘴,瞥了眼姥姥,怕自己不小心泄露了她的秘密。

"为了让何乇后悔?"姥爷聪明地猜出了妞妞没说完的话。

"好了,最后一口吃完再聊天吧。"

满满一勺饭蘸着美味酱油的黄花鱼,被递到姥爷眼前。

姥姥没白夸,他的嘴张得大大的,果断地吃掉了它。

围兜终于被拿掉了。

姥姥收拾好餐具,出去洗碗了。妞妞占了姥姥的位置,和姥爷讲话。

"姥爷,何玉后来后悔了吗?"

他仔细地思考了一会儿,告诉她:"据我所知,完全没有。"

"啊?"妞妞将感叹的语调拉得长长的,听上去很失望。

虽然故事里的姜明珍任性、不讨喜,但妞妞知道,她是自己最喜欢的姥姥,所以她希望姜明珍能够"复仇"成功。

不满足于姥爷给出的回答,妞妞又去找姥姥了。

姥姥手里的碗还没洗完,被小外孙女拽着衣角要她继续讲故事。

"马上给你讲。"她满手泡沫,勤快地洗洗刷刷,"你帮我去问问姥爷,他想吃什么水果?"

妞妞跑走了,不久又跑回来了。

"姥爷说,不吃水果了。他问你下午想不想带他出门,他给你买地瓜干。"

姥姥"扑哧"一笑。

窗外的阳光很好,妞妞仰着头,见到姥姥笑得特别好看。

姥姥的眸子里也盛满了阳光。

等洗好碗,姥姥领着妞妞,回到姥爷的房间。

吃饱喝足的姥爷半合着眼,躺在床上,午后的烈阳让人昏昏欲睡。

姥姥拿沾湿的手绢帮他擦了擦嘴。

"要听故事。"姥爷迷迷糊糊地嘟哝了一句。

姥姥好笑地看着他和半步不离自己的小外孙女。

爷孙如出一辙,都是故事迷。

妞妞自觉地去自己房间,抱来她的小被子和小枕头,铺到床上。

姥爷睡一边,妞妞睡一边,姥姥躺中间。

"姥姥,等午觉醒了,我也要跟你们去买地瓜干。"

"好啊,"姥姥轻轻摇着蒲扇,帮小外孙女扇风,"我想想,我们的故事讲到哪儿了?"

"讲到姜明珍六岁,何玉要回乡下。在他回去前,姜明珍被他讨厌,还被鸟屎砸了,她对何玉说'活芊,你一定会后悔的'。"妞妞记得一清二楚,一下子把上次的断点找回来了。

"嗯,然后姜明珍就开始想办法,要怎么让他后悔了。"

"什么办法?"妞妞睁大眼,聚精会神地听。

"他不是说我丑、脾气坏,永远不会娶我吗?我计划啊,用美貌迷倒何玉,在他为我痴狂、非我不娶时,我嫁给别人。何玉痛哭流涕陷入疯癫,自此思念着我度过一生。"

姥姥讲这话时,表情可跩了。

如果闭着眼睛的姥爷没有弯起嘴角的话,她会一直保持这个嘚瑟的状态。

"姥姥,姥爷在笑你呢。"观察到这一幕的妞妞立刻告状。

"笑什么笑!"老脸微红,姥姥轻咳道,"我非常严肃的好吗?"

"姥爷刚才告诉我,何玉没有后悔呢。"妞妞继续告状。

姥姥上手捏姥爷的脸了,捏得姥爷"啊啊"地叫痛……

泄愤结束,她继续讲故事。

"让何玉后悔的计划在我看来是相当可行的,唯有两点……"

姥姥掰着指头,声音朗朗。

"一,在人生的赛场上,何玉的牌越拿越好。

"二,我越长越丑。"

"噗。"第一声是妞妞笑的。

"噗。"第二声是姥爷笑的。

"啊啊……"姥爷的脸又被捏了。

"什么叫何玉的牌越拿越好啊?"听不懂赌鬼姥姥的比喻,妞妞举手发问。

"嗯,这个要怎么说呢?"

姥姥思考着让妞妞能够理解的词。

"比如一个人生下来就是公主,身体健康、漂漂亮亮、家庭和睦,我们可以说,她拿了一手好牌。她的人生开场拥有了相当好的条件,这些条件能够帮助她在未来比较轻松地实现自己的理想,过上幸福的生活。

"而何玉呢,他的幼年时期,手上的牌是不好的,意思是,他拥有的条件不好。父亲因为工地的事故去世,母亲是保姆,他们是乡下来的,家中贫穷。因为要讨回工伤赔偿款,他和妈妈回到乡下,这一回就是好几年,他妈妈保姆的工作都没了。"

这一解释,妞妞觉得自己明白了。

不过她还是很震惊:"何玉回去了好几年?他不是说自己最多一两个月就会回来吗?"

"这不是他和他妈妈能够控制的事。他们想的是,回去拿到赔偿款,然后继续到姜家来打工。但是实际上,想拿到那笔钱并非那么简

第四章 高中进行时

单。何玉爸爸工作的工地不是第一次出现事故,被拖欠工资的工人、需要赔偿款的工人不止他们一家。为了要到钱,何玉的妈妈和工人啊、亲戚啊去那个老板家闹,去工地闹,闹了几个月,一分钱都没拿到。一年后,工地的工程烂尾,老板直接跑路了,他们开始走司法程序,找律师、上法院、出示证明、告老板……维权是非常漫长的过程啊,需要耗费巨大的心力、财力。"

姥姥摸摸妞妞的脑袋:"是不是听得很蒙?"

确实是,这一番话把妞妞都说困了。

她听进去的只有何玉他们要到钱很难,工地老板是坏人。

"总归,因为家里的事,小学的前几年何玉没去读书,一直在乡下待着。那为什么我说他的牌越拿越好呢……

"后来,何玉自学了一段时间,靠着自己的聪明才智直接跳级到四年级。不久后,他们的官司胜诉,他们把他父亲工伤死亡的赔偿款顺利地要了回来。那时候何玉的亲戚正在做服装生意,让何玉家入股,他们把钱放进去,小赚了一笔。然后,他妈妈就直接在乡下租了个店面,开起了服装店……"

妞妞更喜欢姥姥像之前那样慢慢细述故事的情节,这会儿节奏太快,她的小脑袋跟不上了,乱成一团糨糊。姥姥的声音像那搅拌糨糊的勺子,她有时候听进去一点点,意识清醒了一下,但很快,糨糊漫过来,她的意识又咕嘟嘟地沉下去了。

她打了个哈欠,身边有清凉的蒲扇带来的风,身侧一沉,姥姥也躺了下来。

微风阵阵,姥姥的声音压得低低的,伴随着妞妞进入睡眠。

"何玉上到初中,被老师发现他画画的才能,推荐他的画去参赛。

这小子一举拿下大奖,在颁奖大会上被电视台采访。等到上高中的时候,他自己品学兼优,家里也不缺钱了,甚至有人想资助他办画展。

"他小时候就聪明机灵,而且他越长大,运气越好。他就是那种运气好的人,我和他一起去买饮料的话,我会抽到'谢谢惠顾',而他准会抽到'再来一瓶'。"

妞妞睡着了。

姥姥悄悄往身后一看,老头子也睡了。

"真的很夸张,他在路上走着都很容易捡到钱,他啊……"

合上眼,姥姥含含糊糊地讲着话,不知道说到哪一句,没了声音。

这是个困倦又好眠的午后。

窗外的树木遮蔽了充足的阳光,连风儿也不打扰。

它越过树梢,不惊动叶子,不惊动美梦,很快去往别的地方。

身旁有轻微的鼾声,妞妞迷迷糊糊地睁开眼,感受到有凉风吹在自己脸上。

姥姥还睡着,手搭在她的肚子上,护着她。

扇风的人是姥爷。他往自己身后加了一个枕头,靠着床板,用一个好像不太稳固的姿势给她和姥姥扇扇子。

妞妞张口,想把姥姥叫起来。

姥爷抿着唇,冲她摇摇头。

唯一能动的那只手握着蒲扇,他将它收到嘴边,做出噤声的手势。

姥姥睡得正香,姥爷大概是不想吵醒她。

他挥手让妞妞躺下。

妞妞老实地躺了回去,窝在姥姥旁边,享受姥爷扇的扇子。

他们家里的人好像都会打呼噜,妞妞遗传妈妈,妈妈说她是遗传

第四章 高中进行时

姥姥的。

姥姥打呼噜的声音和平时说话的声音不一样。姥姥的普通话标准,是一个耐心又和蔼的长辈,而打鼾的姥姥,则像一只笨笨憨憨的小猪。

蒲扇的风带起几根发丝,散在姥姥的脸颊边。

姥爷放下扇子,自然地伸出手,把那几根碎发别到她的耳后,然后摸了摸她有着许多白发的脑袋。

妞妞懂一点点,却不完全懂。

她看过电视里男女主角之间的山盟海誓、轰轰烈烈,以及妈妈遮住她的眼睛,不让她看的那些镜头,她知道人们管它们叫"爱情"。可她天天见到姥姥给姥爷喂饭,姥姥帮姥爷倒尿壶、洗澡,妞妞从不觉得那些稀松平常的事情也是"爱情"。

直到此刻,妞妞看见姥爷看姥姥的目光。

姥爷面带微笑,眼里的爱盛得满满的,一晃就见到一片亮晶晶的星光。他摸姥姥脑袋的时候,动作好轻好轻,像抚摸他的珍宝、他心尖上的一片羽毛。

妞妞赶忙把眼睛闭上,仿佛见到电视里的爱情镜头一样,不敢多看。

再睡一会儿吧,她安心地想,姥姥的故事还有很长没有说完,等姥姥醒来,他们就可以出门买地瓜干了。

结果妞妞睡到了下午五点。

她起床的时候,太阳公公都快下班了。

听到高压锅煮东西的声音,妞妞趿着拖鞋跑到客厅。

睡饱午觉的姥姥精气神十足。

她用小叉子叉起削好的苹果,追着姥爷吃。

姥爷的脸在那儿摆来摆去,嘴里念着:"不吃啦,不喜欢吃!"

"怎么能不喜欢吃苹果？听没听过'每天一苹果，医生不找我'？"姥姥趁他说话，直接把苹果塞了进去。

姥爷噘着嘴，不乐意地嚼啊嚼。

他们都换上了外出的衣服，姥爷的轮椅也被推了出来。妞妞冲过去，着急地问："你们去买地瓜干吗？"

"哎哟，妞妞醒啦。"姥姥笑道，"还没去呢，我们等你。要吃苹果吗？"

妞妞张大嘴，姥姥立刻喂了一块苹果进去。

"看看，妞妞都比你爱吃苹果。"

姥爷自己用小叉子叉起碗里剩余的苹果块，一口气吃完了。

姥姥满意地站起身，牵起妞妞。

"走吧，我们出门啦。"

和姥姥、姥爷走在街上是一件很酷的事。

因为有很多人在看姥爷，所以妞妞感觉，他们三个像是这条街的主角。

路过巷子口的大树，树下打麻将的人跟姥姥打招呼。

"带老伴和外孙女出来逛啊？"

"对呀，"姥姥应她们，"我老头子要请我俩吃地瓜干呢。"

"那可真好哦。"

"是呀，"姥姥重复道，"真好哦！"

妞妞想，姥姥也一定觉得跟姥爷和她出来很酷。

姥姥的腰板挺得好直，推着姥爷，她这儿走走，那儿逛逛，仿佛要跟整条街所有的路人炫耀他们出来玩了。

姥爷同样笑得比在家时多。

两老一小开开心心地走到菜市场卖地瓜干的摊位。

"老板,你的地瓜干我们全要了。"姥爷掏出准备好的钱,让老板过来拿。

姥姥捂住他的手,先一步把钱截住。

"不行不行,什么全要啊?那太多了。"

"你爱吃,慢慢吃。"他叫老板继续装。

姥姥摇头:"吃不了那么多啊,放坏了。"

"奶奶,地瓜干不容易坏的。"小贩眨眼间把地瓜干装了满满一塑料袋,上秤称重,"我家地瓜干外韧、内里酥软,好吃的,你吃了就知道了。"

"哎,不买那么多,下次你还可以再给我买嘛……"姥姥撞了撞姥爷。

"老板,那我们买一袋就好了。"姥爷总算松口了。

一袋也还是好多。

买了太多,姥姥反而不高兴了。

她推着姥爷回家,姥爷腿上放着那一大包地瓜干。

姥姥瞄了那地瓜干好多眼,姥爷问她吃不吃,她说不吃。

"妞妞吃不吃?这个地瓜干肯定好吃呢,上面有糖霜。"

姥爷转移了目标,问他们家的小馋猫。

妞妞肯定吃呀。

姥姥一言不发,专心致志地推轮椅。

她看小外孙女吃得欢乐,仍旧不感兴趣。

姥爷低着头,在袋子里好似忽然发现了什么奇妙的东西,"咦"了一声。

"这根地瓜干……"

姥姥随着他的话看向袋子。

"糖霜最多,是漂亮的,不能给妞妞吃,得留给我家明珍。"

绷不住,姥姥被他逗笑了。

"拿来吧。"她向他伸出手。

真的太久没吃地瓜干了。

闻着好闻又熟悉的淡淡香气,姥姥咬下一大口。

"这个!"

她瞪大眼睛,咋咋呼呼的,宛如当初那个五岁的小姑娘。

"好甜、好香哦!"

他笑起来。

归家的晚风最温柔。

吃饱睡好,让我们把时间调回到姜明珍和何玉自童年之后的再见,回到未讲完的故事。

范阿姨带着何玉在乡下过了一段苦日子。她自己为了要到钱四处奔波,何玉没有学上。等他们把赔偿款终于要回来的时候,几年时间过去了,姜家已经联系不上了。

等他们的生活渐渐好起来,何玉已到了上高中的年纪,范阿姨坚持让儿子到城里去接受更好的教育。从前在姜家当保姆的经验,让她产生了一种观念——城里一切都是最好的。

家里的顶梁柱倒了,范阿姨不打算再嫁,所幸孩子从小就聪明懂事,她把所有希望都寄托在他的身上。费了很大的工夫,她为何玉办了寄读,让他到城里最贵、最好的私立高中念书。

第四章 高中进行时

何玉在这所高中读到高二时,已是校园乃至周边学校无人不知、无人不晓的风云人物。

成绩好、画技高超、人缘极佳是他的优点里不值一提的加分项。

何玉出名主要是因为他的那张脸太好看了。

文艺的同学暗地里夸赞他:"面如冠玉,剑眉星目。古人诗句里用来形容顶尖美人的词句套在他身上,得到了最好的诠释。"

"面如冠玉"其实是不大贴切的,何玉不白。

夏天的他跟其他男孩子一样,喜欢在户外运动。

他的皮肤属于健康的肤色,他的好看也不掺杂任何阴柔女气,是如二月春风、阳光正好的那种英俊清爽的好看。

高三开学,何玉妈妈亲自送他到学校上学。

走到校门口附近的时候,她忽然拍儿子的手,让他往一个方向看。

"哎,阿玉,那个是不是姜家太太啊?"

脑子在这个遥远的称呼中卡顿了几秒,何玉向他妈指的地方望去。

瞧着妈妈兴奋的模样,他以为她是见到了哪位服装店的老主顾,目光在人群之中扫了一圈,没有找到那个人。

"谁呀?"

"姜家,开饭店的姜家。"看他没有印象,她着急地补充,"你小时候,我带你去他们家做保姆,那家的小姐很喜欢跟你玩的,你们还一起上学前班。她老是闹着不吃饭,还把你的水彩笔弄坏了……你不记得了吗?"

"记得。"

这下子何玉很快想起来:"她叫……姜明珍?"

"对呀!我刚才好像看见她妈妈了。"

他妈伸长脖子瞅来瞅去。

"是她也不奇怪,你的学校是市里最好的私立学校,他们那种家境的人送孩子到这儿上学太正常了。十几年没见,要真是她,我得去打个招呼。"

校门口人太多,她已经找不到之前那个一晃而过的人影了。

何玉同样没有找到。

他的眼神比他妈妈的好,但是他妈在姜家打工那会儿,他才六岁。说起姜家太太,他连她长什么样都不记得了。

"如果她是学生家长,你还有机会碰到的。"

"嗯。"

在他妈妈再次碰见姜家太太前,何玉在学校里遇到了姜明珍。

开学一周后,他午休时间和同学去食堂吃饭,随便找了个位子坐下,坐在他隔壁的女生们讲话的声音很大。

"上课好无聊,我想念我的暑假了。"

小姑娘说话的调子拖得长长的,一副有气无力的模样。

"我想一辈子住我小姨家,她家的大别墅超棒,能躺在天台看星星。"

她的同伴拍了拍她的肩膀,用安慰的语气说出了完全不像安慰的话:"躺在别墅天台看星星也很无聊吧?"

"是吗?"

"嗯!"同伴的声音清清亮亮的,应声果断。

"我小的时候家里就有大别墅了,看星星什么的,我早都看腻了。"

女生们安静了几秒,气氛有些尴尬。

"哎呀，学总归要上的嘛。"

有人笑着出来打圆场："你心情不好的话，来尝尝我爸从国外带回来的松露巧克力吧。"

然后响起撕包装纸的声音，女孩子们互相分着巧克力，其乐融融。

直到刚才"看腻星星"的人开口说话。

"你们吃吧，不用分我，这个牌子的巧克力，我吃一半、扔一半的，你爸大老远带回来的巧克力，被我浪费了不好。"

坐何玉对面的同学用手挡着嘴，小声对他说："旁边桌子的那女生好奇葩。"

何玉低头吃自己的饭，没闲心关注别人。

"喂，何玉，"同学又说，"她们好像在看你。"

可不是在看他吗？

女生中有人发现了旁边的帅哥，悄悄地使眼色让大家看。

"那男生好好看！"

"嗯，那是何玉啊。"

"哦哦，那个何玉啊。"

她们可能没有意识到自己和人家坐得很近，纵使把音量压得再低，对话还是能被听见。

何玉加快吃饭的速度，想快点儿吃完走人。

"哪个活芋？"

"看腻星星"的人因为"巧克力"发言，被女孩儿们的咬耳朵讨论排挤在外，反应慢了大伙半拍。

"你讲话太大声了啦。"她们怪她。

何玉顿了顿筷子。

记忆是一个神奇的东西。有的事过去太久，久到你以为自己已经忘掉，但某天重新回到相似的场景之下，你会不自觉地做出和从前一模一样的事，好比呼吸的吐纳一样，做得自然而然。

　　好比你总是说错的那个名字。

　　好比你完全不意外听见有个人那么叫你的方式和语调。

　　何玉看向那群女孩儿。

　　姜明珍很好认。

　　不变的公主裙，不变的满头五色发卡。若说她和小时候有什么差别，那就是因为长大，她难看也被放大了几倍。她小时候黄黄瘦瘦，现在白白胖胖，鼻梁上架着厚厚的黑框眼镜，压得她鼻梁更塌，衬得她眼睛更小。

　　都说高中的女孩儿像朵花，高中的姜明珍没有拥有如花美貌，唯一关于青春的标识是脸上的青春痘。

　　在一众青葱般靓丽的少女中，她丑得夺人眼球。

　　女孩儿们因为他投来的目光，纷纷噤了声。

　　唯一不感到心虚的是姜明珍，她大大方方地和何玉对视。

　　他认出她了，但她貌似没有认出他。

　　在他直勾勾的、良久没有变化的眼神中，她翻了个白眼，朝他丢出非常雷人的一句话。

　　"看什么看！"她昂着下巴，眸中写满讥讽，"没见过美女啊！"

　　姜明珍差点儿被揍！

　　何玉和他的同学从食堂出来。

　　男生怒气未消："要不是你拉我走，我非打飞那个女生不可。"

又想起刚才她自信的话,何玉"扑哧"笑出声——十几年如一日地惹人讨厌,神奇的姜明珍。

"你不恶心啊,还能笑?她自己长什么样心里没点儿数?还'美女',还敢挑衅你,我吃的饭都差点儿吐出来了。"

"你说得太离谱了吧。"敛了笑容,何玉云淡风轻地道,"我盯着她看了太久,是我没礼貌。"

同学服了他:"哇,你真的脾气太好。"

"去画画吗?"何玉岔开话题。

"去吧。"

当事人都不在意,他也没什么好说的了。

"何玉,你的画展什么时候办啊?"

"在准备中,没这么快。"

数年后的初见就这么过去了。

虽然姜明珍不记得自己,但何玉还是有点儿在意的。

先不论他们是儿时的玩伴,单是她以这样的个性仍旧能在社会中生存,就足够叫人好奇。

他们在食堂相遇的第二天,何玉从学生会拿到了学校的转校生名单,想找到姜明珍是哪个班的。他从高二起担任学生会的文艺部部长,与学校的每个班级都有过接触,如果姜明珍不是转校来的,他应该会更早撞见她。

比较奇怪的是,她不在名单上。

于是,何玉开始留意和自己一个年级的人,一段时间过去,他都没有碰到姜明珍。

不过，那样一副惹人注目的打扮和容貌，她想在校园里隐身也是不可能的。

几周后的升旗仪式，校长公布校内卫生最佳、获得"文明班级"锦旗的班级。那些班级的卫生委员作为代表上台领奖。

何玉听到周围有同学在交头接耳。

"喂喂，你快看台上，有校园鬼故事新增的一员大将。"

"哪个啊？"

"高一（4）班的，外号贞子。"

"噗！你的消息真灵通啊，高一的新闻你都知道。"

"我妹在他们班，那位长得真的绝了。"

"我们学校没有规定要穿校服，但她穿公主裙来上课也太夸张了吧？"

本在走神的何玉，因为他们提及的关键字往升旗台那边看去。

公主裙……

果然是姜明珍。

即便她是站在最后一排，何玉也第一眼便找到了她。

她穿着粉色公主裙，外搭一件牛仔外套。裙子被她身上的肉撑得宽宽蓬蓬的，裙下露出两条浑圆粗壮的白腿，脚踩着一双过紧的皮鞋。

古怪的华丽让她在人群之中最引人瞩目。

普通的学生们尽量把自己收拾得干净整洁，只有她把自己打扮成一个节日大蛋糕。

台下有几千双眼睛看着，获奖班级的学生代表们低调地拿了锦旗，想尽量往后站，缩小自身的存在感。姜明珍则完全反其道而行，她接过锦旗，高高兴兴地用双手将它举在胸前向众人展示。在没人站的第

第四章 高中进行时

一排,她站到最中间,占了两个人的位置。

"方建杰。"

正跟人聊天的男同学被叫了名字。

"啊,何玉,怎么了?"

何玉直截了当地问他:"你说,她是高一(4)班的?"

"穿公主裙那个?"

何玉点点头。

方建杰对何玉会关心八卦感到有点儿奇怪,不过他仍旧坦言:"对,她跟我妹一个班,外号贞子,哈哈哈。"

"为什么叫她贞子?"

他哪会了解那么清楚,自行猜测道:"大概是因为她丑得像鬼?"

原来是高一新生,何玉想,怪不得他没在名单上找到她。

按年纪,她本应该和他同一个年级。

她为什么留级了两年?

起初,何玉自己也没有意识到,他挺想跟姜明珍说上话的。

周五的时候,他例行到画室画画。

瞥了眼教室前面的闹钟,到点了,他开始准备收拾画具。

"你最近怎么都提前走啊?"朋友终于忍不住问何玉。

"是啊,"注意到何玉近来异常的人不止一个,"以往你四十五分走,这几天十五分就走,是有什么事吗?"

何玉怔了片刻。

他以为,他只是想早点儿走而已。

选在十五分走的原因……

好吧,其实他知道的。

高三年级和高一的课表不一样,高一是十五分放学。

叹了口气,何玉重新坐下来:"那我再画一会儿。"

"别啊!"他的朋友感觉自己多嘴了,"我们随便问问你,没有要你留下来的意思。"

眼神集中到画纸上,少年漂亮的眼眸中情绪淡漠。

"没什么,我想了想,没有重要的事。"

他早走的这几天也没碰到姜明珍,况且,她已经不记得他了不是吗?

她在哪个班、她念高一、她被人取的外号……跟他有何关系?

对于十几年前的、远到学前班的那点儿不算交情的交情,他去在意什么呢?匪夷所思。

一旁,观察何玉神色的几人看到他再度静下来画画,目光转移到他的画板之上。

"老天赏饭吃的,就是不一样。"

看了他的画,再回头看看自己的,他们顿时品出了差异。

"我细心钻研、苦学技巧,仍旧缺乏灵气,比不过他漫不经心地描上几笔。"

这天,何玉一直画到画室的人都走光了,才从校园出来。

学生大多已经回家,校园周边只有零星的店铺还在营业。

他到小卖铺买了瓶矿泉水,店家找零的时候,对面街有一行人推开商店的门。门上的风铃"丁零当啷"地响,伴随着少女们嘻嘻哈哈的笑声。

循声望去,何玉看见了姜明珍。

她穿着蓬蓬裙,戴着闪亮的发箍,手里抱着花花绿绿的闲书,腋窝里夹着一张明星海报。

"我今晚要熬夜看完全集,赶上你们的进度。"姜明珍的嗓门大大的,极有辨识度。

"嗯,你快点儿看吧,你看完就会懂我们了。温柔系完全比不上腹黑系啊,我们更喜欢男主角,但小林更喜欢男二号。"女生们手挽手走在后面,姜明珍走在所有人的前面。

"是吗?那我可能也会喜欢男二号,温柔系是我的菜呢,哈哈哈。"

姜明珍捧着脸,表情花痴到不行,刻意的声音像从糖水中捞出来的,嗲得绷成一根线,又甜又腻。

等她们走远,何玉从小卖铺出来。

他看了眼姜明珍出来的那间店铺,是家主要卖闲书的商店。

店里面有言情小说、明星周边,女生们喜欢的和学习无关的东西被包上精美的包装,以昂贵的价格出售。

何玉忽然感到失落。

姜明珍那句"熬夜看完全集"犹在耳边,他不由得怀了偏见,心中鄙夷:哦,怪不得她被留级了两年。

她放学不回家,在外面游荡,心思耗在毫无意义的东西上。

她儿时便被家里惯着,有"年纪小"这层保护罩,现在大了,仍旧缺乏管教,毫无长进。

何玉庆幸自己没有被姜明珍认出来,更庆幸自己没有头脑一热地找她叙起儿时的旧。

他们本就属于两个世界。

姜明珍并没有按何玉期望的那样成为一条和他无交集的平行线。

下一周的"文明班级"，姜明珍他们班又被选上了，她没有例外地再度代表班级上台领奖。

这次何玉没再往台上看了。

他盯着树梢的一抹翠绿走神，脑中构想若是把它搬到画纸上，如何用阴影渲染出那卷曲的形态。

"何玉。"站在前面的名叫方建杰的同学喊了他一声，"看到那个女生我想起来了，之前早操你问我她的外号由来，后来我问了我妹。"

何玉想了一会儿，才记起确有此事。虽说如今的他已经不大关心这件事了，但他仍旧保持礼貌，听方建杰说完。

"我妹说，叫她贞子是因为她长得丑，还有，她的名字叫姜小贞。"

应该叫姜明珍啊，时间虽然过去很久，可他不至于把她的名字记错。

何玉心下奇怪："珍珠的珍？"

方建杰摇头："贞子的贞。"

姜小贞，何玉没出声地念了一遍。

他觉得她从前的名字更好，姜家的掌上明珠、无上珍宝，很适合她。

改名做什么？

不久后何玉得知了原因。

何玉家打算买一套自己的房子。他到城里读书以来，他们一直是租房住的，现下手头有点儿钱，打算住得更舒服一点儿。

周末有空，何玉陪他妈妈出门看家具。

过惯了穷日子，范秀慧去家具城逛着总觉得不舒心，上面的价格标得太贵了。

"这种椅子在我们乡下，自己用边角料都能做，哪用卖几百啊？

简直是抢钱。"

何玉劝他妈妈，他以后能赚大钱，让她别心疼钱。

范秀慧仍旧不乐意："这么贵的椅子，我每天坐着都不舒心。"

不由分说，她把何玉拉出了家具城。

然后他们就开始了漫长的满城跑，到各种家具店比价、乱逛。

何玉有耐心地陪同妈妈，他了解她，等逛完能逛的地方，她才会甘心接受，几百元的椅子并不算贵得离谱。

走到榕美家具的时候天色已晚，它是开在小区里面的一家店，安在居民楼外墙上的红色招牌经由风吹日晒，"榕"的木字旁和"家"字已经消失不见。

"这种装修不高档的店，说不定会有实惠的价格。"范秀慧领着何玉走了进去。

榕美家具不难找，一进小区的一层就是。

"您好，看看家具吗？"一个穿衬衫的中年女人看到他们走进来，立刻热情地迎了上来。

"对，你们还没打烊吧？"

那个女人走到近处，范秀慧朝她的脸看了一眼，然后眼睛就移不开了。

"没有，时间还早，您需要什么类型……"

"姜家太太！"范秀慧确定自己没认错，高兴地喊道。

女人的表情瞬间变了，她脸色一白，下意识往后退了一步："我不是。"

范秀慧冲过去，亲热地握住她的手："怎么不是啊？您不认得我啦？我是范秀慧，我以前在你们家做过保姆。"

女人被她紧紧攥着手，视线在她脸上来回地扫了几遍，终于模模糊糊地记起来："范阿姨？"

"您想起我啦？"范秀慧笑开眉眼。

女人冷静下来，也朝她笑了笑，又看向她身后的年轻人："这是你家的小男孩儿？"

"嗯，您还记得他吗？"范秀慧招招手，让何玉过来打招呼。

他微微鞠躬，礼貌地问了好。

"呀！"女人笑得更开心了些，眼角的皱纹深深地显了出来，"他都这么大了啊，不是小男孩儿了，长得真好看，像个电影明星。"

没人不喜欢自家孩子被夸，不过范秀慧嘴上仍说："哪有哪有，太夸张啦。"

小孩儿长大，大人自然也老了。

范秀慧记得从前的姜家太太是出了名的大美女，岁月却没有偏袒她，让皱纹无差别地爬上了她的脸庞。她瘦了好多，双颊和眼窝是凹下去的，肤色暗黄，头发不复年轻时那样油光发亮，梳到脑后，干枯得像一把扫帚。

最损害她气质的是她身上的销售员衬衫，胸前还印着大大的"榕美家具"。

看到那行字，范秀慧想起他们此行的目的了。

"姜太太，你们不做饭店，改卖家具了？"

她用"改卖"已是委婉的表达。按照姜家以前的财力，这样一个中低档家具店怎么衬得上他们？更别提让女主人在这个地方帮忙做销售。

"这店不是我们的。"徐美茵扯了扯嘴角，笑得像哭，"我在这里给人打工。"

"打工?"范秀慧相当意外。

"嗯,饭店早就倒闭了。"

"姜老板呢?"

"他也在打工。"

徐美茵的眼里是一派死气沉沉的灰暗。

店里的气氛陷入一种怪异的沉默,三人相对无言。

"怪不得,我到城里来怎么也联系不到你们……"

范秀慧的说话声音变得很小,忽然,她问道:"珍小姐呢?今年开学我送何玉去学校,好像在他们学校门口看到你了。她是在市中心的私立高中上学吗?"

徐美茵点头:"是的,她上的是全市最好的高中。"

冰冻的气氛总算有了一个缓和的突破口。

范秀慧松了口气,赶紧就着这个好事讲:"对,那所高中的教学啊、资源啊都是最顶尖的,我当初费了好大的劲才让何玉到城里寄读,就为了让他在那里好好上学。"

"那所高中不仅学费高,对学习成绩也有要求。"徐美茵打量着何玉,"你的成绩肯定不错,平时很用功吧?"

范秀慧挥挥手否认:"哎,他读书不怎么花心思,他喜欢画画。"

他妈妈说的也是实话。何玉脑子聪明,不怎么学习,成绩已经足够吊打一众认真读书的乖小孩儿,他的强项是画画。

说到画画,徐美茵忆起何玉小儿时的事了。

"啊,对!他还是小娃娃那会儿就爱画画,整天抱着一盒水彩笔安安静静地涂呀涂。有次明珍把他的水彩笔弄坏了,他哭得那叫一个伤心,我和姜元都被他吓坏了。"

两个大人相视一笑,从前的情景历历在目,他们都对那件事印象深刻。

"你得见见明珍。"

徐美茵一拍手:"你们在同一所学校,还是校友呢。小时候你走了,她哭了好久,这次见了你,她肯定会高兴的。"

何玉欲言又止,不太好跟她说,其实姜明珍在学校里见过他,只是她完全没认出他。

徐美茵领着范秀慧往里面走。

眼见错过拒绝的最佳时机,他只能跟上去。

第五章
你好姜小贞

榕美家具是小区房子改成的店面,他们跟着徐美茵走,绕过杂乱堆放家具的区域,到达一处锈迹斑斑的铁门前。

徐美茵在门上敲了两声:"珍啊,你有老朋友来看你。"

门里传来女孩儿的应声。

"来啦,谁呀?"

她很快地跑过来,打开里层的木门后,又拉开外面吱呀作响的防盗门。

何玉预想,他会见到打扮朴素的姜明珍。

她家遭遇变故,她住到了这样的地方……听到这些消息的时候,他好像想了很多事,又好像什么都没想。

他见过学校里她的样子,她还是和童年如出一辙的穿着打扮,脾气作风也并未改变。

对于他来说,一个"落难的姜明珍"仍不真实,她却的的确确出现在那扇锈得不像话的铁门后。

屋内小得一眼望尽,一张床、一张桌子、一个储物柜,拢共不到十平方米。

肥胖的姜明珍站在屋中，戴着发卡，穿着公主裙，像一个被放错位置的大号华丽摆件。

望着门外的何玉和范秀慧，她一脸茫然。

"你好。"他伸出手，首先向她问好。

"我认得你们！"姜明珍拍拍自己的脑壳，在他们的五官中找到了似曾相识的感觉。

"你，你……"她的手拍啊拍，把头拍得"咚咚"响，一急反而说不出来了，"你叫什么名字来着？"

"何玉。"他说。

面对她眼中仍未散去的疑雾，何玉补充道："活芋。"

"啊！"这下对上号了，姜明珍对他露出一个特别大的笑容，"你好！"

她握住他的手，用力地上下晃动。

"何玉，你好！"

姜明珍又重复一遍，把他的名字字正腔圆地念对了。

"这么多年，你过得好吗？"

他笑道："很好，你呢？"

"我也很好。"她回答得不假思索。

什么叫好？

上一次分别在童稚时，他说过的话、她生过的气都被时间一笔勾销了。

姜明珍，现在叫姜小贞，因为和何玉重逢，她笑得特别开心。

范秀慧好奇地望向她身后那个窄小简陋的房间，姜小贞甚至有意

第五章 你好姜小贞

识地往旁边让出一点儿，让她看得更清楚。

她比徐美茵淡定，在她们的房间被看全之后，徐美茵面色微窘，右手抓住左手的袖子，不自在地扯了扯。

而姜小贞的目光自始至终不闪不避。

何玉的脸近在咫尺，姜小贞忽然一下子全部想起来了。

"我们之前在学校的食堂见过？"

他这个长相太有辨识度了，见过他的人很难忘记。

"是啊。"

"你怎么不叫我呀？"

何玉心想：因为你认不出我，你已经忘了我。

但这么说，显得过于矫情了。凭童年他们那陈芝麻烂谷子的交情，不至于扯上什么忘不忘的，把话说到这种程度。

于是他说："我不确定是你。"

姜小贞微微一怔。

说谎。

她记得他那天看自己的眼神。

总归，不是困惑探究的眼神，他看她看得太直勾勾了。

对于周围打量的目光，姜小贞最不陌生，人们目不转睛地盯着她，像打量橱窗里摆放的猎奇玩意儿。她被默认为不会有情绪、不会感到被冒犯，他们看她看得肆无忌惮。

在分辨清楚他眼神里的东西是什么之前，她率先发动了攻击……

也许是姜小贞问了一个蠢问题——即便何玉认出了她，他也没有去认她的必要吧？

愣了半秒，她重新笑起来："这样啊，我确实是比小时候漂亮了很多，认不出是我很正常啦。"

姜小贞重新回到肥皂泡泡一样轻轻巧巧的热络里。

见到范秀慧，姜小贞仍旧与她很亲近，一口一个"范阿姨"，挂在她身侧，抓住她的手臂摇来摇去，跟她撒娇。她浑然忘记以自己的体型和力气，晃起来能把别人晃到脱臼。

好在范秀慧不介意。

有姜小贞这样一个存在，许多沉重的东西成功潜下水面。

双重的铁门保护着她，让她在又小又破的窝里仍做着公主。她没学会自卑、没学会畏首畏尾、没学会社会那一套话术，她如孩子般鲁莽天真，叫人安心。

何玉新家的家具几乎全是在榕美家具买的。

"我们多买一些对你的工作有帮助吗？"范秀慧问徐美茵。

"有的有的，"她撕下他们的购物发票，满脸堆着笑，"算我的业绩呢。"

等他们买完家具，时间早已过了饭点。

顾客寥寥的家具店里只有徐美茵一个营业员，她负责导购、补货、联络送货、店内清洁。

姜小贞饿了，托着腮坐在收银台的椅子上，等着妈妈煮饭给她吃。

徐美茵一个人忙前忙后，还不忘哄着她："你再忍忍啊，妈妈很快就做完了。"

何玉走出店门时，正好听见她的这一句。

回家路上。

"世事无常啊，真想不到，从前那么有钱的人家，现在落魄到这

第五章 你好姜小贞

般田地。"

范秀慧叹了口气。

"当年的姜家太太十指不沾阳春水,我刚才看她在那儿补货,那么大、那么沉的床头柜她都扛呢。你见到那个房间了吗?她们住的地方没有厨房,煮饭是用电插板引出来,就用个电磁炉在房间的外面煮。那样煮出来的东西,珍小姐会吃得惯吗?她小时候可挑嘴了。"

何玉沉默无言。

得知姜家的情况,范秀慧心里特别多感慨,即使他不说话,她也想找他说。

"你以后在学校里多照顾珍小姐一些。她也不容易,住那样差的地方,家里出了这么大的事,她肯定吃了很多苦。你是不是在学校碰到过她了?她要是有什么学习上、生活上的困难,你能帮的,要多帮帮人家。"

何玉想到校园里碰到姜明珍的那两次。

第一次,他听见她跟别人吹嘘她家住别墅、在天台看星星看腻了、吃昂贵的巧克力吃腻了;第二次,他看见她跟她的朋友从商店出来,抱着花花绿绿的闲书和明星海报。

他对他妈说:"她不像是吃了苦的样子。"

范秀慧问:"那吃了苦的人是个什么样子啊?"

他一板一眼地说得具体:"至少,会知道赚钱的不容易,体谅她妈妈一些,力所能及地帮一帮家里。"

范秀慧"扑哧"笑出声。

也难怪何玉会这么说,他就是这么做的。他从小跟着范秀慧,比起一般家庭的小孩儿,他的日子苦太多了。

他懂事、贴心、主动承担家庭的担子，并觉得这是再正常不过的事。

"人是不一样的，苦难可以把人改造成千百种样子。你怎么能根据其中的一种模样，去判断它是否存在呢？"

虽然没读过多少书，范秀慧说出的话却非常有智慧，她和社会上形形色色的人打过交道，有着丰富的人生阅历。

她听到何玉这么说，笑笑之后，又涌过一阵心酸。

何玉是个好孩子，一路走来，他们经历的苦难没有毁掉他，反而把他变得更好。可是，从为人父母的角度，范秀慧还是希望他这一生少吃点儿苦，不用这么懂事。

"好，我知道了。"思考之后，何玉答应他妈，"我会在学校里多照顾她一些的。"

次日。

高一4班放学后，作为卫生委员的姜小贞要监督值日生做完卫生。

"你们今天还去少女空间吗？我等会儿去找你们。"

少女空间是她们这群女生放学后的聚会基地，那家店铺卖各种少女漫画、言情小说、明星周边，就是在那里，大家建立起了深厚的姐妹情谊。

"去啊。"姜小贞的同桌孙琴应了她。

"哎，孙琴，你干吗告诉她？"女生团体里有人用胳膊肘碰了碰她。

姜小贞耳尖，听到她们的悄悄话，直截了当地问道："为什么不能告诉我啊？"

"……"

女生们面面相觑，想要敷衍过去，无奈姜小贞堵着路，她们想溜

第五章 你好姜小贞

也溜不掉。

憋了一会儿,有人憋不住了,站出来说话。

"你去少女空间干吗啊?你都不买东西。"

旁边人帮她的腔。

"你上次去那边买的东西,买完又退了。"

"是啊。"姜小贞冲她们点点头,说道,"我先看了小林借我的书,你们说什么男主角腹黑、男二号温柔的,我没看几页就看不下去了。那小说写得太烂了,完全不值得我看完,我就把买的书退了。"

力荐的言情小说被说写得烂,小林不高兴了。

"你连买的明星海报都退呢!"

"哦,那个男明星啊,我买回家看看,看了一晚上感觉不过如此,不知道你们喜欢他什么。"

姜小贞摊摊手:"海报塑封在,没动过,店家肯让我退啊。"

她的模样过于理直气壮,她们一时哑口无言。

姜小贞用奇怪的眼神望着她们。

"我退我的东西,是老板同意的。老板没对我不满,你们对我有什么不满的?"

因为她们觉得她买了东西又退很丢人,所以跟她一起玩也很丢人。

她们不想撕破脸,没把话说得这么明,只说:"既然你都不感兴趣,那就不要跟我们一起去了。"

姜小贞摇头:"我是不感兴趣,但你们是我的朋友,我可以不买东西,待在那儿跟你们一起。"

姜小贞令人无语。

她是班上女生"最不想结交的人"第一名——长相丑陋、没有眼色、品位奇差、爱吹嘘、爱拆台……浑身上下、内在外在全是缺点。

偏偏她像个赶也赶不跑的苍蝇，她们把拒绝的意思已经摆到台面上了，她照样装作不懂，还是没有羞耻心地往人旁边凑啊凑。

女生们再度陷入你瞅我、我瞅你的状态，等待谁想个办法出来，摆脱掉姜小贞。

"好了，你们先去吧，我等会儿去找你们！我要去擦黑板了。"

在她们出声前，姜小贞先一步替大伙儿做好了安排。

说完话她自顾自地走掉，不管后面她们嘀嘀咕咕的声音。

何玉和朋友从画室出来。

回家路过大操场的时候，他看见走在前面、左手和右手各拎着一个垃圾袋的姜小贞。万年不变的公主裙让他迅速认出了她。

姜小贞比常人肥胖，夕阳映出的影子也比别人的要大上两圈。她提的东西大概不轻，行走速度缓慢，那团形状怪异的黑色紧紧跟在她的身后，像一只伏在地上的妖魔。

他盯着她的背影，他朋友也看向她，然后同样迅速地把她认出了。

"那个是不是之前在食堂把我们恶心到了的丑女？"

何玉睨了他一眼："你讲话太难听了。"

朋友尚未领会他眼中的冷意从何而来，何玉主动给出了解释："她是我的熟人。"

"哈？"朋友惊得下巴要掉下来一般，看看他又看看姜小贞，怎么都没法儿把这两个人联系到一块儿去。

何玉说："我五岁就认识她了。"

朝朋友挥挥手，他先走一步："我去帮帮她，你自己回去吧。"

第五章 你好姜小贞

朋友语塞,看到何玉跑过去,还真跟那个丑女开始说起话来。

"姜明珍。"

姜小贞听到这三个字,打了个颤。

她转头,看到一个背着包的帅小伙儿正朝她打招呼。

"活……何玉。"

姜小贞冲他笑了笑:"你好!真有缘,昨天刚知道我们一个学校,今天就遇到了。"

"你好!"说话间他已经走到她身侧,伸手要接过她手中的垃圾袋,"你今天做值日吗?我帮你拿吧。"

"我是卫生委员,每天都是我扔垃圾。"她躲过他的手,说,"不用你帮忙啦,袋子不干净,等下手要被弄脏了。"

"没事。"何玉直接提起垃圾袋,解放了她双手的重量。

姜小贞不好再说什么,便道了谢。

两人走了一段路。

"何玉,"她清了清嗓子,忽道,"你下次在学校里看见我,叫我姜小贞好吗?我改了名,小是大小的小,贞是贞子的那个贞。"

"啊,好的。"何玉知道她改名的事,这才反应过来刚才自己叫她姜明珍了,他感到奇怪地问,"你为什么要改名?"

"就……有些原因吧。"姜小贞说得含糊。

他们正好走到垃圾角了,她要把垃圾袋重新接过来。

"我进去扔。"迈开腿,何玉拐进臭烘烘的丢垃圾的地方,"你在洗手池等我。"

他丢好垃圾,他们洗完手。

姜小贞抬了抬她的眼镜,仰头凝视天空。

"落日好美。"

何玉顺着她的话音看去。

稀疏的云为下落的太阳让道,远方的天空一派金光灿烂。

她说:"一天里我最喜欢现在。"

夕阳也将姜小贞裹在橙黄橙黄的暖色中,她头上的塑料发卡被照得亮晶晶的。

何玉在那一个瞬间有一种怪异的感觉,他感到面前的姜小贞有点儿陌生。

这种陌生大概是因为她的平静。

她注视着夕阳,就只是静静地注视,脸上没有表情。

这让她看上去很像个正常人。但正是因为像正常人,这对于姜小贞来说不正常。

她收回目光,问何玉:"你可不可以等我一下?"

"怎么了?"

"我回教室拿书包。"姜小贞对他笑,"作为你帮助我的报酬,我有东西送你。"

何玉那种"她是正常人"的错觉消失了。

姜小贞的这句话,好像是一个大小姐在打赏干活儿的卖力车夫,她的语气也是,一下子让人的心情变得不好。

何玉直接拒绝了她的报酬:"举手之劳,不需要的。"

"不行,你等着我哦。"

她撂下话,不容拒绝地跑向教学楼拿书包去了。

何玉只好等她。

不久,背着大书包的姜小贞出现在操场。

第五章 你好姜小贞

把书包往地上一放，她拉开拉链，抽出一个大大的塑料袋。此时，书包基本空了，里面根本没放几本书。

"喏，你选吧。"

姜小贞打开袋子给他看，里面全是些小零食。

她大方得很："你想吃多少尽管拿。"

他仿佛回到学前班的周五，跟他要好的时候，她每次都让他第一个拿她的零食。许多年过去，她收买人心的办法一点儿都没有改变，何玉却已经不再是当年那个会被零食馋哭的小男孩儿了。

"不用。"他再度拒绝。

"你不吃也要被别人吃的，我明天还会带新的来学校。"姜小贞说着话，强硬地往他怀里塞了个蛋黄派。

何玉没懂："为什么？"

"我妈会给我买啊。"她又给他塞了包虾条。

每天买这些东西，那得花不少钱吧……他想了想，还是把这话咽了下去。

"你带回去，给你爸爸妈妈吃。"

他把虾条和蛋黄派放回她的塑料袋里。

"他们特地让我带来分给朋友的。"

见他态度坚决，再推来推去就没意思了，姜小贞放弃了。

"好吧，你不要算了，我去少女空间找我的朋友们了。"

何玉知道她说的那家店铺，他上次看到过她和女生们从店里出来。

姜小贞收拾好书包，和何玉一起走到校门口。

他们之间隔了两条手臂的距离，也不说话，刚才倒垃圾的时候还好好的，转眼间气氛又差成了这个样子。

两人唯一的默契是想快点儿跟对方说再见，走得一个比一个快。

外墙被粉刷成粉蓝色的少女空间就在街对面。

何玉停下来，与姜小贞道别："玩得开心，再见。"

好像打小除了她，所有人都觉得他温和有礼、脾气好。

可他要是真的脾气好，姜小贞想，她也不至于打遍天下无敌手，却总是被他气到七窍生烟。

她能感受到他的礼貌中带着一丝抗拒她的清高，那分明是清高，他退后一步划开界限，以这段保留的距离告诉她"你非我族类"。

从小即是。

姜小贞不说再见，他猜测是因为他没顺她的意收下东西，她对他不满。

不说就不说吧，何玉打算走了。

她扭过脸，忍不住了。

姜小贞嘴里咕哝着，她不知道他走了没，他有没有在听。

"刚开始，我觉得你和小时候比，变了好多。小时候的你有一张圆圆的脸，像个平凡的小馒头；你长大后，长得这么好看，脸有棱有角，完全不圆了。见你两次，每次都能看到你欲言又止的模样，你小时候不是这样的。"

"我总记得我和你是朋友。"顿了顿，她自嘲地笑笑，"回想起来，好像也不是，小时候就不是。"

姜小贞深深地呼出一口气："算了，你走吧。"

"花你父母的辛苦钱不好。"他还是说了。

"朋友不是花钱送礼物就能得到的，你也应该多考虑考虑父母。从前你家有钱，他们惯着你，花得起，现在还是吗？为了让你能在这个学校上学,他们交了多少学费,你知道吗?我看到的你,没有珍惜在学校上学的日子。你到这个学校,花父母的钱交朋友,和人攀比,上学的书包里放的全是吃的、玩的,放学后也没有心思学习。这些是我片面的揣测,如果我说错了,我愿意被你骂,乐意听你澄清。"

此刻的何玉将温和礼貌之下的偏见一次性地全部放出,说的话又狠又毒,锋芒尽显。

那张漂亮的脸上不见丝毫笑意,他微微昂着下巴,对她说:"如果我没说错……说实话,姜小贞,我看不起你。"

恰如十多年前那句"我永远不会跟你结婚的",何玉最后一句的语气倒是让她感到亲切极了。

"对呀对呀,你说得很对哦。"

姜小贞摇头晃脑,故作俏皮地讲话,表情也挤眉弄眼的,夸张极了。

"我一点儿也不珍惜上学的日子,我本来就不想上学。我就想交朋友,和她们一起玩,我的人生追求就是每天开开心心。你理解得全都对,哈哈哈。

"不过攀比……你说的是我送她们东西的事情吗?那是我妈要我带的,我也很无奈啊,都分不完。还是说,食堂那次你听见我说话了?"

何玉没有否认,姜小贞便继续说下去。

"我们如今虽然穷了,但我家以前情况确实很好,我说的全是实话哦。"

你笑话他人不可理喻,他人却总有一套自恰的逻辑。

无法辨别谁的逻辑是对、谁的逻辑是错,我们全是普通人,我们之中没有上帝。

只能说,人各有异,谈不来的不是一路人,那不如各走各的阳关道去。

比起紧绷的何玉，姜小贞看得更开，她拍拍他的肩，脸上笑嘻嘻的。

"看不起就看不起吧。"她说，"我怎么样本来就不关你的事。"

这下她是真的该走了。

姜小贞跟他道了再见，头也不回地过了马路。

粉蓝色的商店外墙和她粉蓝色的公主裙很搭。

他看着她离去的背影。

姜小贞蹦蹦跳跳地走上台阶，裙上点缀的蕾丝小花随着脚步晃动。她拉开店门，门上风铃晃动，贝壳、珍珠、羽毛碎成一团"丁丁当当"的音符。

她看上去的确很开心。

是活在当下的及时享乐，还是先吃苦后快乐的延迟快乐，全看个人选择。

她说得对，关他什么事？

何玉不再看她，耸了耸肩膀，走向相反的方向。

少女空间的店铺内，姜小贞的到来意外地受到了极大的欢迎。

"天哪，小贞！你认识何玉学长啊？"

她的那几个"朋友们"将她围了个水泄不通，刚才透过玻璃窗，她们都看见了，姜小贞在跟何玉讲话。

"是啊。"姜小贞承认得坦荡。

"啊啊啊，真的呀？"少女们兴奋地跺着脚，迫不及待地想要从她那儿多套点儿话，"怎么认识的啊？"

第五章 你好姜小贞

她的话像一根火柴，把她们蠢蠢欲动的八卦欲干脆地点燃了。

姜小贞诚实地道："从小认识。"

"青梅竹马"是个微妙的词。

当我们说谁和谁青梅竹马，好像这其中会掺杂一丝说不清道不明的亲密。

所以姜小贞的原话是"从小认识"。

"你们俩是青梅竹马啊？"少女们叽叽喳喳，乱得炸开了锅。

"不，"她又强调一遍，"是从小认识。"

"我也好想和他青梅竹马啊！"孙琴捂着心口号叫。对于这个八卦她最为激动，她没进高中前就听说过何玉了，没想到自己的同桌跟他这么熟，简直像是追星发现了一个可以走捷径的后门。

"小时候的何玉学长是什么样的？可不可爱？他小时候就多才多艺、画画就画得那么好吗？他小时候一定不像长大后这么温柔吧，他发脾气时什么样啊？你有他小时候的照片吗？"

姜小贞本人有点儿介意孙琴仍旧用错词。

不过，她看了眼周围，似乎没有人会那么有想象力地把她和何玉凑成一对。纵使是"青梅竹马"这个词，也仅仅代指他们儿时相识一场，清白得堪比清水。

大家情绪激动，但姜小贞只有一张嘴。

她坐到店内的椅子上，不紧不慢地喝了口水，像教师答疑一样，为面前的女生们一一解惑。

"小时候的他长得很普通，脸比较圆，其他没什么特别的了。"

姜小贞一边说一边回想记忆里的那张脸。

其实她更喜欢那时候的何玉。幼年的何玉有一双小狗似的眼睛，他很容易被吓到，她欺负他的时候，他的脸会变得皱巴巴的，撅着嘴，神情委委屈屈……不过，到他们相处的后期，她就越来越欺负不动他了，反而常常被他气到。

"他现在画画很厉害吗？我了解的只有他以前的画在学前班拿了第一名，那时候我们才五六岁。老师说他画得好，我和我同桌去看了，我们都觉得他画得太丑了。"

孙琴反过来为姜小贞答疑："那一定是你们没品位，全国绘画大赛的金奖，你说他画得好不好？"

"不只这个呢！"她们全听说过何玉的传奇，"有人要出资让他办个人画展，他还出过两本画册。何玉学长初中就被人采访过，上过电视的。"

姜小贞完全不知道。

记忆中的何玉是那个在保姆房里涂涂画画，能玩一下午的小男孩儿。

她们说的那个像电影里的明星主角。

还有什么呢……

"啊，"姜小贞模模糊糊地想起来，"他会吹叶子，吹'一闪一闪亮晶晶'。"

"噗，这么可爱！"女孩儿们听得兴致勃勃。

"他好像没有什么做得不好的事。"

他还有很多其他做得好的事，比如，他会捡毽子，帮妈妈洗米、打扫，很小就会骑自行车，还有偷偷带她出门买地瓜干。

现在的何玉肯定不会带她买地瓜干了。

第五章 你好姜小贞

姜小贞满脑子都是他刚才对自己说的那句"我看不起你",冰冷的表情配上恶劣的语气。

"你们为什么会说他温柔呢?"

"哎,这个有点儿难以表达。下周是高三年级执勤,何玉学长是学生会的,你能在学校里看到他。你多看看就会明白,他人特别好的……"

归功于何玉,今天女生们对姜小贞的态度可比平时好太多了。

往日姜小贞不断找话题,往她们旁边凑,她们也不大搭理,有时候烦了还会故意躲着她。今天她们全部围在她的身边,听她讲何玉小时候的故事。

这无疑是她"炫耀"过的经历里,她们最羡慕的一个。

"我突然想到,"小林一拍桌,想起一件事,"那次在食堂何玉学长不是看你了吗?你没认出他?"

姜小贞摇头:"没认出,我的眼镜度数很高的。而且,他的变化很大。"

"那他认出你了吗?"

这个问题,何玉回答过她。

姜小贞犹豫片刻,对她们说:"应该也没有。"

"呃,应该跟你的外貌有关啦。"

周围的女生直言:"要我是何玉学长,我也不想认你的。"

姜小贞张开嘴,准备按照自己往常的习惯,自信地回她一句"有什么不想认的,我这么漂亮"。

她的话到嘴边却像被卡住一样。

"不认就不认,我又不在乎。"

这回这一句装得没有平时好，任谁都看得出她在嘴硬。

姜小贞叉着手，看向窗外。

透明的玻璃窗映出她的样子——被眼镜挤压的肥脸上面长了许多青春痘，满头别着颜色各异的塑料发卡，一副疯疯癫癫的模样。

那天他眼中的她也是同样的这张脸。

下一周，果然如她们说的，姜小贞在校园里看到了执勤的何玉。

跟同龄的、穿同样制服的男生站在一起时，他被衬托得越发出挑，就好像一群土豆中混入了一个白萝卜，一众路人中出现了一个男明星。

执勤队伍站成一排，一眼望过去就能找到他。

何玉脸上带着令人如沐春风的微笑，眉宇之间有一种说不出的亲切和善。

有着这么讨人喜欢的相貌，路过的不论是学生还是老师都会自然地多看他几眼。

有问题要问、需要执勤帮忙，或是问好和打招呼，大家都会下意识地冲着何玉走去。这就导致，明明有好几个执勤的同学空闲，大家却都在何玉身边聚集，等待他的帮助。

周一，姜小贞路过校门口四次，分别是上学、午休、午休回校、放学。

上学的那一趟，走在她前面的人中有一个女老师，牵着她的小娃娃。路过校门口的时候，那个小朋友瞪着水汪汪的大眼睛，歪头看着何玉。

他的双眼眯成弯弯的小月牙状，冲着小朋友笑。

小男孩儿跟他挥挥手，何玉也认认真真地挥回去。

第五章 你好姜小贞

而后,他看见后面走上来的姜小贞。

她和他对视一眼,他收起笑容和挥动的手,神情肃然地看向别的地方。

午休,姜小贞的肚子饿了,铃一响,她第一个跑出教室。

经过校门口的时候,执勤队的学生们才刚刚就位。

何玉咬着一块饼干,用左手给右手套上执勤的袖章。

姜小贞放慢脚步,看着他的手臂穿进袖章、别好,终于空出手,他把饼干推进嘴里,咬得"咔嚓咔嚓"响。

她路过他跟前,他注意到她。

咀嚼的动作生硬地停止了,何玉低头去整理袖章。

她走后,身后的"咔嚓"声再度响起。

姜小贞午休回校的那一趟,何玉没在岗位。

穿过实验楼后面的小操场,她打算去食堂找她的朋友们。

"你真的可以吗?不会有事吧?"

小女生的声音带了哭腔,她十指交扣托着下巴,目光焦急地仰头望向老槐树。

"没事。"

姜小贞意外地听见了何玉的声音。

"我在这儿看着它,看看有没有办法把它弄下来,你帮我去叫老师。"

"哦哦,好。"女生担忧地交代他,"你千万别再往高爬了啊,你也会有危险的。"

女生急匆匆地跑去做他交代的事,姜小贞走近那棵槐树。

细碎的阳光透过青翠色的树叶,在地面投下一片树影。

她用手挡住眼睛,仰起头,树上的世界宛如一个迷宫。

绕过那些郁郁葱葱的树枝,在接近大树的半腰位置,她找到了站在那里的何玉。

"喵,喵。"有小猫咪在叫唤,不知是求救还是示威。

"喵。"这一声是人类学的,一点儿也不像小猫。

他可能也注意到了自己模仿得失败,"咳咳"两声清了清嗓子。

"喵……"他进步很快,这一次听上去明显好了很多。

"喵喵!"小猫咪应了他一声。

"喵喵喵。"他学得越来越好。

大概是看小猫的情绪稳定了,他小心翼翼地晃了晃树。

小猫貌似有了移动的意图。

树下的姜小贞看得揪心。

她想开口问何玉要不要帮忙,又怕说话会把他或者猫吓到了。

其实,她又能帮上什么忙呢?她不会爬树,也有人去叫老师了。

所幸,厉害的人类猫与小猫的交流渐渐有了成效。

姜小贞看见那只小猫了,是一只橘色的胖子小猫,试探地伸出的小爪肉垫是粉色的。

"喵,你来哥哥这里好不好?喵。"

一半猫语,一半人类语,他引导的语气中夹带了一丝丝哄骗般的撒娇。

再坏的叛逆小猫咪听了也会乖乖投入他的怀抱。

粉色的肉垫踩过枝丫,它轻轻一跃,他飞快一抓。

小胖橘被人类猫成功地紧紧抱在怀里,他在它的小脑瓜上挠了两

第五章 你好姜小贞

下,装凶地教训它:"下次不可以跑这么高玩了,知不知道?"

小胖橘说:"喵喵喵。"

"嗯嗯,你说你知道错了是吧。"何玉跟真能听懂猫语似的,自顾自地解读起来。

"喵喵!"小猫跟他有问有答的。

"行,那说好了,不能再爬到大树上玩了。"

何玉对胖猫讲话的语气非常严肃,就怕胖猫态度不端正,全程不苟言笑。

"我们一起下去吧。"

他一手抱着它,一手攀着枝干,往树下面爬。

姜小贞这才发现,自己痴痴呆呆地观察他们,看着看着,把双手都给伸出来了。

她想什么呢?他要真掉下来,她也托不住啊……

何玉看起来爬树爬得很稳,是老手了。

姜小贞尴尬地收回手臂,在他安全到达槐树的主枝干时,先一步逃走了。

去叫老师的女生已经领着教导主任赶来了。

教导主任一路走,一路把那个女孩儿骂得狗血淋头:"唉,我真是服了你们这些同情心泛滥的小女生。流浪猫在树上有什么好管的?它们整天爬树爬得可灵活了。你让执勤的同学去帮忙,他只是执勤的学生啊,又不是学校的保安。要是摔下来,他能把腿摔断的,你知不知道?"

女生的表情看上去就要哭出来了,唯唯诺诺地跟在旁边,不敢作声。

"他把猫救下来了。"姜小贞告诉他们。

"真的?"女生皱紧的眉头一下子放松了。

她点点头。

女生和教导主任继续往老槐树的方向走去。

姜小贞低头笑笑,去往食堂。

放学时何玉又在校门口执勤。

她例行倒完班级的垃圾,出校门前清校铃声响了最后一遍。

校门口只剩他和另一个男生,他们正在关大门。

"有人,再等一会儿。"何玉对那个男生说。

男生站在门边,等姜小贞过来。

而何玉退了几步,意味不明地把目光投向空荡荡的远方。

姜小贞加快脚步,目不斜视地穿过他们留出的门,走了出去。

她没有对他道谢。

他们俩没有任何眼神交流。

她跟朋友们说认得他,她能把他小时候的故事说得绘声绘色。

但姜小贞想,现在的何玉避她都来不及。

她在他这儿的待遇比不上一个陌生同学,甚至比不上一只陌生的猫咪!

从周二起开始下雨。

学校后门积了水,没有什么学生往这儿走,仅留了两个执勤的学生在这儿看门。

"我可以问问为什么吗?好好的大门不待,非要来后门。"

第五章 你好姜小贞

张世宇叼着笔,眼珠子转来转去地打量着自己的好兄弟何玉。

"我觉得你最近不正常。"

何玉在汇总登记迟到的学生名单,听了他的话头也没抬:"如果你没事干太闲的话,可以出去帮保洁工人通一通下水道。"

"你这样更不正常,说你一下就阴阳怪气了。平时我可劲地开你玩笑,都不见你生气。"

压低声音,侦探张世宇开始了他的审讯。

"是不是关于那个胖妞啊?"

"谁?"何玉一脸困惑。

"别装傻,"他用手肘推他,"就那个公主裙!上次我说她是丑女,还被你用眼睛瞪了,你说她是你的熟人……搞得我现在都不知道怎么叫她。"

"她怎么了?"何玉继续装傻。

"我昨天和你一起执勤时看见她了啊,你们连个招呼都不打的。她走过去的时候,你整个人特别僵硬,然后你今天又主动调到后门执勤。我说,你跟她到底是不是熟人啊?中间有什么故事啊?"

张世宇的大脸越凑越近,炯炯有神的眼睛仿佛能使出读心术,把何玉一眼望穿。

何玉把本子拍到他脸上,自动拉远两人间的距离。

"是熟人啊,"何玉轻飘飘地说,"儿时熟吧,现在不熟了。"

"嗤!"张世宇不信,"不熟你那天还跑过去帮她倒垃圾?"

何玉坦荡荡地答:"校园里需要帮忙的同学,力所能及的我都会帮。"

"假!"他戳穿他伪善的面具,"肯定有什么,不然你为什么见了她那么不自然?"

何玉叹了口气。

对啊,是有什么。

那天和姜小贞告别后,他把自己的话想了又想。

她说什么"我还以为我们是朋友""现在的你欲言又止",她那么一说,他忽然对她敞开心扉,把自己想的没过脑子的话全部对她说了。

他的话说得太重了,特别是那句"姜小贞,我看不起你"。

太高高在上了,事后回忆起来,连何玉本人都想打扁当时的自己。

他又不是五岁小孩儿了,即使跟人合不来,也有更委婉更妥帖的做法,闹得这么难看非他本意。

张世宇说得对,他见到姜小贞的时候是不自然。

他不自然的原因是,他羞于面对她,羞于面对对她说了重话的自己。

"何玉,你走神了。"张世宇出声提醒。

"有吗?"何玉抹了把自己刘海上的水珠。

"……"

这下张世宇百分百确定何玉不正常了。

正常人撑雨伞,有谁会把伞柄扛在肩上,伞面直直朝下,自己身上淋湿了也浑然不觉?

何玉的整颗头都在雨里淋着呢!

同一时刻的学校正门。

一位胡子拉碴、皮肤黝黑的中年大叔打着伞,来到校门口。

他左顾右盼,趁人少的时候走近了大门。

第五章 你好姜小贞

"你好,同学,能不能让我进学校去找个人?"

执勤的同学警惕地盯着他看。

大叔上身穿了一件灰灰旧旧的T恤,下身是破破的工装裤,搭配他不修边幅的形象,看起来和他们学校格格不入。

他们执勤的目的,主要就是防止奇怪的人进入校园。

同学皱起眉头,问他:"你要找谁?"

他答得很流畅:"姜小贞,高一(4)班的。"

翻学生名单核对了一下,看到高一(4)班确实有这个名字,执勤同学对大叔的态度稍微好了些:"你找她有什么事?如果是送东西,可以把东西交给我们。"

"我有要紧事跟她说。"

他说得不清不楚,执勤同学的警惕心又提上来了:"你是她什么人啊?"

"这个……"大叔吞吞吐吐,"一定要说吗?"

"一定要说。"

他把伞往下遮了一下,莫名地压低了音量:"我是她爸爸。"

那就更奇怪了,执勤同学问他:"你等她放学了跟她说不行吗?"

大叔摇头:"我不能待太久,跟她说完我就要走了。"

执勤同学想了一会儿,转身跟旁边的同伴讨论了几句,过来回复他:"我们学校不能让家长进去。这样吧,你在门口等我,我去把你女儿喊出来。"

"好的,辛苦你了。"大叔跟他道了谢,站到旁边等待。

那个执勤的男生一口气跑到高一(4)班。

还没开始上课,教室里闹哄哄的,他不知道姜小贞是哪个。

于是他用力敲了敲前门，朝里面大声喊："姜小贞在吗？你爸在校门口等你，让你出去一下，他有事跟你说。"

一个巨大的阴影罩向他。

打扮得花里胡哨的胖妞挤开座位，飞快地冲过来，把他推出教室。

他们这边动静太大，导致全班都看了过来。

姜小贞想尽快将他打发走，边推他边说："别嚷嚷，那不是我爸。"

"啊？"执勤的男生回过头，无法理解，"你都没见，就能知道不是你爸啊？"

"嗯！"她斩钉截铁道，"你让他快点儿走吧。"

这个……

那个大叔还在校门口等着，姜小贞却说不认识，那他要怎么跟大叔回话？

执勤的男生挠挠脖子，只能去后门找他们执勤队的队长问一问了。

何玉刚开始听他汇报状况，心里已经有了大概的解决方案，直到他说出"高一（4）班的姜小贞"。

"姜小贞？那个公主裙胖妹吗？"张世宇也没有错过这个关键词。

男同学点头："对，你描述得很准确。"

张世宇对何玉使眼色。

何玉懒得理他，把手中的执勤簿往他怀里一塞。

"你一个人看着这边，我去前门处理一下。"

"好的好的，"张世宇答应得痛痛快快，"你放心去吧。"

何玉第一眼没找到姜元在哪儿。

他问那个执勤的男生："那个家长呢？"

他帮他指出来："喏，那边。"

第五章 你好姜小贞

一个佝偻着背、衣衫褴褛的中年男人。

在大雨的天气里，他的存在像墙面上生长出的一块霉菌。

何玉即便与他面对面，都不敢认这人是姜元。

印象中那个开大饭店的姜叔叔，有着爽朗的笑声、大大的嗓门。他总是西装革履，把头发梳得油光发亮，常年一副意气风发、精明干练的模样。

他唯一无可奈何的时刻，是面对他家的掌上明珠。

小公主一掉眼泪，他便慌慌张张地跑过去柔声细气地哄："明珍不哭，想要什么，爸爸给你买哦。"

从云端跌进泥地的人，不外如是。

此刻的他，毫无形象地蹲在地上。

男人拥有一张老去的、神色灰暗的脸，看着对面来往的路人，他一口一口地嘬着香烟。

何玉没过去问好，他转头去了高一（4）班所在的教室。

不同于之前执勤的同学，他清楚地知道姜小贞是谁，但仍旧没能不惊动别人地把她从教室里叫出来。

"何玉学长来我们班了！"

人还没到教室，他过来的风声先到了。

姜小贞在听到大家提何玉的时候，已有不祥的预感。

预感成真。

他站在教室外，精准地与她对上视线，向她招招手，让她出来。

孙琴主动把位置让出来，方便姜小贞走出去。

她只好出去，顶着一整个班好奇的目光。

第六章
她被欺负了

何玉在前面走,姜小贞跟着他。

下了楼,外面在下雨,她出来得急,没带伞,他撑开自己的伞遮到她的头上。

之前对她说了重话,他感到尴尬,以为下一次再和她接触会是一万年以后。不想,这个开口的契机来得这么快。

何玉意识到,纵使他期待自己做个处事圆滑的人,但他不可能为了不出纰漏、不得罪姜小贞,就彻底避开她的事,逃得远远的。

确定附近没有人会听到之后,他问她:"姜叔叔是不是做了什么伤害你或者你妈妈的事,所以你不想见他?"

如果是这样的话,何玉理解,且他会帮她拦住姜元,不论是现在,还是以后。

"没有。"

姜小贞缩紧肩膀。

雨幕中,她躲在何玉撑出的这方小小天地之下,依然感觉到冷。

她的声音几乎被雨声吞没,也可能她本来就说得很小声。

"他是个好爸爸。除了生意失败外,没有什么值得苛责的。"

第六章 她被欺负了

那为什么……

他问:"可你不想见他?"

她没看他,直直地往前走:"见吧,都走到这里了。"

姜元在外面等了很久,不过见到女儿就好了。

他从何玉的伞下把姜小贞接过来,跟何玉感激地道了谢。

他没有工夫去认何玉是谁,不过他是谁也不重要。

何玉站在执勤岗位,目送他们走到校园外。

姜元的伞有点儿坏了,他拉了拉伞面,让没有扣紧的布料平整一些。胖胖的姜小贞被他尽力地护在伞下,不受风吹,不受雨打。

远远飘来姜小贞的声音,语气中带着嗔怪。

"叫你走你不走,到我学校来做什么?"

姜元解释:"我不能去你们住的地方,我很快又要走了,想……"

何玉无意去听他们父女二人的对话,把注意力收了回来。

"姜小贞登记过了,如果她等下铃响了才进来,你不要扣她的分。"他跟执勤的同学交代。

同学明白他的意思:"好,那你去后门那边吧。"

何玉走出几步,又返回来。

"算了,我待在这儿,后门那边没什么事了。"

看了眼警卫室的闹钟,他说:"还有五分钟打铃。等下我把她送到教学楼,她没带伞。"

如果张世宇在这儿,听到何玉的话,保准又要开始嗷嗷叫了。

无事可做,何玉开始走神。

刚才他问姜小贞的问题,她其实没有明确地回答。

为什么刚开始,她不愿意见姜元?

他觉得奇怪,像她说的一样,她爸爸是个好爸爸,父女俩的关系看上去也不错。

她是因为快上课了不想出来,还是因为下雨了不想出来?

这样的答案挺无厘头的,不过仔细想想,还真是大小姐性子的她会做出的事。

揣测到此为止。

姜小贞不说的话,何玉不会强行要个回答,毕竟那是她的隐私。

执勤队做好铃响后放姜小贞进来的准备。

不想,没到五分钟,她已经跟她爸讲完话了。

姜小贞跟她爸挥手作别,踩着铃响,赶在最后一刻成功挤进缓缓关上的校门。

何玉打伞送姜小贞回班级。

有个踩铃进校的同学正好是她班上的,他们三个并排走。

"贞子,那个是你爸啊?"

女生跑得气喘吁吁,这会儿缓过来,觉得刚才那一幕有点儿怪。

"班上的人不都说你爸是大饭店的老板,很有钱吗?"

"他不是我爸,"姜小贞撒起谎来气都不带喘,"你千万别跟别人说你看到他了。"

"哦,"女生抓抓脑袋,"那他是谁啊?"

"就是那种……"

何玉眼看着姜小贞现场编。

"我爸手下打杂的,帮忙跑腿的人。"

"啊,怪不得。"女生直言不讳,"我就想着,他穿得那么破破

第六章 她被欺负了

烂烂的,如果真是你爸,那你家得多穷呀。"

"哈哈,不是我爸啦。"她笑着对女生说。

姜小贞的笑容非常做作。

为什么她不愿意在学校里见姜元?还有一个更简单的回答——

因为姜小贞虚荣。

将姜小贞送到有屋檐遮蔽的地方,何玉转身离开。

他的制服被雨水淋成一片深色,头上脸上也有细密的雨滴,送她的这两趟,雨水把他浑身淋了个透。

他用手在头顶"唰唰"擦了两下,擦下许多大滴大滴的水珠,他抖了两下脑袋,一头湿漉乖顺的头发变成了参毛的小猫咪。

做完这些,他打开伞,冲进大雨之中。

姜小贞望着撑着伞的何玉的背影,忽然感到他好像没有她想象的那么讨厌自己。

如果真的讨厌她的话,他不必亲自过来处理她的事,不必来问她是否因为被爸爸伤害所以抵触见面,不必等她再打伞送她回来。

上一次,他说看不起她,是因为把她当作朋友,所以直言不讳了,有这个可能吗?

"何玉!"

鼓起全部的勇气,姜小贞喊了他。

他停住脚步,回了头。

于是她大声问:"我们是朋友对不对?"

何玉看了眼姜小贞,她盯着自己,眸中溢满了炙热而直接的渴求。

他又看了一眼站在姜小贞身边的她的同班同学。

那女生兴致勃勃地看热闹，目光在他和姜小贞之间转来转去，她看姜小贞的眼神中已经带上了不加掩饰的羡慕。

前一刻，他还陷在"姜小贞不见她爸爸源于虚荣"的猜测中，下一瞬，他就被姜小贞问了这个问题。

何玉只觉得自己被利用了。

朋友？

不过是拿来炫耀的一条人脉罢了，她简直在玷污"朋友"。

"姜小贞……"

他的语气冷得能把人冻结成冰，他说："你人丑，心也丑。"

雨不停地下，你看不清我，我也看不清你。

隔在他们中间的细纱般的雨幕，隔绝开两个世界。

丢下一脸惊愕的姜小贞，何玉头也不回地走了。

他要走，她不留。

有什么好留的？各走各的阳关道，之前不就是这么想的吗？

姜小贞也走了。

她逃难似的爬上几级台阶。

踉跄的脚步让她没能成功走完一层楼，便跌倒在湿乎乎的水泥地上，摔破了膝盖。

恍惚地看向疼痛的部位，姜小贞看到自己公主裙的裙摆上被弄脏的蕾丝花。

耳边传来女同学被吓到的惊呼。

那些被她细心维护的尊严经由此处破开的小缺口，一点儿一点儿地往外渗漏。

可她裙子的口袋里还有她爸爸塞给她的钱。

第六章 她被欺负了

他为了给她送钱打了好久的工,坐了很远的车,冒了很大的险。

现在不是认输的时候。

现在逃的话,以后都要逃。

迄今为止被她亲手筑成的自己会垮掉。

不能垮掉。

姜小贞站了起来。

她拍拍自己的裙子,像拂去沾到的小灰尘一样轻巧。

"真讨厌,下雨天地太滑了。"

姜小贞回过头,提醒女同学。

"你走路要小心点儿哦。"

说完话,她也不等人家,自己三步并作两步地跑上二楼。

脑袋探出二楼的长廊,姜小贞再度见到何玉的伞。

他已经走出去很远,再过一个拐角就要消失了。

"喂!"

她气沉丹田,使出平生最尖细的声音,冲那个方向嘶喊。

"不跟我做朋友是你的损失,你就等着后悔吧!"

他继续往前走,不知听没听见。

她又用更大的音量吼道:"何玉,你会后悔的!"

她的音量有多大呢?

在她吼完之后,那栋楼的二层和三层,只要是班里没在上课的学生都出来看热闹了。

姜小贞大吼的时间点是上课铃响后不久。

同学们全在教室坐着,而有的班级老师还没有来。

在等待教师到来的那个全员最老实、最安静的时间点,大家听到了姜小贞的喊话。

何玉和姜小贞皆是学校里赫赫有名的人物。

当何玉路过,同学们感叹:"天哪,那个就是何玉。"

当姜小贞路过,同学们感叹:"天哪,那个就是贞子。"

一个名不虚传的帅,一个名不虚传的丑。

姜小贞早应该在六岁时就明白,"何玉,你会后悔的"这句话是一个对敌方攻击无效,只对她自己造成伤害的自虐技能。

第一次她说这句话,所向披靡的人生初遇敌手。

第二次她说这句话,天降鸟屎将她击中。

第三次她说这句话,她成了众矢之的。

大伙儿有目共睹的事实有:姜小贞恼羞成怒的狠话;执勤的何玉冒着大雨尽职尽责地帮助同学,对姜小贞这种女生奇葩依旧保持绅士风度,他帮她打伞,自己则浑身湿透。

其中,经由各种添油加醋,大伙儿编造出来的姜小贞恩将仇报的故事,有不同的版本。

随着故事传播越来越广,"姜小贞"这个词逐渐成为高一年级人人口耳相传的一种杀伤类武器。

对于这些话,姜小贞本人是什么反应呢?

她自己也用得不亦乐乎。

男同学的椅子堵住了她的路,她对他说一句"你不把椅子摆好,我就坐过去了",男生立马把椅子收进去。

早操时前面一群人慢吞吞地堵着路,姜小贞对他们说一句"你们再不走,我过去抱你们了",道路立刻疏通。

值日生拖拖拉拉不做事,姜小贞威胁他"你不做,等别人做完,就只剩我和你单独相处咯",值日生挥动扫把的速度快得出奇。

姜小贞以此为武器,获得了失去已久的威慑力……如果随时随地能把人吓跑,也能算作是威慑力的一种。

事情发酵后的几周,姜小贞见到同桌孙琴眼睛红红地从教师办公室里出来。

回教室后,孙琴一言不发,嘴噘得老高。

"你怎么了?"姜小贞轻声问她。

孙琴拿眼睛斜了她一下,两手一并一搭,伏在课桌上呜呜地抽泣起来。

猜想她刚才在办公室因为什么事挨了老师骂,姜小贞手足无措地把口袋里的纸巾递给她,用更低更柔的声音问。

"遇到什么事了?"

孙琴光顾着哭,不接她的纸巾。

姜小贞见她哭得厉害,安抚地拍了拍她的肩。

她做出这个动作的那一瞬,孙琴突然尖叫了起来。

"姜小贞,你有病啊?"

先前天天跟她玩在一起的那群女生围了过来,仿佛看不惯孙琴受欺负一样,她们替她出头。

"你干吗拿手碰她?"

她们人多归人多,姜小贞没在怕的,有一说一:"我在安慰她。"

"要你假好心!"

女生把孙琴拉起来,让她躲在她们后面:"没你的话她会哭吗?"

姜小贞不明白地问:"关我什么事?"

站在最后边的孙琴一边抹眼泪,一边抽抽噎噎地说:"我不想做你的同桌,都说好几次了,老师就是不肯让我换……"

姜小贞立即拉开椅子起了身。

那群人以为她要过来打孙琴,急急忙忙地护着她往后退。

走出座位,姜小贞与她们错开身,径直去了教师办公室。

见到这个风云人物登门,整个办公室的老师视线整齐划一地投了过来。

作为扬名全校的人,她一如往昔地穿着公主裙,一如往昔地肥胖丑陋,一如往昔地一开口便是令人生气的语调。

"报告老师,"姜小贞一字一句道,"我不喜欢跟别人做同桌。"

班主任摘下眼镜,揉了揉太阳穴:"姜小贞,为了让你有个同桌,我有多操心你知道吗?你还在这儿……"

"是,"她打断老师,"我不要同桌。他们上课说话会打扰我,让我没法儿集中精神。我有很强的需求,我要自己单独坐。"

她的腰板挺得笔直,高高地昂着下巴,是一副"商量时理所当然要听她的"那种态度。

姜小贞看上去不像是被抛弃的一方,完全不像。

"我们班人数是单数,老师,我一个人坐有什么问题?"

"我不管你了。"班主任挥挥手,让她自己做决定。

"谢谢老师。"

姜小贞深深地鞠了个躬,走出了教师办公室。

回到班上的第一件事,她趾高气扬地把脚搭在旁边的椅子上,让孙琴收拾书包,搬离她的隔壁。

"别忘了把我借你的尺子还我。"

孙琴默不作声地在抽屉里掏啊掏,在深处找到那把尺子,丢给她。

第六章 她被欺负了

姜小贞拉开自己的笔袋,把尺子好好地放进去。

"奇葩。"女生们嘟嘟囔囔地说她。

就是这一群人,姜小贞从开学以来,便使尽浑身解数想要融入她们,每天午休找她们一起吃饭,每天放学跟她们聚在一起。

其实她们有过开心的时刻吧?姜小贞个人这么觉得。

有时候她的笑话能把她们逗得哈哈大笑;有时候她说话她们会很感兴趣地听;有时候她带的零食是及时雨,被肚子饿的她们哄抢一空,她们边吃边说"小贞,还好有你"。

她以为她是她们的朋友了。

毕竟她们每天都在一起呢。

"你们也是,吃了我的东西,还我。"姜小贞朝她们伸出手。

女生们露出无语的表情,她的话太荒唐了。

"你那些吃的每次一大包一大包的,多得跟垃圾一样,而且全是便宜货。"

"对啊,谁要吃你的东西?你多少次求我们吃,我们都不愿意吃。偶尔勉强吃一吃,是看你可怜好吗?"

"那你们还是吃了。"

姜小贞直勾勾地看着她们,把手进一步伸到她们面前。

"还我。吃了吐不出来的话,换成钱还我。"

又不是小学生了,示威还用这种方式。

不过这种方式很有效,那些女生一个个被姜小贞噎得说不出话来。

全班的人都在看着。

女生们的眼神有意无意地瞥向小林,原因很简单,她是她们团体里领头的,而且平时她吃姜小贞的零食吃得最多。

发觉大家集中过来的目光，小林羞得涨红了脸。

"你自己让我们吃的，现在却说要我们还，我们吃的时候你怎么不说？早知道你这么斤斤计较，我们绝对不会碰你的破零食。"

姜小贞就是斤斤计较，没脸没皮。

"我的零食为我的朋友们免费提供，你们不是。你吐出来，或者还钱。"她清清楚楚地向她索要。

如果没有这么多同学在看，她们几个很想就地呕出来，从没见过姜小贞这么恶心的人。偏偏所有人注视着这里，她们被她连累，感觉超级丢脸。

小林上前反抗："你……"

"你别跟她一般见识，"有理智的女生拦住她，冲她使眼色，"我们给她钱，谁要做她的朋友啊？"

她们家里又不缺钱，把钱给姜小贞之后，看她怎么下得来台。

几个人商量之后，往她桌上拍了一张五十元的纸币。

"不用找了。"

"不用找？给少了，怎么找啊？"姜小贞双手托腮，眨巴着眼睛问。

"走吧，别跟她纠缠了。"站在后面的孙琴拉了拉她们。

上课铃响过了，不知道什么时候老师会来。

那群女生只好散开，回到各自的座位。

姜小贞大获全胜。

她打开钱包，收起那钱，准备上课用的东西，把自己的书本、笔记本大大地摊开，占满一整张课桌。

身边的位置空了，她有足够的空间，心满意足地伸了个舒服的懒腰。

第六章 她被欺负了

"真穷酸……"她身后有人小声嘀咕。

在这天以前,根本不会有人在姜小贞背后这么说。

她看上去完全就是一副被父母惯坏的模样。

谈话间,她三句不离"我爸爸"怎么怎么样,脸上写满自豪;对于别人说好的东西,她没有眼色极了,不喜欢就说不喜欢;她随心所欲地打扮,张扬地走在校园,从不会因为受人瞩目而感到不安。

一旦开始被人讨厌,你接下来的每一个行为都会被放大、被恶意解读。

姜元来找姜小贞那天,在校门口等了那么久,不被人注意到是不可能的。

"不知道你们从哪里得出姜小贞家里有钱的结论,我那天在学校门口碰到她爸来找她,她爸看上去很是穷酸。"

小林和孙琴她们那群人是最讨厌姜小贞的。

听到这个传闻后,她们你一言我一语,越说越觉得姜小贞不对劲。

"我想起来了,那时姜小贞做我们的跟屁虫,我们到店里吃好吃的,她都不跟我们一起吃。有时候她自带,有时候她说她瞧不上我们吃的东西。"

"你们还记得不?她之前把买的言情小说拿去退了,明星海报也是。"

"对对!还说什么小说写得烂,那个明星海报是跟风买的,她不喜欢。"

"肯定是她买不起啦,在那儿装不喜欢。"

"绝对是的!"

姜小贞身上的每一点单独拿出来,都足够让人鄙视了。

更何况，她简直是个错误的总和、惹人讨厌界的范本。

她长得丑，却不自知；大家讨厌她，她怡然自得。家里穷，她装富；对于买不起的东西，她装真性情，批评这个吐槽那个。

就这种人，还敢跟何玉放狠话，她凭什么？

在所有人都厌恶姜小贞之际，班主任在班会上竟表扬了她。

"我们班的卫生委员每天都认真监督值日，而且她还主动帮我们班进行垃圾分类，卖了易拉罐和废纸皮。这笔卖废品的钱，她交给了我，作为我们班的班费。"

将手中的钱移交给班上的生活委员，班主任看向姜小贞，带头鼓掌。

"我们要向姜小贞同学学习。"

下面的掌声稀稀拉拉，鼓掌最大声的是姜小贞自己。

她把全部的存在感投入卫生委员的职位中，希望自己的努力被大家认可。

老师夸她做得好，姜小贞毫不掩饰地向外界表达着她的开心。

她为自己鼓掌，环顾四周。

他们看她的目光没有任何改变，那是轻视、鄙夷，是把她视为笑话的嘲弄。

"噫，她每天都翻垃圾桶吗？"

"怪不得我老感觉她身上臭臭的。"

"她之前分给我们的东西不会也是她卖废品买的吧？我要吐了。"

敷衍的鼓掌声很快停下了。

只有姜小贞还在继续拍，鼓掌声持续到最后。

没有人愿意做值日。

第六章 她被欺负了

要被姜小贞管着是莫大的屈辱,逃值日成了高一(4)班同学的家常便饭。

即便是每天放学时,姜小贞把值日生的名字用粉笔非常大地写在黑板正中间,即便是姜小贞亲自过去、点名道姓地喊人说"你要值日的,不准走",也还是没人理她。

他们以逃值日为荣。

当天没做值日的人有惩罚,他的值日天数会往上叠加。有些学生名字后面的惩罚日期已经叠加到了十天,但他不做,她又能奈他何?

姜小贞去告诉老师了。

她独自一人做了两周的班级卫生。而后,她把逃值日的学生名单拍在班主任的桌上。

班主任并非不知道班上的情况。

他翻开名单看了一遍,那上面记录的几乎是一整个班的人。

"姜小贞,"他头疼地跟她商量,"这样下去不是办法,不然,先换别的同学来做卫生委员吧,你也休息休息。"

教师办公室的窗外,夕阳西下。

这原本是姜小贞一天里最喜欢的时刻。

为了她负责的卫生,她天天在清校时间回家。当她丢完最后一袋垃圾洗手的时候,她看向夕阳。

夕阳真美啊。

她想:一切都值得。

她有朋友,她有爱自己的爸爸妈妈,她把卫生委员的工作完成得很好。

一切都值得吗?如今的姜小贞不知道了。

她望着那片暖融融的橙黄，记起的是同学们看她挥动扫把时的轻视鄙夷，记起的是何玉说的那句"姜小贞，我看不起你"。

姜小贞沉默了很久，老师说了那句话之后，她不再看他。

她憋着一口气，用力看窗户外面的落日，眼睛瞪得很使劲，使劲到眼眶泛红。

班主任叹了口气。

"老师，"收回视线后，她猝不及防地问他，"原因呢？"

班主任以为她问的是换掉卫生委员的原因，正准备解释。

"是我认同的原因，那我就服气。"她眸中写满了倔强，浑身是竖起来的、保护自己的刺。

老师垂下视线，将要说的话咽了下去。

一室寂静。

他不知从何说起，她却有要说的。

"老师，可以因为别人和自己喜欢的东西不一样，就看不起她吗？"

班主任抬起头。

姜小贞的眼眶太红了，红得像是哭过，但她没有哭。

她的声音毫不动摇，不带一点儿哭腔，一个个问句掷地有声。

"可以因为别人和自己穿得不一样，就看不起她吗？"

"可以因为别人家里穷，就看不起她吗？"

"可以因为别人胖，就看不起她吗？"

"可以因为别人丑，就看不起她吗？"

"不可以。"老师说。

"不可以，"他又重复了一遍，"这些都不可以成为别人看不起

第六章 她被欺负了

她的理由。"

"那是他们做错了。"

姜小贞捏紧拳头,质问他:"为什么从来只惩罚我,不惩罚他们?"

姜小贞的卫生委员没有被换掉。

那之后每天放学时,班主任亲自来到班级,按照名册点名,让之前逃跑的同学留下来做卫生。

不甘心被罚的值日生们一边拖地、一边冲着姜小贞的背影碎碎念:"丑八怪,死肥猪,告状精。"

姜小贞突然转身,面对他们。

"讲我坏话可以再小声一点儿,不要被我听到。"她叉着手,居高临下地说,"相信你们已经知道,我会跟老师告状。你们骂我,想找我麻烦,我全部会汇报给老师。"

同学被她的话激怒,抢起拖把,往前一摔,嘴里破口大骂:"你以为自己了不起啊?"

拖把直直地朝姜小贞站立的方向砸去,她眼疾手快地把它踢回去,不让它弄脏她的裙子。

"对啊,我就是了不起。"

拖把"哐当"落地,溅出的臭水尽数落在对面。

"你们辱骂我,还不许我告状,要我白白挨着。"

姜小贞笑了笑,把嘴里的字嚼碎了,啐在地上:"你们想得美。"

说完要说的,不给他们反击的机会,她掉头就走。

正是这一副没人能打断她脊梁骨的模样,让姜小贞不断树敌。

她还是太年轻了,以为只要自己足够坚强就不会再受到伤害。可当她一个人去对抗一个世界蜂拥而至的恶意时,她的足够坚强便不再是坚强,而成为一种逞能。

想要整你的人永远不愁没有办法。

独自吃完午饭的姜小贞回到教室。

班级里的同学们不知道去了哪里,空荡荡的教室中央躺着一套课桌椅。

桌椅皆被砸坏,断掉的木头残肢七零八落地散在地上。

抽屉中,她的书本、文具、试卷掉得到处都是,一地狼藉。

桌面上用红笔写着大大的"滚出高一(4)班",宛如飞溅的止不住的血。

这是对姜小贞的"凶杀现场"。

画室。

"我能问一问,这是你画废的第几张纸吗?"

倚着窗的张世宇摘下耳机,捡起脚边被何玉丢弃的纸团。

何玉没回答他。

"我想等你画完稿一起吃午饭,但看你这进度,等画完稿,食堂都要关门了。"

"早跟你说了,自己去吃。"何玉的目光专注在画板上。

张世宇偏不,笑嘻嘻地惹他:"好兄弟,心里有事就跟我倾诉,你这样自己憋着多难受啊!"

他皱了皱眉:"别烦我。"

"你烦呀?我跟你说点儿不烦的。"

张世宇清了清嗓子。

第六章 她被欺负了

"我们班的方建杰,他妹妹和贞子一个班。我这几天听他跟我说八卦,那个贞子真的恶心到不行。"

何玉没让他闭嘴,张世宇判断他有听的兴趣,便继续说了下去。

"她跟别人做朋友时请别人吃东西,和对方不好了,就叫人家还她。别人惹她不高兴了,她就去老师那里打人家的小报告。他们说,她家很穷,她恶意批评别人喜欢的东西,其实是自己根本买不起,在嫉妒、在酸别人。你之前跟我说,你小时候跟她是熟人,你也知道她家很穷的事吧?"

何玉自然知道。

张世宇这么讲,说明姜小贞家里的事情暴露了。

她虚荣地撒下一个又一个谎,构建出如儿时一般的豪华城堡……现在假城堡塌了。

这就像是电视剧,反派做的丑事暴露了,正是大快人心的时刻。

何玉画他的画,仿佛没听见张世宇在说话。

"好啦,也不用多说,能把你这么好脾气的人都得罪了,她的恶心程度可见一斑。"

张世宇过来拍拍他的肩:"朋友,你别再为她烦心了,她以后还有倒霉的时候呢,现在全校的人都讨厌她。"

"全校"这个词用得毫不夸张。

对于姜小贞能招到这么多人讨厌这件事,何玉一点儿也不意外。

她从小就讨人厌,不会处理矛盾。

他妈妈从乡下辛辛苦苦背来送她的特产,她捏着鼻子说好臭;扮家家酒时,别人要按她分配的角色玩,不然她就不给大家提供道具;看到其他小孩儿没了她玩得更开心,她就从楼上扔玩具熊下来泄愤;

她生他的气,让学前班的人全部不要理他,理他的一律被她视作叛徒。

让所有人不要理他的那次,她最后被所有人孤立了。

堆成山的礼物竟然无法收买六岁孩童的心,姜小贞太不会交朋友了。

她对人好的时候,永远是一种由上对下的施恩的态度。当所有人都感到自己被她当作低贱的奴仆时,那她这个公主也不再有人拥护。

何玉比姜小贞更早看到她的结局。

那一天,他听见了她的喊话。

她喊得那么大声,他除非是聋了才会听不到。

"何玉,你会后悔的!"

和这个人的新仇旧怨,在这个人那里吃过的苦,他全部想起来了。

寄人篱下的时光里,他是保姆房中小姐养的狗。

她的爱好是抢他的东西、半夜到他房间打他巴掌;所有人都哄着她,她一闹脾气大家便如临大敌,他要无条件地让着她;她做错了事,他妈妈反而骂他。

为什么他明明一开始就认出了姜明珍,却不上前打招呼?

今时不同往日,何玉这个名字是优秀的、被人羡慕的。

姜小贞知不知道啊?

他不再是她的乡下保姆的儿子,不再因为口音被人笑话,不可能在被欺负的时候忍气吞声,也不用再把她吃剩的边角料当作珍馐。

他不再是那个坐在台下角落的小男孩儿,羡慕地看着她被有钱的爸爸、漂亮的妈妈牵着……现在的他身上也有聚光灯。

第一次在食堂见到她,何玉不打招呼。

他想,她不记得他的话,就算了。

第六章 她被欺负了

第二次在店铺门口见到她,她的生活方式与他的截然不同。

他们是两个世界的人,何玉和她划清了界限。

第三次见她,他得知她家道中落。她却没有如他穷的时候一样,她仍要做公主。

他试探地走近她,观察现在的她。

第四次,他帮她倒垃圾,她高高在上给他的答谢让何玉又一次恼怒。

而后,他亲眼见到她虚荣的模样,她那句"我们是朋友对不对"如利用一般。

对不对,何玉怎么知道啊?他把她当朋友,但是他至今为止都不知道,她是不是就把他看成一条狗。

"何玉,你会后悔的!"他要如何后悔?他有什么样的把柄在她手中?

姜小贞说了那么多次要让他后悔,最后他次次全身而退。

这一次,她闹出的动静这么大,必定是对自己报复的手段信心十足。

姜小贞要做什么?

说出他是乡下来的?说出他们是她家的下人?讲出他小时候受她侮辱的糗事?

何玉等她的报复等得很烦躁。

她为什么还没有这么做呢?都过了好些天了,像她那种虚荣、爱炫耀的人,有什么不这么做的理由?

手中铅笔发出"沙沙"的声响,他涂出的线条杂乱无章。

何玉长长地呼出一口气——他根本没有画画的灵感!

"他们在那边看什么啊?"张世宇望向楼下,有三三两两的人在教务处附近看热闹。

定睛一看,他瞥见公主裙的蕾丝裙摆。

"咳咳。"张世宇关上窗户,以免何玉心烦。

"外面发生了什么?"见他举动不寻常,何玉问道。

张世宇只好实话实说:"好像是那个人……扛着张桌子站在教务处。"

耳边传来撕纸的声音。

"我多嘴!你可别撕了,快画吧!按你的水平,用脚画都足够交作业了,别要求那么完美好吗?"

丢掉纸团,何玉背起背包:"不画了,去吃饭。"

"哦哦。"张世宇赶紧去拿自己的书包。

出了画室,他见何玉走的方向不对。

"朋友,去食堂走左边的楼梯,你从右边下去……"是教务处。

姜小贞站在教务处门口。

她带着被摔烂的、上面写着"滚出高一(4)班"的桌子。

"教务处的老师在吗?"姜小贞使出最大力气拍门,把门拍得"咚咚"响,"有人管吗?"

尖细的声音如一根绷到极致的弦,又像一支抵住喉咙的箭。

她喊道:"高一(4)班的姜小贞被欺负了!"

里面没有人应声。

周围看戏的人却越来越多。

"那就是贞子吧?"

第六章 她被欺负了

"噗,百闻不如一见,真的丑。"

"她来教务处干吗?"

"谁知道啊?疯疯癫癫的。"

天气有点儿冷,姜小贞吸了吸鼻子。

轻轻压上来的重量使弦从外围开始开裂,出现细小的毛边。箭刺进肉里,刺破皮肤,滴出一滴滴的血。

不疼,不承认就不疼。

不怕,会没事的。

她吸啊吸,抱着自己的双臂,上下划拉了两下。

自己给自己安慰,自己给自己加油。

"咚咚咚",姜小贞拍啊拍。

"姜小贞被欺负了。"她说。

"有没有人管?"她问。

围观的人当中也有一些心地善良的人,高声提醒她。

"喂,老师去吃饭了,你看不出来吗?"

"要换桌子的话,下午再来吧。"

"你跟泼妇骂街一样站在这儿太碍眼了,先回去冷静一下好吗?"

何玉和大家一样,觉得姜小贞太碍眼了。

她丑,却还是要穿公主裙——碍眼。

她穷,却还是挑三拣四——碍眼。

她我行我素、天不怕地不怕——碍眼。

最碍眼的就是她什么都没有了,她还能把头高高地昂着。

她穿着皇帝的新装走在路上,觉得自己漂亮极了。

谁都想上去告诉她,她什么都没有了,等到她惊慌失措的时候,大家会尽情地看她的笑话。

只是,为什么何玉笑不出来呢?

他在人群之中凝视姜小贞,她固执地对着不会开的门呼喊。

她说的不是"我被欺负了",她说"姜小贞被欺负了"。

好像姜小贞用尽全力要保护"姜小贞"似的。

他赌不出五分钟,她就会在那扇门前,在众目睽睽之下,大声地哭出来。

众望所归的、反派姜小贞形象坍塌的时刻,已经初见雏形。

她的样子落在何玉眼中,他却发现,那竟然比上面的、不论哪种样子的姜小贞都碍眼一千、一万、一亿倍。

对于她狼狈的样子,他更难接受。

一个人影走出人群,来到姜小贞身边。

"我找你有事,能来一下吗?"

她转过身,目光撞进一双浅棕色的眼睛。

他背对着午后的暖阳,光线沿着他的发丝轮廓倾泻而下。

姜小贞看得愣住了。

何玉朝她伸出手,在指尖就要碰到她肩膀的时候,姜小贞退了一步。

她瞥向身后的人群,听到那些之前她想要忽视的声音,才发现原来已经聚集了这么多人。

姜小贞低下头,吸了两下鼻子。

等她再抬眸时,眼里那股讨人厌的骄傲劲又回来了。

"我跟你没什么好说的。"

第六章 她被欺负了

他们如他所愿的划清界限了。

她扛着桌子走掉,宛如携带重型武器的打手,腰杆笔直,无限威风。

围观的人纷纷为她让道。

何玉没追过去,其实他也不太明白刚才自己在做什么。

只是,望着姜小贞的背影,他还是很难受,不可名状的负疚感将他淹没。

姜小贞不打算换掉她被人涂画过的课桌了。

教务处没有老师,她带着桌子去了管理部。那边的管理员大叔修东西很有经验,敲敲打打,三两下就帮她把课桌修好了。

"这还能用吗?"虽说是亲手修的,但大叔也无法确定,"我觉得你还是去教务处领一张新的吧。"

姜小贞没附和他的话,跟他再三道谢后,她把课桌搬回了教室。

如果还有斗争的力气,她会继续斗下去的。

姜小贞的"尸体"不应该由她自己收拾。

每一科的老师进到教室上课,都会看见那张显眼的桌子。

不用手臂或者书本挡住那行"滚出高一(4)班",姜小贞给所有人展示自己受过欺凌的罪证。

老师问:"姜小贞,你的课桌怎么回事?"

姜小贞在全班人的面前朗声答道:"高一(4)班的同学们写的呀。"

无数怨毒的目光投向她。

没有人能做到比姜小贞更遭人恨。

下课后,整个高 ·(4)班除了姜小贞,全部被留堂训话了。这事甚至被人告到了教导主任和段长那边,他们也来了。

所有人都认定是姜小贞去告的状。如果她有时间,她确实会这么做，不过她光是修课桌就已经花费了一个中午。

姜小贞认为是哪个老师把教导主任和段长请来的。

班上同学被训话的时候，她搬起自己立不稳的椅子又去了一趟管理部。

椅子没有桌子坏得那么严重，找大叔借了工具箱，她可以自己试试看能不能修好。

她与管理员没说几句话，外面就来人了。

姜小贞转过头，见到了何玉。

她无语，这人简直是爱看她笑话第一名，他怎么又来了？

借到工具箱，姜小贞目不斜视地绕过他。

搬着椅子出去，她找了个僻静的地方修理。

某个跟着她过来的人影在她面前的地面投下一片黑色的阴影。

"姜小贞，你总得找个解决办法啊。"

姜小贞走到另一边。

只可惜，她躲得过他的影子，却躲不过他的声音，何玉锲而不舍地追问："你把桌椅修好，是想继续用下去吗？"

"对。"姜小贞挥舞着手中的锤子，声音又干又硬，"我会每天用它们，让看我不顺眼的人继续看着。"

"他们视你为眼中钉，对你来说有什么好处？"何玉蹲下来，蹲在她的旁边，认认真真地建议，"跟班主任说一下，转班吧。"

姜小贞回头，瞪了他一眼。

她的眼神很凶，写满了不服气，好像那种会啄人的公鸡，已经张开翅膀，做出预备攻击的姿势。

"我不可能转班。做错事的不是我，我不会如他们所愿滚出高一

第六章 她被欺负了

（4）班的。你的话跟我班主任之前说的一样,他知道班上的人因为讨厌我而逃值日的事,想换人当卫生委员。我不会同意的,我没做错事,我不接受任何惩罚。"

身边那人静默了几秒。

而后,他长叹一声。

何玉说了一句话,让姜小贞几乎落泪。

他问:"那这样你不会受伤吗?"

她暴露自己鲜血淋淋的伤口,身在谷底,想要把其他人也拽进来。

可是,伤口不包扎的话,怎么恢复呢?

在谷底一直等待着,不冷吗?

那样的话,她会好受吗?

"你最没有资格说这话了!"姜小贞丢下锤子,重重地推了何玉一把。

他没有反抗,直接被她推得跌坐在地上。

"你说我丑!

"你看不起我!

"你和所有人都是一样的!"

何玉摸着自己作痛的尾椎骨准备起来,想下一句骂姜小贞是不是脑子有病。

没等他站起来,他见到水滴滴落在水泥地上,散开一处小小的痕迹。

何玉没敢抬头盯着姜小贞的脸看,或许他不看比较好。

她哭了。

"我多么努力打扮得漂亮、讨人喜欢,你们凭什么因为我长得丑而笑我,因为我家没钱而看不起我?"

她的话里带着委屈的哭腔、委屈地吸鼻涕的声音,她哭得极尽克制,却已是溃不成军。

胸腔仿佛被石头紧紧压着,她连气都喘不上来了。

"你告诉我,丑、胖、穷、没朋友,这里面有哪一点可以让你们合情合理地鄙视我、排挤我、讨厌我?"

见到她终于哭出来,还哭成了这个样子,很多事情,何玉一瞬之间都想通了。

"你很介意吗——你的丑、胖、穷、没朋友?"他问了一个看似完全不相干的问题。

何玉没安慰她,也没向她递纸巾。

他的声音是冷静的,没什么温度,好像一点儿也没有为她的眼泪动容。

姜小贞哭得脑子一片空白。

"显然是,"何玉已有了答案,"你不介意的话,也不会对着我大吼大叫了。"

对,她介意。

平日的那个姜小贞肉眼可见地垮掉了。

好像蜕掉一层皮一样,她整个人变得灰暗,缩着肩膀、垂着头、掩着面,歪歪斜斜地站着,她崩溃、难过、大哭。

她身上用来防卫的骄傲与自尊不复存在了。

何玉没有给她提供缓冲的空间和可以躲起来的地洞。

相反,他追过去,把那个逃兵用钩子抓了出来。

她想得没错,他是爱看她笑话第一名。

第六章 她被欺负了

"长得丑、家里没钱、即便是努力讨人喜欢也还是没有朋友,你介意这些。"他全部念一遍,并依照她的反应做了确认。

"你问我,它们凭什么成为别人鄙视你的理由,那你又为什么用这些相同的理由来鄙视自己呢?姜小贞,我再见你之后,你整个人是撕裂的。我一直想不通这种撕裂感从何而来,直到刚才,我听到你那么质问我……"

她的哭声止住了,一双泪眼恶狠狠地望着他,试图要自行再把壳穿上。

她失败了。

"你在学幼年时期的自己,不是吗?"

那双清澈的棕色眸子映出姜小贞的狼狈。

他直言不讳道:"但你学得真的一点儿都不像。那时的你是真正的千金,你不懂事是因为你被父母溺爱惯了,尚未成长。可是,现在的你已经懂得了人情世故,你能够读到别人目光里的鄙夷,也学会了自卑。"

"我没有自卑!"姜小贞无力地挣扎。

何玉问:"没有的话,你需要假装什么?"

她无话可说。

"你穿着公主裙,假装自信,假装不畏惧别人取笑的目光,自我感觉良好。

"你家里穷,却假装有钱,不敢在学校见你的爸爸。上一次我说出这一点时,你辩解。可是,在跟朋友吹嘘时,你没有一刻察觉到她们会发现你不是富家小姐吗?我不信。你明知会被发现还要说,那你就是出于虚荣,在假装。

"别人讨厌你,你假装自己没受到伤害,假装完全不在意别人怎么看,硬着头皮让自己不要躲。"

"别说了。"她冷着声音打断他,她要离开这个地方。

何玉攥住她的手腕。

"你不让我说,因为你不能直面自己长得丑、家里穷、不再是公主的现实,你不愿意承认嘲笑的目光会让你受伤。你带着浑身的漏洞,一边逼着自己我行我素、招惹着厌恶,一边为自己的格格不入感到自卑抑郁。这样的你甚至无法像小时候那样,大摇大摆在招人讨厌的道路上一路走到底。"

姜小贞看着何玉,自嘲地笑了一声:"你说得对,好吗?"

她闭上眼,鼻子一皱,又快哭出来了:"让我走吧。"

"让你走掉,让你再回到之前的状态吗?姜小贞,你真的该醒醒了。"

他松开她的手。

姜小贞的黑框眼镜已经花得不能看了,她那张满是泪痕的脸也是。

何玉在身上找了找,发现没有带纸巾,只好用袖子将她下巴上的那些泪珠擦掉。

哭成这样……

真是的……

"他人因为那些你无法决定的因素看不起你,当然是错的。"

他擦啊擦,她的眼泪又流下来了。

何玉放轻了声音,可讲出的话依旧很坏、很难听,让人听了会流泪。

"但你知道吗?看不起和讨厌本就是主观意义上的,讨厌你可以不需要理由。就算那讨厌是错的、不应该存在的,也没人会给他们判刑。

第六章 她被欺负了

他们对你有偏见，该讨厌你的人照样讨厌你。

"而你刚才说的这些别人讨厌你的点，还不足够全面。你最讨人厌的是你的性格。我讨厌你的性格，讨厌你的为人处世方式，我的讨厌光明正大，我合情合理地鄙视你。"

姜小贞拍开他的手，不需要他假惺惺的同情。

"那你就讨厌好了，还对我说这些干吗？你废话真多。"

刚才长篇大论的人一下子失了语言。

他也茫然地在心里问自己：为什么？

"我不知道。"最终何玉说，"我没法儿看着你这个样子。"

还记不记得学前班的午休？

不睡午觉的姜明珍被阿姨抓了，被叫到外面罚站。

那时候的何玉是真的超级讨厌她。她弄坏他的水彩笔，把他当作小狗，叫人不要跟他玩，他发誓要跟她划清界限。

但他看见姜明珍被叫出去罚站的背影。

她的衣服没塞好，也没有穿拖鞋。

何玉掀开被子，自愿跑出去跟她一起罚站。

没有为什么，他没去想为什么。

他只想帮她穿好鞋子罢了。

第七章
姥爷剪头发

"何玉被鬼缠上了。"

张世宇深感忧虑,那个鬼指的是姜小贞。

午休,姜小贞会到食堂找何玉一起吃午饭。有时候何玉下课迟,她会在教室门口或者画室门口等他。

高一跟高三放学的时间不同,姜小贞放学后会来画室。何玉画画的时候她在旁边吃零食、做作业。

画室关门,出了校门之后,她才会从何玉身后离开,回自己家。

姜小贞仿佛是幽灵一样的存在。

她跟何玉之间一点儿交流也没有,就只是一直默默地跟着。

张世宇对何玉说了很多次:"朋友,你不想做坏人,我可以做。如果你需要我的拳头出马,可以随时说。"

可惜,何玉可能是人太好了,完全没有要赶走姜小贞的意思。

有几次张世宇拉着何玉想要走快点儿,甩掉那个打扮得宛如生日蛋糕的丑女。何玉让他等等,然后往身后一看。

甩不掉的尾巴依然紧紧地黏在距离他们不远的地方。

张世宇很同情何玉,他默认何玉是无可奈何。

第七章 姥爷剪头发

不是无可奈何？怎么可能！

有人会自愿不要自己的眼睛，主动送上门让脏东西荼毒吗？！

还真有。

某天，一直到他们要走的时间点，张世宇也没有在画室看到等待何玉的姜小贞。

起初何玉一切正常，时间一分一秒过去，他看窗外的次数开始增加。

最后憋不住了，他转头问张世宇："我刚才出去洗调色板的时候，你看到姜小贞了吗？"

张世宇摇头："没啊。"

何玉继续画画。

没一会儿，他重新抬头，盯着画室前面的钟自言自语。

"十五分放学，做值日的大约需要十五分钟做完，算二十分钟。扔个垃圾五分钟，走到画室五分钟。"

张世宇抓抓脑袋："所以呢，你想说什么？"

"太奇怪了吧，"何玉摸着下巴思索，"她怎么还没有来？"

"欸？"张世宇惊得下巴快掉下来，"朋友，你这是什么意思啊？"

何玉没有配合他一惊一乍的演出，平静道："字面上的意思，觉得奇怪而已。"

"不是，"张世宇真是得知了不得了的事，"她跟着你，原来是你们约好的吗？"

何玉否认："没约好，她自己要跟的。"

没等张世宇缓过一口气，就听到他说下一句。

"但是忽然有一天她不跟了，不是也很异常吗？"

张世宇表情复杂地拍拍身边这位老兄的肩："你比较异常，真的。"

他用笔在废纸上勾勒出一个人形大蛋糕的轮廓，指着那团黑乎乎的线条对何玉说："这样一个脏东西不跟着你了，你应该烧香祈福，跪谢老天超度了那只鬼魂。而你居然……该怎么说呢，我从你脸上看到了……担忧？"

"噗。"何玉忍俊不禁，"你的画画技巧大有提高啊，画得还挺像她的。"

这是重点吗？张世宇捂住额头。

画室的人都走光了，到了熄灯的时间，姜小贞仍旧没有出现。

"走吧。"张世宇催促何玉。

"知道了。"何玉往走廊两边看了一遍，关上了门。

见他恋恋不舍的模样，张世宇劝道："不可能来人啦，这个点没有人会在学校逗留的，我们说不定是最迟走的。"

张世宇没说错。

当他们走在学校操场时，这里已是冷冷清清，看不见一个人影。

这时候何玉再次顿住脚步，就显得很神经质了。

"你先回家，我去高一的教学楼看看。"

张世宇抓狂，指着他们背后，让何玉看个清楚："见到那边一片漆黑了吗？学校拉电闸了，说明教学楼的班级全部放学了，人已经走光了。还有什么好看的？"

"你先走。"何玉还真就向那一片黑色迈开脚步，头也不回地冲张世宇挥挥手。

夜晚的校园让人想到经典的恐怖怪谈。

第七章 姥爷剪头发

风飕飕地吹来，特别冷。

奇形怪状的树影宛若一群伸开双手的魑魅魍魉，高一的教学楼静得骇人。

何玉的鞋踏上阶梯，像是要被那个黑色的世界卷进去，只有天边一丝残月的光辉支持他看清路。

天都这么黑了，姜小贞不会还在吧？

何玉其实没抱多大希望，只是随便来看看而已。

但高一（4）班的门竟然没有锁。

他往里看，里面黑漆漆的，什么也看不清。

"有人吗？"何玉喊了一声。

一个趴在桌子上的黑色人影抬起了头。

两个人都被彼此结结实实地吓了一跳。

"何玉？"

怦怦乱跳的心脏平稳下来，姜小贞认出了来人。

她搞不清楚状况："天哪，什么时间了？怎么这么黑啊？"

何玉比她更震惊："你竟然真的在学校！怎么不回家啊？"

事情是这样的。

今天老师拖堂了一会儿，放学后姜小贞例行监督完值日生，丢掉垃圾，清校铃声已响过两回。

回到班级拿书包的时候，她在走廊上碰到几个隔壁班的男生。

他们显然是听过姜小贞的恶名，见她走来，他们对着彼此挤眉弄眼，生出一个整人的坏主意。

"老刘，你命中注定的另一半来了，快去亲密接触一下！"

一个矮矮的、脸上有麻子的男生被猛地推到姜小贞身上。

男生抓住了扶梯把手,没有摔下去。

而姜小贞站在他的后面,跌下了几级阶梯。

"你们有病啊!害我碰到她了!"男生朝他的同伴怒骂,追过去打他们。

那群人嘻嘻哈哈地跑了,没有回头看一眼摔下去的姜小贞。

"然后我就发现扭到脚了。"

姜小贞试着抬抬脚,还是和之前一样,疼得不行。

"我勉强走回教室拿书包,在座位上休息了一会儿。等到我想站起来的时候,发现已经站不起来了。这栋楼的老师和同学好像全走光了,我在这儿等了很久,一直没人经过。我就想,学校关门,总有人来查一下的吧,就坐在教室里等着。"

何玉基本了解了情况:"结果你趴在桌上睡着了?"

"嗯。"

他问:"现在能走吗?"

"……"

这也不是逞能可以解决的事,姜小贞纠结了一会儿,照实说了:"不能。"

"来吧。"何玉解了书包,蹲在她的课桌边上。

"你要背我?"姜小贞被他吓到,"你忘记我是个胖子了?"

"没忘。"

难以分辨的黑暗中,何玉判断了一下方位,找到姜小贞的手。

她的手比他的冰好多,也肉好多。

抓起那只手,他把它放上自己的肩膀。

"你你你……"姜小贞挣扎,不敢把重量压上去,"不成的!我超级胖!"

他没说话,扯着她的胳膊往上一提。

姜小贞小看了何玉,他成功把她背起来了。

吃力是肯定的,何玉的膝盖发出嘎吱嘎吱的声音,像极了一台超负荷运转的机器。

一手拎着何玉的书包,一手拎着自己的书包,姜小贞死命地吸气,想要减轻一点儿他的负担。

"别吸了,你节约出来的空间没有多少的。"

"哦。"姜小贞尴尬地吐气。

姜小贞圆滚滚的肚子顶到何玉的后背,使他联想到自家柔软又厚实的沙发。

是真的沉啊,姜小贞!

他们不论是背人的还是被背的,都觉得很别扭。

这些天午休和放学,姜小贞跟在何玉的后边很长一段时间,但那些时候,他们之间是没有交流的。

可是,此刻只有他们,走在黑漆漆的校园,不说点儿什么,好像有点儿奇怪。

夜风凉飕飕的。

姜小贞很冷,何玉很热。

他背着她一路走下楼梯,走出高一的教学楼,吃力得整个后背都汗透了。

紧紧趴在他背上的姜小贞感到非常不好意思:"我是不是比你还重?"

"我比你高,"何玉说完,顿了一会儿,问道,"你多重?"

姜小贞沉默了。

两个人默默无言地又走了一小段路,气氛尴尬,姜小贞觉得聊点儿什么缓和一下会比较好。

姜小贞舔了舔嘴唇。

"你怎么会想到来找我?"

"你干吗天天跟着我?"

他们毫无默契,居然同时开口了。

干咳一声,她说:"我比你快一点点,你先回答吧。"

"因为你天天跟着我,今天没看见你,所以我就过来找找看。"何玉回答得很轻巧,听上去干脆利落。

"好吧,"姜小贞也回答了他的问题,"上一次你说,你没法儿看着我这个样子……那,我在学校没有朋友,就随便试试跟着你呗。"

何玉点点头:"哦。"

"……"

"……"

姜小贞口中的"上一次",他们的对话不算愉快。

何玉咄咄逼人,姜小贞号啕大哭。

现在的他们都跳出了当时的情绪,提起来反而别扭了。

对于避讳的事情,两人倒是意外地有默契。

好比,姜小贞没有嘲讽何玉:"看见我没跟着你,你不是应该松一口气,开开心心地走掉吗?为什么这么晚了还要来教学楼找?"

又好比,何玉没有嘲讽姜小贞:"那句'没法儿看着你这个样子'算什么呢?难道我的一丝丝示好就能让你变成跟屁虫,天天缠着我?你有征求过我的同意吗?"

第七章 姥爷剪头发

总之,天又被他们聊死了。

宛如鬼故事场景的校园里,何玉背着姜小贞,移动速度缓慢。

姜小贞脑子里不断在想有什么能讲的。

——你吃晚饭了吗?

呃,他出现在这儿,肯定没有吃。

——走得累吗?

即使他说累,她也不能自己走,问了做什么?

啊!姜小贞想到了。

"有一天你找我,想问我什么事啊?"

何玉一头雾水:"哪天?"

她向他描述:"我的课桌被他们写字,我带着它去教务处的那天,你在门口碰到我,你说有事找我,问我能不能跟你走。"

"哦哦,对,"他记起来了,"然后你怒气冲冲地丢下一句'我跟你没什么好说的',扛着桌子就走了。"

这确实是姜小贞做过的事。

如今的她浑身重量压在人家身上,忽然觉得自己真是哪壶不开提哪壶。

他想起她说过的难听的话,会不会一生气把她丢出去啊?

望着何玉的后脑勺,姜小贞想:其实,那只是他即时想出的支开她的借口吧,为了上来帮她解围,他实际上没有什么要问的事情。

不料,她这么随口一提,何玉竟然真的想起来,他有个问题想问她。

"我想问你,姜小贞……"

他的语气不太寻常,她竖起耳朵听。

"你为什么不叫我'活芋'了?"

明明她下意识会喊的是"活芋",却有意地把它纠正了。

"那个啊,"姜小贞给出的答案再正常不过,"你不是不喜欢我这么叫吗?"

所有人都当她没有眼力见儿,可是姜小贞觉察到了这一点。

当时在她妈妈工作的家具店,多年不见,姜小贞没认出何玉。

他提醒她自己的名字。

"何玉。"他说。

面对她眼中仍未散去的疑雾,何玉补充道:"活芋。"

大概何玉自己都不知道,说出"活芋"的时候,他的下巴敛了一些,音调微微低沉。

之后,姜小贞一次也没有把"何玉"叫错。

何玉弯了弯嘴角。

"嗯,"他承认,"我非常讨厌被叫活芋。"

"为什么?"

"它让我想起小时候,我的乡下口音会被学前班的同学模仿、笑话。你们讲话明明字正腔圆,却偏要管我叫活芋,故意嘲笑我讲话不标准。"

姜小贞犯的错,记仇的何玉绝不放过任何一件:"这个叫法,我记得是你带的头。"

"现在不叫了!"她乖乖顺顺地抱着他的脖子,蚊子叫一样在他耳侧说,声音特别特别小。

何玉表扬她:"那你很棒。"

被他夸的姜小贞略感别扭,不过她也没说什么。

"你之前回乡下,后来是什么时候到城里读书的?你现在讲话完全没有口音了。"

"我是高中开始到城里读书的。"

"啊?"她没料到他的回答,"那不是不到三年吗?你的语言适应能力这么强?"

何玉摇头:"普通话是我自己练的,练了很久。"

姜小贞若有所思。

他看不见她的表情,只觉得她一下子安静了。

"你在想什么?"何玉侧过脸,轻声问。

"你出生在那儿,有口音是正常的。笑话你是我们不对,你却因为这个,要不断地练习……"

该怎么说呢?姜小贞联想到自己了。

她握紧拳头,情绪激动起来:"为什么要为别人的审美妥协?于你而言,这很不公平,不是吗?"

"是不公平。可我自己介意的话,那就改掉它。"

何玉的心路历程不似姜小贞那般曲折。

他简单,又无比通透。

社会有既定标准、刻板印象,它有它的偏好。身为独立个体的我们身处社会之中,也有自己的特殊偏好,即便里面有很大一部分会受社会因素的影响。

有口音不丢人,但拥有一个说出标准普通话的愿望也不丢人。

丑不丢人,但承认自己想变美,为了变美做出改变也不丢人。

我们是有选择的。坚持自我的审美,是一种选择;顺应社会的目光,获得大众的认可,从而实现自我,也是一种选择。

任何一种选择都不应该被强加、被鄙视。

听从自己心里的声音：如果，你自己介意的话，那就去改掉它。

何玉带着姜小贞龟速前进。

他们终于见到了门卫室的灯光，暖黄色的白炽灯像一颗晃眼的、静夜里的小太阳。

通往门卫室的那一段路是个下坡，何玉的脚步轻快了许多。

他行走的速度变快，还有闲心撒谎："姜小贞，你其实没有很重嘛。"

说了不如不说。

姜小贞知道他快撑不住了。

何玉的腿在不停地打战，虽然他尽力假装那是下坡带来的震动，但姜小贞知道不是，毕竟她离他这么近。

她耳边充斥着他粗重的喘气声，他的后背、脖子、胳膊、脸颊，她的目光所及之处皆是大汗淋漓。

姜小贞屏住呼吸，仔细地听。

她听见他鼓声般剧烈的心跳。

她想：自己肯定重死了吧。

这会儿这么亮，姜小贞低头便能看见自己被他胳膊抬起的大腿。

她的一条大腿比何玉的两条胳膊还要粗呢！

"门卫室怎么没人？吃饭去了吗？"

姜小贞尚在走神，眼尖的何玉先一步看清了前方的情况。

"那我再背你一段路，我们到大马路叫车。"

"别！千万别！"她拍他的肩膀，示意他把自己放下来，"你歇一歇，我们等着吧。门卫回来的话，叫他帮忙叫车。如果没人回来，我在这里等你，你去叫车。"

第七章 姥爷剪头发

姜小贞说得有道理，何玉把她放在门卫室前面的椅子上。

光明的笼罩之下，他有种劫后余生、重回人间的不真实感。

凝视着那盏格外亮的路灯，何玉擦着汗，眨巴眨巴眼，缓解运动过度产生的眩晕。

"谢谢你。"

她低低的道谢声宛如幻觉，来得突然。

何玉转头看她，怀疑自己听错了："你刚才说话了吗？"

姜小贞盯着地板，用力地点了两下头。

"噗。"

何玉不厚道地笑了，而且是很夸张的露齿大笑。

"我人生中第一次听见你对我说这句话。"

她被他的笑容窘到，不自然地搓搓手臂，语气微微懊恼："早知道不说了。"

"你把头抬起来好不好？"他蹲下来，对着姜小贞的脸左看看、右看看，"想看一眼你道谢时的表情。"

她用双手盖脸，紧紧捂住，不让他看。

"姜小贞会捂脸？姜小贞会害羞？太可怕了，你究竟是不是姜小贞啊？"

何玉实在欠打。

忍无可忍，姜小贞往那张凑近的脸上一扇。

"啪。"

巴掌声相当清脆，一击即中。

第二天，带着脸上未消的指印，何玉来到了学校。

他的脸蛋太好看，一丁点儿瑕疵就显得特别明显。一个上午过去，已经有半个班的同学过来问候他："你怎么了？没事吧？"

"没事，"何玉睁眼说瞎话，"不小心摔倒了。"

侦探张世宇重出江湖，目光炯炯地逼问他："摔倒？朋友，你昨晚这是摔在哪个美女怀里了呀？"

"瞎说什么啊？"何玉不搭理他。

"不对！"张世宇托住下巴，结合现实情况分析，"昨天回家那么晚了，你还能有精力拐去哪里干坏事？"

何玉那叫一个冤啊。

"我昨天做的是好事，特别好的好事。"

"啊！"张世宇打了个响指，"你昨天回家前，去高一教学楼找贞子了。"

他一脸不可置信："那么晚了，她不会真的在吧？"

"在。"讲起这个，何玉挺庆幸的，"我回去是个正确的选择。"

"那你被她打了？"真相渐渐浮出水面。

何玉没有否认。

张世宇想象了一下那画面，看向何玉的眼睛里写着"佩服"二字。

"朋友，看来昨晚确实是黑，黑到你已经人鬼不分的程度。"

何玉劝他："趁我揍你之前，收起你肮脏的思想。"

"我越想越不对劲。何玉，你碰到她以后，所有的表现都跟平时的你不一样。我客观表达她是个恶心的丑女，你变脸了，要我说话注意；执勤时听到她的事，你二话不说去帮忙；她对你撂狠话的事全校知道，她出事了，你还上赶着去关心她；她跟在你后边，你默许她的行为，她不跟了，你满世界的找她……"

第七章 姥爷剪头发

揽着好兄弟的手臂，张世宇沉痛地说："完了，你的人生完了。根据我的分析，你们百分之百会结婚的，你会一辈子被那个丑女赖上。"

"我和……姜小贞……结婚？"

这是何玉有生以来听到的最荒唐的事，荒唐到他不知道要从哪里反驳。

偏偏，对于张世宇之前说的那段话，他同样不知从何辩解。

他分明对姜小贞很差，是比对别人都差的那种差！

"这么说吧，"揉了揉胀痛的太阳穴，何玉一字一句地道，"地球毁灭，恐龙复活，时光倒流，太阳永不落下，月亮碎成三瓣，世界上只剩下一个我和一个姜小贞……即便是这一切全部发生，我也不会娶她。"

故事被一双小手强行中断。

妞妞捂住姥爷的嘴，不让他继续讲话了。

自从姥爷知道姥姥在给妞妞讲故事，他也闹着要跟妞妞一起听。故事从夏天讲到了冬天，陪伴妞妞度过了每一段睡前时光。有时候姥姥讲累了，姥爷就会接着姥姥的话，继续把故事往下讲。

可是，姥爷刚才说的这段，妞妞不喜欢听。

何玉对姜小贞好凶，他骂姜小贞，他不和她做朋友，还跟别人说绝对不会娶姜小贞。

姜小贞和姜明珍是姥姥，这就等同于姥姥被何玉欺负了。

妞妞又没法儿去故事里帮姥姥打何玉一拳，她越听越憋屈："哼，你别说了，我讨厌何玉！"

"妞妞！"她爸爸看到她对姥爷的动作，喝道，"没规矩，没大没小！不可以对长辈动手动脚，要尊敬姥爷！"

小姑娘气呼呼地叉着腰，跑去和她爸告状："爸爸，何玉是大坏蛋，他竟然说地球毁灭也不会娶姥姥！哼，我的姥姥才不嫁给他呢！姥姥有姥爷，姥爷比何玉好一万倍！姥姥和姥爷是天生一对，何玉等着后悔吧！"

爸爸的脸本来绷着，听到她的话，"扑哧"乐开了花。

她妈妈见妞妞过来，揉揉她的头："妞妞，别去烦姥姥和姥爷了啊，自己玩去吧。今天过大节，很多亲戚要来，他们今天有事要忙的。"

"知道了。"

妞妞嘟着嘴，带了点儿礼物，去隔壁家找阿鑫玩了。

"大眼睛爱哭鬼小鑫鑫，"喊着自己取的超难听绰号，妞妞"咚咚咚"地敲隔壁家的门，"绝顶漂亮女孩儿妞妞来找你玩！"

门从里面打开了。

比较尴尬的是，开门的是阿鑫的妈妈。

"阿姨好！"妞妞一秒变得文静，双手叠在身前，有礼貌地打招呼，"阿姨新年快乐，我来给你们送年糖年饼，阿鑫在家吗？"

这家的阿姨特别喜欢妞妞，觉得小女孩儿古灵精怪的，很可爱。

"哎呀，妞妞好乖，新年好！"她眉开眼笑地欢迎她进来，"阿鑫在他的房间，你进来吧。"

妞妞高声应好，在玄关脱了自己的鞋，准备换上阿鑫家里她的专用拖鞋。

"咦？"翻了半天，她没有找到那双粉色小拖鞋。

心想也许是阿姨拿去洗了，她便穿上另一双稍微大一点儿的拖鞋，

第七章 姥爷剪头发

进门去了。

轻车熟路地来到阿鑫的房间，妞妞叩门。

"阿……"望着眼前开门的女孩儿，妞妞把"鑫"字咽了下去。

阿鑫站在女孩儿身后，房间的地板上放着一大堆玩具。以往她来的时候，他不会把他的玩具全部搬出来。

"你是谁啊？"女孩儿仿佛这里的主人，颇有敌意地挡着门，俯视妞妞。

妞妞还想问她是谁呢。

女孩儿比她高，绑着麻花辫，身穿背带裤，脚上踩着她的拖鞋。

盯着那双拖鞋，妞妞双眼喷火。

这个桥段她在电视剧里看过啊！

女主角回家，发现自己的东西被别的女人用了。

阿鑫变心了。

妞妞双手颤抖，手中的年糖和年饼却没有如她所愿戏剧性地散落一地。

都怪姥姥，这些是她提前包好，准备过节送人的。姥姥的力气用得太大，包装得太严实了。

阿鑫和他的堂姐没搞懂妞妞要做什么，只见她不停地晃着手，一会儿后可能是手酸，终于不晃了。她把手里红艳艳的年货往堂姐手里一塞，掩面逃走了。

"妞妞呢？"阿鑫的妈妈端着零食给小孩儿们送去，发现妞妞没在。

分析了一下刚才看到的状况，阿鑫回答他妈："她好像是肚子疼，跑回家拉屎了。"

失魂落魄的女主角妞妞回家了。

厨房中,她的爸爸妈妈忙得热火朝天,没空搭理心碎的她。

妞妞委委屈屈地去找姥姥和姥爷。

"一,二,三。"

半蹲着的姥姥喊完数字,一使劲,拽起姥爷的两只胳膊,他身上全部的重量都压到了她身上。

"老头子,你抓稳啊,我要起身了。"

姥爷点点头。

姥姥一手牢牢扣住他的手腕,一手托起他的腿,把姥爷卡在她的臂弯中。

超厉害的姥姥稳稳地背着姥爷,站起来了。

"行不行?我会不会太重了?"姥爷忧心道。

她摇头:"我背你习惯了,不重的。"

姥爷沉默。

"你是不是偷偷在吸气?"他被姥姥抓了个正着。

"傻不傻啊,"她笑话他,"你节约出来的空间能有多少?"

旁观的妞妞小脑瓜一卡壳,咦,这句话她在哪里听过吧?好耳熟。

她在这儿拼命回想的时候,姥姥已经背着姥爷,一步一步地往外走去。

"姥姥啊,你背姥爷去哪里?"

姥姥高声回答她:"就到院子里。过年啦,我帮你姥爷剪个头发,精神一点儿。"

妞妞跟到院子里看。

姥姥将姥爷放在椅子上,姥爷听她的话,自己抓紧椅子,找到能

第七章 姥爷剪头发

倚靠的地方坐好。

"你歇一歇。"他对气喘吁吁的姥姥说。

她便站在原地休息,面对着他,用手在他的头上抓来抓去,一会儿抓成蓬蓬的鸡窝头,一会儿按成扁扁的乖乖仔头。

"姜明珍,"姥爷严肃地警告她,"不要玩我的头发!"

"我就要玩。"姥姥冲他做了个鬼脸。

"就玩就玩!"她玩性大发,手指卷着他的头发绕圈圈。

姥爷顶着奇奇怪怪的发型,冷哼一声。

由于头发看上去太滑稽,他生气的样子一点儿威慑力也没有。

"哎呀,完蛋完蛋,"姥姥装出如临大敌的模样,"老头子的脸好臭哦。"

她说归说,没半点儿怕的样子,还用手去提他的嘴角,帮他制造笑容。

"嗷。"姥爷的脸猛地一歪,他张大嘴,咬住了姥姥的手指。

"喂喂喂!"姥姥吃痛地跳脚。

让她得了教训,他才松嘴。

"你讨厌!"她瞪着他,吹吹自己的手指头。

妞妞"噔噔噔"地飞奔到姥姥身边,查看她的伤势。

"姥爷,你怎么咬姥姥呢?"

她抓过姥姥的手……咳,哪只手指被咬都看不出来,因为没有牙印。

"姥姥,"正义的妞妞立刻转移阵营,"你怎么能玩姥爷的头发呢?"

姥爷十分赞赏妞妞的行为,转头教育姥姥:"你看你,调皮。我们的外孙女六岁,比你还明白事理。"

不明白事理的姥姥给了姥爷一个脑瓜崩,并用眼神告诉他:不够还有。

这下,姥爷老实了,嘴巴安静了。

剪头发。

姥姥备好的工具仅有两样——毛巾,剪刀。

大毛巾围在姥爷的脖子上,小剪刀握在姥姥的手上。

姥爷闭着眼睛,姥姥随心所欲地在他的头发上"咔嚓咔嚓"地剪。

"姥姥,"妞妞无声地用嘴型提醒她,"剪歪得太厉害了。"

"啊?妞妞说什么呢?"姥姥以为自己耳背没听见,大声地问。

"剪歪了。"妞妞用正常音量说道。

姥爷的眼睛猛地睁开。

"哈哈,哈哈。"姥姥干笑着面对他尖锐的眼神。

"妞妞,从家里找一块小镜子拿给我。"

妞妞立即照姥爷的吩咐办。

"我还没剪完,你看什么看?"她底气不足地把他的头扳正。

剪刀再一次自由地挥舞起来。

妞妞揣着镜子来到院子的时候,姥爷的发型已经彻底没救了。

"……"

姥姥面色凝重地对着姥爷的头顶沉思。

"姥爷成秃头啦!"妞妞捧腹大笑。

童言无忌,最是伤人。

妞妞把镜子献上,姥爷看着镜中的自己,当场落泪。

事态严重,姥爷脸上挂着两行清泪,姥姥慌了:"老……老头子……

第七章 姥爷剪头发

你哭啦?"

"丑哭了。"姥爷含着泪说。

"呃,"姥姥使劲咽了口口水,"不丑!绝对不丑!我跟你说,年轻人都故意要剪这种头,这叫寸头,算是个有名有姓的发型。"

"寸是寸,寸中带着秃,"他形象生动地比喻,"我的头仿佛一块被人用脚踩过的草坪。"

"帅!"

姥姥从他手中抢走镜子,扔了手上的剪刀,为姥爷鼓起掌。

"这文采,帅!"

"人不帅?"姥爷迅速找回重点。

"帅!人也帅!"姥姥鼓掌到手痛,"您的美貌和二八年华的小伙子无异,这帅气的脸蛋撑起了旁人难以驾驭的造型,鬓角的风霜更为您增添一抹成熟的韵味。"

"鬓角?"姥爷抓住奇怪的关键词,"你对我的鬓角做了什么?"

姥姥笑着用手指比出那么一毫米:"稍微修了一下下。"

"姜明珍!"姥爷怒吼。

"我爱你!"姥姥以爱回应。

"姜明珍!"姥爷要是坐的轮椅,现在已经追着她满院子跑了。

"我爱你!"姥姥退后一步,用手势朝姥爷发送一颗爱心。

姥爷吼到惊动厨房的小辈,吼到惊动街坊邻里。

"姜明珍"之后,是声音更大的"我爱你",接着"我爱你"的,是双倍嘹亮的"姜明珍"……

不知道的还以为这一对老人正在激情告白,知道的明白他们是在激情骂战。

姥姥才没有一点儿让着姥爷的意思,她的声音绝对不能被他的比下去。

某一句"我爱你"之后,姥爷总算消停了。

"姜明珍,过来帮我清一清眼睛。"他嘟嘟囔囔,"头发丝进去了,眼泪一直流个不停。"

"原来你是因为这个流的眼泪啊!"姥姥有种被骗的感觉。

她走近他,帮他清理,听见狡猾老油条低低的笑声。

"听得过瘾吧?"姥姥也笑。

"这次饶了你,下不为例,"她说,"我确实爱你。"

年夜饭上,姥爷戴着姥姥织的毛线帽。

姥爷的表情一如既往地正经严肃,但他的帽子不是。

那顶毛线帽是灰蓝色的,跟他头的大小恰好合适。它从眉毛遮到整个脑袋,后脑勺上坠着同色的、毛茸茸的小球。

姥姥惊喜地从衣柜深处翻出帽子,抓了抓小毛球,决定就选它了。

"瞧,我发现了什么?"她从身后亮出毛线帽,在姥爷眼前晃了晃。

"你好多年前织的帽子。"他一下子认出来。

"是啊,"姥姥把脸颊贴上柔软的毛线,舒服地蹭了蹭,"好怀念啊。"

摸了摸姥爷卤蛋一样干净光滑的新发型,她把帽子戴到他的头上,飞快在他的额头上亲了一下。

可爱的帽子和姥爷干巴巴的脸并不搭,却很衬这个欢乐的节日。

姥姥一有空了,就要去玩帽子上的小毛球。

她喂姥爷吃下一口饭,趁他咀嚼的时候,把手贱兮兮地伸过来捏

第七章 姥爷剪头发

个不停。

"姜明珍!"三番四次地用眼神提醒无效,姥爷又开始吼姥姥的名字。

"我捏我织的帽子,碍着你什么事啦?"姥姥一脸倔强,强词夺理。

他提醒她:"可它现在戴在我头上。"

"你……你……"她放下饭碗,气势十足地叉着腰,"你还是我丈夫呢,我想捏你就捏你。"

话音刚落,姥爷松松的脸皮就被狠狠地掐了一把。

"姜明珍,"他羞恼,"你再敢动我试试?"

"我怎么不敢啊!我动给你看,哼……"

"姜明珍!"

许久没见的亲戚们聚在一起,他们忍不住偷看姥姥和姥爷斗嘴,而后彼此对视,会心一笑。

老一辈的人摇摇头,伴叹:"这两个人啊,几十年了都一个样。"

"可不是吗,老人没有老人的样,病人没有病人的样。"他们在笑话老两口爱闹,语气中却是满满的羡慕。

妞妞的爸爸好奇地问他老婆:"现在他们斗起来实力相当,如果咱爸没有腿脚不方便,你说,咱妈打得过咱爸吗?"

"打不过。"她悄声告诉他,"我小时候常看到,我妈被我爸拎起来打屁股。捏脸什么的,我妈从来都是先被捏的那方,我爸边捏还边夸她'好乖'呢。"

但现在……

姥姥耀武扬威地扯着姥爷的耳朵,宣布她打架胜利,获得了永久的摸毛球自由。

年夜饭的餐桌是最丰盛的,好吃的、好喝的应有尽有。

姥姥是大厨出身,经过她指导做出的饭菜肯定没得挑。

所以大人们不明白,平日里最爱吃的"小猪"妞妞为什么今日忽然食欲不振了起来。

"唉!"对着面前的食物小山,妞妞深沉地叹了口气,"我不吃了,先去看电视了。"

姥爷不能吃得太油腻,他和姥姥比亲戚们更早吃完年夜饭。

"妞妞有心事啊?"与她有着几十岁年龄差的知心好友端着漂亮的饭后果盘,坐到妞妞的身边。

"姥姥……"

正是爱撒娇的年龄,小女孩儿扑到姥姥怀里,把脑袋埋进她暖烘烘的衣上,嗅她身上好闻的洗衣粉香。

"哎哟。"姥姥抱着妞妞,抚着她细软的头发。

"姥姥,"妞妞抬起头问她,"你的故事里有打倒女配角的情节吗?"

"啊?"姥姥没领会她的问题,瞅了眼旁边的姥爷。姥爷同样很茫然。

"就是,你给我讲的故事里,后面会不会出现比你漂亮、比你高、比你更讨男孩子喜欢的那种女配角?"

外孙女表情纠结地描述着,不过姥姥这下听懂了。

"你说我和何玉的故事?"

一提这个名字,妞妞的抵触心理又上来了。

"不要听有何玉的!"她大声地说,"他对姥姥太差了,我讨厌他。"

吃得差不多的亲戚们来到客厅,正好听见这一句。

第七章 姥爷剪头发

"哟？"有热闹可看，大家自然不会错过，"妞妞，何玉对姥姥做了什么事，这么十恶不赦啊？"

姥姥笑着解释："我最近在跟妞妞讲我和何玉的恋爱故事呢。"

"恋爱？"最震惊的就是妞妞了，她紧紧地扒住姥姥，不让她轻举妄动，"姥姥，你怎么能跟何玉这种乌龟恋爱呀？你会被伤害的。"

妞妞的话让姥姥和姥爷愣了几秒，随即他们"扑哧"一声笑出来。

"原来，妞妞还不知道你们恋爱的事情啊？"亲戚们被妞妞逗乐，瞬间笑作一团。

"是啊，哈哈哈，我讲得比较慢，还没讲到那儿呢。"

全场表情最不好的便是妞妞了，她看得出大家在笑她，不过，有什么好笑的呢？

"姥爷，"外孙女的眼中写满了认真，这事总得找人管管，"姥姥要和何玉恋爱了，你竟然也笑。"

姥爷敛住笑容，镇定下来，帮外孙女撑腰："我站在你的阵营，我也讨厌大乌龟何玉，喜欢姜明珍。"

"嗯嗯，"妞妞点头如捣蒜，"这才对嘛。"

倒是姥姥觉得自己辜负了外孙女的全力支持。

"妞妞，你讨厌何玉，却不讨厌故事中的姜明珍吗？其实何玉除了对姜明珍不好，其他方面都做得挺好的。反观姜明珍，迄今为止的故事里，她的身上简直一无是处，她有什么值得维护的呢？"

纵使魔幻的笔触为姜明珍涂上黑漆漆的反派色彩，但妞妞心中的姜明珍始终是乐呵呵的、温暖的、能煮出好吃饭菜的、明亮得无人能敌的姥姥。

"妞妞永远不会讨厌姥姥！"

妞妞一点儿道理都不讲,这个帮亲不帮理的小姑娘像极了童稚时的姜明珍。但是她却因为已有了姜明珍这样一个姥姥,避免了步上姜明珍的老路。

她被爱,同时也丝毫不吝啬以爱回馈。

"妞妞要继续听故事吗?你刚才的问题是什么来着……我的故事里有没有打倒女配角的情节?"

姥姥眼珠子骨碌碌地转,给了她回答:"当然有!必须有!你听下去,后边会说到哦。"

妞妞的兴致顿时上来了。

听完姥姥的故事,她说不定会想出办法,对付阿鑫家里的那位"不速之客",将她心爱之人抢回来。

"那姥姥你答应我,你最后要嫁给姥爷,不可以喜欢何玉,我才听你讲故事。"

生怕自己再一次被何玉气到愤而离场,妞妞先一步跟姥姥做好约定。

"这个嘛,前一个条件可以答应你,但后面的恐怕有点儿难做到。我和你姥爷还有你姥爷的立场不一样,我不喜欢姜明珍,但何玉……"

姥姥清了清嗓子,害臊地看向天花板:"这么多年过去,我果然还是最喜欢他啦。"

"哇哦!哈哈哈哈。"大伙儿纷纷鼓掌。

从姥姥腿上爬下来,护短的妞妞这回护着她的姥爷了。

"姥爷姥爷,你把送给姥姥的那些地瓜干全部收走吧,不让她吃了。"

"妞妞啊,"她妈笑到岔气,问她,"你知道姥爷的名字叫什

第七章 姥爷剪头发

么吗？"

妞妞咬咬唇，不假思索地说："姥爷叫姥爷啊。"

"不是的，"亲戚们耐心地跟她解释，"像妞妞的名字叫潘妞妞，姥姥的名字叫姜明珍，那姥爷的名字叫什么呀？"

想了很久平时姥姥是怎么称呼姥爷的，妞妞一拍脑袋，想到了。

"老头子！"

显然不是啊。

老头子姥爷脱下他的毛线帽，让妞妞看看里面。

那是姥姥手工织的帽子，内里清晰可见地绣着两个字，外加一朵粉色的小花。

那两个字是姥爷的名字，恰好是妞妞认识的字，她念了出来。

"何玉。"

应声，姥爷的手高高地举起来。

妞妞瞪大眼睛。

"看来，姜明珍得嫁给何玉了。"亲戚们替妞妞惋惜。

乌龟王八蛋何玉发出乌龟王八蛋誓言，说绝对不会娶姜明珍。

真是个乌龟王八蛋，说话不算话，他居然没有兑现它。

姥爷尴尬地挠了挠头，发现自己的脑门上没有头发。

这下全家每一个人脸上都是笑着的。

妞妞知道，自己肯定不会再被姥姥的故事气到愤而离场。

她撞见姥爷望向姥姥的目光，心头有微风拂过，似那天他为她们轻轻摇起蒲扇。

妞妞知道，姜明珍总归会爱上何玉，而刚刚好，何玉也深爱着她。

第八章
她等的季节

何玉在朋友面前为他不会娶姜小贞发下毒誓。

张世宇在他说完那段话后,往他身后的教室门一指:"姜小贞?"

何玉立刻转过头去。

"扑哧。"张世宇捂住嘴。

当然,姜小贞没有出现在那里。困惑的是何玉,他不知自己刚才转头的那一刻,心虚的感觉由何而起。

也是那一天之后,何玉身后的尾巴不见了。

姜小贞没有跟着他的第一天,何玉认为,她是为前一天那个巴掌愧疚,不好意思见他。

第二天,何玉猜测,姜小贞是生他那天捉弄她的气。

第三天,何玉"顺路"去了高一(4)班,姜小贞的位子上没有人。

第四天,何玉又"顺路"去了高一办公室。他从高一(4)班的班主任那边了解到,姜小贞请了病假,看来她的腿伤比他想象的还要严重。

姜小贞没有来学校的第二周,高一学生全面进入期末考试复习阶段。

第八章 她等的季节

在那个周末,何玉新家的门被人敲响。

范秀慧开了门,外面站着一个她完全没有想到的人。

中年妇人披着一件单薄的外套,额头和鼻子都挂了彩,她冲门内的范秀慧露出一个讨好的微笑,眼角的皱纹很深。

"姜家太太?"范秀慧惊呼出声,侧过身子,迎她进门,"您这是怎么了?"

听到外面的动静,何玉从自己的房间里出来。徐美茵见到他,神情愈发窘迫,范秀慧邀她进来说,她摆了摆手。

"不好意思,大晚上的打扰你们了,我按着上次家具的送货地址找过来……我真的没办法,这个城市没有人能找了,对不起。"

徐美茵说着话,头低低的,在范秀慧准备出声询问的时候,她蓦地跪下来问她:"您能借我一笔钱吗?"

范秀慧以及身后的何玉都被她的举动吓到了,他们连忙将她拉起来。

徐美茵冷静下来,坐在何玉家的客厅,她捧着一杯沏好的热茶,神情恍惚。

关于姜家家道中落,范秀慧和何玉了解到的程度与实际的情况仍有差异。

他们知道姜家落魄了,姜元外出打工,徐美茵在家具店做销售,但至少,他们把姜小贞照顾得很好,她能上费用高昂的私立学校、带礼物到学校交朋友、穿戴得花里胡哨。那这个"落魄"也仅仅是和他们之前的家境对比。

事实却不是这样的。

饭店的生意赔得姜元倾家荡产。他起初咬紧牙关,向有交情的人借钱借了个遍,想自己撑住,挺过艰难的那一阵子。然而亏空却是堵不上的无底洞,时间久了,他想抽手止损已经太晚,姜家的一切全部塌了。

如今他们欠了亲戚朋友一笔巨款,一家三口宛如过街老鼠,四处躲债。

上一次姜元回到这个城市,他拿给姜小贞的钱是他东拼西凑出来的她们母女下半年的生活费。纵使他们千万般小心,姜元的行踪还是被人发现了,徐美茵和姜小贞现在的住址也暴露了。

几天前,徐美茵工作的地方被砸,讨债的人闯进她们家,把家里能搜到的钱全部拿走了。

家具店老板让徐美茵赔偿店里的损失,她几个月的工资没了,工作丢了,她们母女得在下个月之前搬离现在的住处。

雪上加霜的是,姜小贞说她不想再去上学了,让她妈妈把后面的学费退回来。

徐美茵好说歹说,叫她去上学,准备很快到来的期末考,不要有负担,钱的事交给大人……姜小贞愣是不听劝。

走投无路之下,徐美茵翻了送货单,找到范秀慧这里。

"您想借多少钱?"

听完徐美茵的叙述,不为所动是不可能的,范秀慧本就是个好心肠的人,在能力范围之内,能帮她们一把,她会尽量帮。不过她心里清楚,以姜家的情况,这笔钱借出去,很大概率是讨不回来了。

徐美茵的眼底燃起希望。

在她的脸上,已经难以找到"姜家太太"的影子,当年那个女人优雅、得体、美丽,说话细声细气。而他们面前的徐美茵面上的伤口

第八章 她等的季节

刚刚结痂，目光浑浊，衣衫褴褛。

紧紧抓住借钱的机会，她的语气急切，生怕对方反悔："您手头有多少能借的？"

范秀慧抿了抿唇，目光中犹豫的神色一闪而过。

何玉如实报出一串数字。

徐美茵顺利借到钱。

何玉主动提出送她回家，去看看姜小贞。

路上，徐美茵不住地向他道谢："对于你们的帮助，我感激不尽，谢谢你关心我家明珍。"

何玉本想回答，他并不关心姜小贞，话到嘴边，觉得没有撒谎的必要，便咽了下去。

"高一快要期末考了，她早点儿回去上学比较好。"

"是啊。"徐美茵叹了口气，不过她总归还是乐观的，"借到钱就好了吧，她是心疼我和她爸爸。这不是第一次发生了，她小时候也有阵子闹着不上学。"

"小时候？是跟现在同样的原因吗？"

"不是。"徐美茵回答得简短，夜色中，她眉宇间有一处散不去的灰色。

何玉猜她有些不想和外人说的事，于是聪明地换了个话题。

"姜小贞的学习跟得上吗？我有高一时的笔记，她需要的话我可以借给她。"

"跟得上，"徐美茵笑道，"她学习挺好的呢。"

"是吗？"何玉微讶，他想到姜小贞一书包的零食以及她留级的那两年。

"嗯,上次我去开家长会,明珍的月考总分是班级第五,年级前五十。"

徐美茵的表情缓和了许多,语气中透出骄傲:"我家明珍长大了一定有出息的。"

她说得没错,何玉不可否认,那确实算不错的成绩。

想进他们高中,不但要付得起学费,学生的成绩也要够好。而姜小贞在这群人中能够考到这样一个名次,说明她是会读书、肯读书的孩子。

所以,留级的两年是怎么回事?

何玉思索着,一旁的徐美茵饱含希冀地碎碎念着。

"我和她爸爸这辈子差不多是毁了。我们砸锅卖铁,送小珍上最好的学校,我们不会让家里的情况影响到她的前途。我们再辛苦、再累,被人追着打、追着骂,都没有关系,小珍好,就可以了。"

可怜天下父母心,他转头望向徐美茵,忆起大雨天蹲在校门口抽烟的姜元。

姜小贞是幸运的,他想。

她有一对死命护着她的父母,即使他们身在泥潭,也最大限度地举起双手,将她捧起来。他们挡住所有泥水,将她与苦痛的现实分隔开,让她天真烂漫地做骄傲的公主。

家具店的后仓库。

徐美茵拉了好几下灯绳,最后抱歉地对何玉说:"看来是坏了。"

所幸店铺的灯还能用,何玉出去按亮它们。

借着微弱的亮光,徐美茵找到钥匙孔,打开最外层的铁门。里面

第八章 她等的季节

那一层的锁被弄坏了,她轻轻一推,门就打开了。

小小的房间里,散乱一地的东西尚未被主人收拾干净,打翻的锅碗瓢盆和崭新的公主裙堆在一起。

"珍啊,妈妈借到钱啦。"徐美茵轻手轻脚地进到房间,做好准备要应对女儿的怒气,"你在睡觉吗?何玉来看你了。"

没人应声。

她直奔唯一能藏人的床铺,掀起那团被子,姜小贞没有睡在里面。

"天啊,这么晚了,明珍会去哪里啊?"额头直冒汗,徐美茵急得像热锅上的蚂蚁,"我得出去找她!"

"您在家里等会儿吧,她会不会去吃饭了?"何玉尝试平复她的情绪。

徐美茵摇头:"不可能的,我们家里没有钱,她没有办法买东西吃。"

"那可能是去找你了?"

"我出门时跟她说,我去借钱了。"说到这儿,她更担心,"小珍会不会离家出走了?听到我要借钱,她很生气的。"

谁知道呢?

何玉蹙起眉:"阿姨,你坐着休息一下,我到周边找找。"

"我去找!"她不由分说地揣着钥匙出门了,"周边我比你熟,你在家里看着,小珍回来的话,你联系我。"

何玉只得说"好"。

徐美茵走后,他一个人待在这间与废墟无异的房子中。

经过十分钟的摸索,何玉找到灯罩被压坏的台灯,接通电源,房间终于有了亮光。

何玉看到姜小贞的书包被丢在角落，她没有带走它。

包很轻，拉链是开着的，里面除了几本课本、笔记本之外，还有两张表格——《转班申请表》和《学生会干部申请表》。

两张表格被书本夹在中间，完好得不见一点儿皱褶。

转班申请……看来，对于之前何玉建议的转班，姜小贞做出了决定。

表格上有班主任和段长的签名，学生签名处，她同样方方正正地写好了自己的名字。落款日期正是她被男同学们推下楼梯、他送她回家的那天。

那天何玉对她说"我自己介意的话，那就改掉它"，姜小贞若有所思。

而另一张《学生会干部申请表》，字满满当当，也填得差不多了。

姜小贞准备竞选的职位是卫生部部长，竞选优势一列她写了太多的字，甚至超出了表格的方框——本人多年担任班级卫生委员一职，经验丰富。每天，我认真督促班级卫生工作，本班多次因为单周卫生最佳，获得"文明班级"的锦旗。我做卫生不仅是保持班级洁净，我还同时关注环保、资源循环，主动为班级进行废品回收。如果我任职卫生部部长，我会动员全校同学，一起进行废品回收……

何玉忽然想要发笑——姜小贞可真是无坚不摧。

若站上竞选学生部干部的主席台，他可以不费劲地想象出她能招致多少厌恶的目光，相信姜小贞本人对此也有预想。

她却敢这么做。

她没脸没皮、没有自知之明的程度令人吃惊，令人敬佩。

第八章 她等的季节

十一点半的时候,姜小贞终于出现了。

她独自走在路灯下,手里拎着个黑色的小塑料袋,长发散着,神情疲倦。

何玉站在榕美家具门口,远远地看到人影,头一眼没有认出来是她。

他是第一次见到少女时期的姜小贞不穿公主裙、头上没有发卡的模样,老实说,比起她平时的形象,此时的她更顺眼一些。

平凡正常、又丑又胖的一坨黑色,总好过张扬的、碍眼而不自知的五彩斑斓。

何玉等着她走过来,心里有一大串要问她的事。她去哪里了?为什么不穿公主裙?手里拎着什么?之前讨债的来有没有让她受伤?摔伤的腿怎么样了?

姜小贞真的在他面前站定的时候,何玉张开嘴,只问出了一个问题:"你还好吗,姜小贞?"

她点点头,潦草地冲他笑了一下:"突然来找我,你要干吗啊?"

"没什么……"他不知从何说起,"看到你安全就好了,你快跟你妈妈打个电话吧,她正四处找你。"

一瞬之间,姜小贞猜到何玉来这儿的原因。

她从他的视线中看到了一抹同情。

姜小贞用家具店的座机拨打了妈妈的电话,两人进行了简单的对话。

何玉隔了一段距离望着姜小贞。

她拿着听筒,一边说话,一边焦躁地咬着自己的嘴唇。

"是我,我在家了,何玉也在这儿。"

"你说吧，怎么回事？"

"你向他们家借钱了？"

"你回来吧，回来我跟你说。"

挂断电话，姜小贞走到何玉身边。

她交叉着双手，眉眼间的神色淡漠，态度鲜明地要和他划清界限："等我妈妈回来，你把钱拿走。"

何玉盯着姜小贞破皮的嘴唇，坚定地摇头："不行，你要读书，你们要生活。这钱借你们，先把眼前的难关渡过吧。"

她冷哼一声，好笑道："面前的难关？何玉，你知道我家欠了多少钱吗？还敢借我们钱？你去我家里看过没？我带你去看。"说着话，她扯住他的手腕。

何玉甩开她："不必看了，我刚从里面出来。"

"那你们为什么还要借？还借了那么多？"姜小贞不理解。

"你同情我？我妈跟你们说了我们的事？"她步步紧逼，按照自己的推测，得出惊人准确的结论，"我妈哭了？她哭着求你们？我妈给你们下跪了？你们很难推辞？"

姜小贞清楚得仿佛身临其境，仿佛她已经看过那个场景无数次。

何玉静静地凝视她失去理智的眼睛，试图安慰她："姜小贞……"

她抬起手，让他打住要说的话："你想帮我的话，何玉，我不打算读书了，把你们的钱收回去，这就是结论。"

何玉做不到。为姜小贞的未来考虑，他做不到；为姜小贞的父母考虑，他也做不到。

他是真的想帮姜小贞一把，他能想象，听到姜小贞说出这样的话，她妈妈会多伤心，所以他更想在徐美茵回来前，劝姜小贞收下这

第八章 她等的季节

笔钱。

"你知道你妈妈是很不容易借到钱的,那你更不应该辜负父母,说出这么不负责任、不过脑子的话。你心疼他们,会有更好的回报他们的方式,你可以按照他们的期望,把书读好。如果你是出于自尊,难以接受我们给的钱……我在这儿真心地对你说,姜小贞,每个人都有难的时候,没有谁的人生能一帆风顺,现在的你不丢人,收了钱也不丢人。"

姜小贞完整地听完他说的这段话。

她的情绪平静下来,像何玉希望的一样。

姜小贞很久没有说话。他等待她从沉默之中恢复,不论是恢复之后的反击,还是恢复之后的接受,他都做好了心理准备。

"何玉……"

姜小贞抬起眼,一脸疲惫地对他说。

"你自以为把我看透,说出一番又一番的大道理,但它不是次次行得通。

"我是认真的,别说我什么嘴硬、任性,我好好思考过了。出于我个人的意愿,我不想读了,我做不到,我承受不了。"

是的,姜小贞是认真的。

何玉相信,和他交流的姜小贞是真心实意思考过的。因为,他从来没有见过拥有这种神情的姜小贞。

厌倦的情绪将她的眼角压得沉沉,她的语调中是满满的喘不上气的累。

那句"承受不了"是针对她个人而言的,这一点毋庸置疑。

"为什么?能读书的话,为什么不去读?"

正如姜小贞所言,何玉自以为把她看透了。

她没有作答,于是他又一次开始猜测。

"如果是因为校园霸凌的事,你不是打算转班了吗?你是担心去别的班级也会有同样的遭遇吗?"

好巧不巧,这个时刻,徐美茵回来了。

"校园霸凌?转班?"她吃惊而慌乱,质疑自己听见的内容,"何玉,你的意思是,小珍在学校被欺负了吗?"

何玉同样吃惊——徐美茵对姜小贞在学校的事竟然一无所知。

在姜元和徐美茵的想象中,姜小贞的校园生活应该是非常美好的。

她在那儿能交到有教养的朋友,和这个城市最精英的孩子一起受到最好的教育;她身上有被精心装扮过的痕迹,亮晶晶的发卡、漂亮的裙子;她是胖胖的、可爱的、爱笑的,是大家的开心果;她是尽职尽责、每周都为班级争取到荣耀的卫生委员。

她该是班上最受欢迎的姑娘,同学们会像他们一样喜欢姜小贞。

为了保持这美好的一切,他们不计钱财、不辞辛劳,却不想,他们费尽工夫,仍旧没法儿保护他们的小公主,没法儿让她无忧无虑地成长于象牙塔里。

姜小贞在学校受欺负的事在数月后才被徐美茵知晓。

不是她这个妈妈当得不够称职,而是姜小贞隐瞒得太好了,她无法从她的身上发现任何不愉快的蛛丝马迹。

"小珍,不要担心。"听完姜小贞在学校的遭遇,徐美茵擦干眼泪,"和同学相处不好的事情爸爸妈妈会帮你处理,你还是回去上课。"

"处理?"姜小贞僵硬地发问,"你是指每天往我的书包里塞满零食,并且一定要我分给朋友们,还是你想要找老师、找上级,叫他

第八章 她等的季节

们还我个公道？你们要怎么处理？给我的同学们下跪，让他们陪我玩吗？"

徐美茵哑口无言。

"妈，我今天去找工作了。"姜小贞拎起被遗落在地上的黑色小塑料袋，打开它，拿出里面的东西。

那是治伤口的药和一点儿钱。

"我的年龄可以合法打工了，不上学也可以。我去了好多家店，好不容易找到个理发店，他们在招学徒。我洗了一晚上头发，觉得自己学得挺快的，今晚时间短，赚的钱少，但如果我每天去打工，能拿的工资就多了。"

徐美茵握住女儿冰冰凉凉的手，不停地打量，默默地流泪。

姜小贞帮她妈妈擦眼泪，一字一句，说得缓慢、温柔又坚定："你把药擦了，伤口不好怎么行？然后，我们一起出去吃东西。你把何玉家的钱还给他们，接下来，我和你还有爸爸一起好好打工、还债，全家努力。等我们不再欠别人钱，我们一家人团聚。"

她抱住妈妈，取走她上衣口袋里从何玉那儿借的钱。

徐美茵没有反抗。

来这里的路上，徐美茵跟何玉说过，这不是她家女儿第一次闹着不上学。

那时何玉尚未得知年幼的姜明珍不愿意上学的原因，但他很快知道了那一次姜明珍不去上学，最后她的父母是怎么将她说服的。

"啪。"徐美茵往自己的脸上狠狠地抽了一巴掌。

在何玉和姜小贞没有反应过来之时，她的另一个巴掌又抽了下去。

她的两颊立马显了红，她用了十足的劲，眼睛眨也不眨。

"怪我!"

"我让小珍受苦了,我们的小珍不应该受这样的苦。"

"怪我!"

姜小贞发抖:"妈,你别这样,求你了。"

前面那一段艰难的话,她说得那么坚定,如今这几个简单的字,她却说得嘴唇打战,语不成调。

徐美茵继续扇自己巴掌,口中念念有词:"我们帮人洗头,没有学上,被人欺负,都怪我,是我没有本事。"

"不是啊……"姜小贞开始哽咽。

"您冷静下来。"何玉上前扯住徐美茵的双手,不让她继续自虐。

徐美茵膝盖一软,跪了下来,冲姜小贞磕头:"妈妈对不起你,妈妈对不起你。"

她额头的伤口破开,何玉拉也拉不住,他听见姜小贞的尖叫。

她崩溃了,她过来拦她妈妈,眼前是她妈妈乱糟糟的头发、鼻涕、泪水,她手上沾了她妈妈的血。

"我上学……"她声嘶力竭,说的每个字都破碎,"我上学、上学的,我错了……你停下来。"

徐美茵没有停,她的手脚被制住了,但她不停地哭,不停地跟姜小贞道歉。

"妈,我上学。我去拿书包,我去穿公主裙,我还有发卡,一个抽屉的发卡。我真的很快乐,每一天都很快乐。妈,别哭了,你没错,你真的没错,我很幸福。"

那么是谁的错?

姜明珍是姜家的掌上明珠、无上珍宝。

第八章 她等的季节

明明他们给她的一切都是最好的,是哪里出了错?何时出了错?

身在泥潭的父母用力举起双手,要她脱离这片泥泞。

是母亲生病,咳嗽了大半个月,没钱买药,却有钱在她生日的时候送她一条漂亮的纯白公主裙。

是她路过西餐厅时无意地一瞥,父母就拉她进去,点了一份牛排。她说一个人吃不下,要分给他们,他们怎么也不肯,要她吃。她不吃光,他们宁愿剩下来。回到家之后,两个成年人分着一个馒头吃。

是家里的大闸蟹只买一只——是给她的。他们帮她剥壳、蘸酱,没有一点儿眼馋的意思。

还是父母不肯让她跟着,她偷偷溜出门,见到他们放弃自尊地跪在地上,双手合十,死乞白赖地和人借钱。

或者是不久前,她看到妈妈被人殴打,妈妈死死攥着钱,不肯撒手,一副宁愿被打死,也要守卫她生活费的样子。

究竟是谁,在哪里,何时让她错成了这个样子?

当姜小贞凝视镜子里的自己,看到花哨的打扮毫无必要地装饰着丑陋的脸,一身肥肉,肩上端着无人在意的体面。

这样的她是爸爸妈妈用血和泪供养出的、最爱的女儿。

她是他们的希望、他们的命。

姜小贞无人可怪。

她没有资格不快乐,没有资格抱怨。

姜小贞被何玉拉离了她妈妈的身边。

他要姜小贞跟着自己一起出去买晚饭。

他对徐美茵说,他会帮忙劝姜小贞。

何玉的动作却不是那样一回事,他扯走姜小贞的方式粗暴急切,仿佛徐美茵是天大的危险。

姜小贞脸上的泪水未干,他们走出小区的时候,她仍在一抽一抽地吸气。

路人侧目,何玉默默地把她挡住。

他脑子很乱,为刚才看见的那一幕,为不知该如何安慰姜小贞。

何玉儿时记忆中的姜元、徐美茵是好得挑不出毛病的父母。而和姜小贞重逢之后,他同样是那么认为的。纵使十多年的时光过去,纵使经历了风波,他们还是一如既往地宠爱自己的女儿……直到何玉亲眼看见徐美茵重重地掌掴自己。

分明有些东西变了质,不再是原来的模样。

"你走吧,我家的事不需要你插手。"在他背后的她停下脚步。

何玉回过头,才发现自己一直拽着姜小贞的手腕。

他松开她。

自己抹掉泪痕,姜小贞立刻掉头,往回走去。

何玉只好追上去,重新将她的手攥住:"我把钱收回来会比较好吗?"

姜小贞的背影顿了顿。

她没甩开他,转身对何玉笑了笑:"不啊,我之前胡说的。谢谢你们借的钱,我会好好读书的。"她带着轻松的、明快的、非常"姜小贞"的笑容,用的是非常"姜小贞"的语气。

何玉忽地心中一颤。

这样非常"正常"的姜小贞,却让他觉得非常陌生。

他了解她吗?也许不。

第八章 她等的季节

那要怎么样才能帮到她呢？

"姜小贞……"何玉蹙起眉头，"可以跟我讲你的故事吗？"

他望着她，像医生面对疑难杂症，像学生面对一道难解的算术题。

从来没有人对姜小贞问过这个问题。

何玉抓着她的手，一副不得到答案誓不罢休的模样，自己要给自己找麻烦。

"没什么值得听的。"她说。

"你愿意讲的话，我在这儿，我要听。"

他的手由抓改为握，与她十指紧扣。

"姜小贞，我是你的朋友。"

何玉不知道，仅仅是他这一句话，已经帮到姜小贞很多。

她帮人洗了一晚上的头，手冰冰凉凉的。

她失去方向，偌大的世界无处可去，心中的痛苦无人可诉。

那双温暖的手在这样的时刻牵住她，让她不再往更黑更冷的地方坠落。

姜小贞的故事，从他们分别的那年说起吧。

六岁的姜明珍问妈妈，什么时候她才能长得跟妈妈一样漂亮。妈妈说，每朵花都有它开放的时间，现在还不到小珍的季节。于是姜明珍从那时候起，每日每夜悄悄等待着属于自己的季节到来。

七岁，姜明珍听见爸爸妈妈吵架。她家饭店定位的是高端人群，生意却跟不上高水准的服务，亏损之下，她爸爸不愿意转型，开始向熟人们借钱。

八岁，饭店破产。

同年，她爸背着一身债，带着妻女逃债。他们家不算山穷水尽，她爸爸手头留了一笔钱。他打算在别的城市继续做点儿小生意，幻想着有朝一日，自己能东山再起。

九岁的一天，姜明珍从学校放学，被她认识的一对叔叔阿姨接走。他们说，她爸爸没空，她今天先去他们家玩。那天，叔叔阿姨的车开了好远，最后开到一个姜明珍完全不认识的地方。

"你女儿在我们手上，还了钱，我们会送她回去。"

"报警？报警正好，你欠了我们那么多钱跑了，报警了你自己也要坐牢。"

对着话筒讲完这段话的叔叔，在听完电话那头的回复后，将话筒拿到姜明珍的嘴边。

"跟你爸妈说话。"他指挥她。

姜明珍不知道自己该说什么。

"说你是姜明珍，让你爸妈还钱。"

撇着嘴，姜明珍不愿意说。

她知道他们家现在没有钱，而钱对于爸爸很重要。

叔叔阿姨变了脸，狠狠打了姜明珍一巴掌。

"说话。"

姜明珍愣愣地捂住作痛的脸颊。

他们吼着她，很快下一个巴掌又要落下来。

她害怕极了，按着他们要求的那样连声道："我是姜明珍！我是姜明珍！"

接下来的每通电话都是一样的。叔叔阿姨让她爸妈筹钱还他们，姜明珍要对着话筒说话。她不肯出声，他们就打她、饿她。

"我是姜明珍。"她机械地重复着这句。

第八章 她等的季节

他们补充:"让你爸妈快点儿准备钱!"

姜明珍不肯说。

她只愿意说一句"我是姜明珍"。

一周后,她的父母筹齐了欠款,赎回了姜明珍。

十岁的姜明珍跟着父母居无定所,学校换了一所又一所。不稳定的生活使她身边连一个可以讲话的朋友都没有。开家长会的时候,老师找她的父母谈话。

"姜明珍太自闭了。"老师说。

从老师的口中,她的爸妈得知了女儿不快乐的校园生活。

学校的同学笑话她丑、打扮穷酸,对于他们的行为,姜明珍从不抵抗、反击。她不跟同学说话,不跟老师说话,每天被父母送进班级后,她便坐在自己的位子上,哪儿也不去,直到放学,她被父母再接回家。

她可以在学校一天都不说一句话,甚至不去厕所。

家长会后,爸爸妈妈跟小珍谈话。姜明珍对父母说,她想在家,不愿意去上学了。

"不上学怎么行呢?"她的家长不同意。

他们向姜明珍承诺。

"我们会给小珍买最好看的衣服,把你打扮得最漂亮。"

"我们让小珍去好的城市、好的学校读书。好的学校里全是好老师、好学生,他们会友善地对小珍的。"

姜明珍只好又去上学了。

新学校的新一次家长会上,新的老师对她的父母说了同样的话。

"你们家明珍太内向了,总在学校被欺负。"

怎么会这样呢?姜明珍的父母不能理解。他们家的姜明珍是天不怕地不怕的坏脾气小公主，从来都是她欺负别人，没有别人欺负她的。她明明是那样一个厉害的小姑娘，从什么时候起她变了呢？

他们对姜明珍更好，对她的照顾更加无微不至，他们将能给的一切都给了她。

他们想让之前家境优渥时的那个小公主回来。

熬到十一岁，姜明珍被学校建议暂时休学。

校园内专业的心理老师和姜明珍父母进行了一次谈话，最终他们接受了学校的建议，让姜明珍在家里休息一段时间。

要怎么样保护女儿才好呢？

她的父母发愁。他们跌落谷底，自身难保，却最大可能地举起双手，让小明珍的羽毛不沾上污浊。

姜明珍十二岁的时候，讨债的人找上门。姜家一家三口挤在出租屋，外面的人在不断拍门，喊他们三个的名字，肆意地辱骂。

妈妈捂住明珍的耳朵："小珍，不要听。"

有一次，他们在外面被同一群人逮到了，妈妈跑得慢，她把姜明珍往她爸的背上一放，让他们先跑。

姜明珍在爸爸的背上回过头，看到妈妈被抓住了。他们的脚踢上她的身体，那声音像是沉沉的沙袋落在了地上，一声接着一声。

"小珍，不要看。"

爸爸的步子一刻也没有停下，妈妈没有向他们求救。

"小珍啊，"那些艰难的日子里，他们一有机会便一遍遍地对她说，"你是我们的掌上明珠，你是我们的无上珍宝，你一定要好好的。"

姜明珍十三岁时，就连在家里对着双亲也说不出话，更别提去上学了。

第八章 她等的季节

但此刻的她已经休学两年了。

"小珍一定得去读书,不读书的话,以后难道像我们一样打工吗?"

这些年,姜明珍的父母已经什么都磨没了。他们打工、借钱,再辛苦的工作也做,再怎样卑躬屈膝都可以,只要能借到钱就可以。

睁眼是灰尘漫天的马路,闭眼是漏水生虫的地下室。

他们没有不切实际的盼头,没有振作的信念,他们由内到外彻底地失去过往拥有的一切辉煌了。

这个家庭、这两个人还存在的理由只有一个——姜明珍。

他们数十年不变地爱她、保护她。

在姜明珍身上,仍保留着他们家的最后一丝尊严、最后一丝未灭的希望。

她的未来还很长。

她不应该受他们所累,不应该止步于此。

父母打在他们自己脸上的巴掌打疼了姜明珍,也打醒了姜明珍。

"都是我的错,我害苦了我们家小珍。"

"我该死,我欠了那么多钱。"

"小珍,你跟我们说话好不好?"

"小珍,你答应爸爸妈妈去上学好不好?"

姜明珍一直在等待她的季节。

等到她的季节,她会变得非常美丽、温柔、知书达理,像她的妈妈一样,人人都会喜欢她。她会一下子长大,一个人扛起她的家,爸爸妈妈不必再挨饿、被追、打辛苦的工。

白驹过隙,她还没有等到她的季节,睁开眼睛,却看见爸爸妈妈已经老去。

他们撑不下去了,眼里一片无计可施的死灰,一个个巴掌将整个家庭扇得摇摇欲坠。

在垮掉之前,他们寄希望于她。

姜明珍得去上学。

她去最好的学校,她的书包里装着妈妈准备的礼物。她打扮成自己最有自信时的模样,她模仿当时自己的那套为人处世方法。

因为,那是尚未等来自己季节的姜明珍,那是她人生中最厉害的时期。

仅有一点。

"我不想再叫姜明珍了。"她对她的爸爸妈妈说。

"姜明珍"这个名字和她的等待一起被埋葬于十三岁。

留下来的"姜小贞"披着一层自己描好的"姜家大小姐"的皮,不再长大。

她的力量很小,她的坚强也很微弱。

可是,这是她能为爸爸妈妈做的唯一的事了。

家里三人心照不宣地要让姜小贞无忧无虑地成长,而姜小贞也"尽职尽责"地被他们惯坏,"尽职尽责"地无忧无虑。

一家太平。

午夜一点,姜小贞终于吃上了一口热乎的饭。

她随手绑好了头发,脸上脏兮兮的,捧起碗,扒拉着筷子,狼吞虎咽。

何玉抽了一张纸巾递给她。

第八章 她等的季节

姜小贞没接,不明白他的用意。

于是他坐得离她更近了一些,摘下她的眼镜,帮她擦了擦脸。

他细细擦去她脸上的眼泪、鼻涕、灰尘,也不嫌她脏。

下巴被何玉的手托着,姜小贞的嘴里继续嚼着,表情有种说不出的呆傻。

说起自己的故事,她没有太多情绪起伏。但是,当何玉默默倾听完她的所有故事之后,他们的关系明显变得不一样了。

在他面前,姜小贞放任自己狼狈,放任自己六神无主。

等吃完了饭,打包了她妈妈的那份,姜小贞一手拎塑料袋,另一只手主动去找何玉的手,却不是去牵他。

她的手紧攥成拳,手背往他的掌心贴,希望被他握住。

何玉牵住姜小贞。

"我问你一个问题好不好?"她仰头看他。

他不假思索地应"好"。

"下周就期末考了,等成绩出来,很快要交下学期的学费……"

姜小贞站在选择的十字路口,她把自己人生的方向盘交到了何玉的手中。

"你觉得,我下周要去学校吗?"

她问得慎重,何玉同样慎重地回答了这个问题。

他沉思了半响,回答道:"我觉得,要。"

这与姜小贞想象的答案不同。

"我以为,你听完我的故事会同情我。你看上去仿佛深受触动。"

何玉抿了抿唇。

"比起同情,我更多感到的是愧疚,因为之前我误会了你好多,"

他说，"我对你说过的过分的话全是基于自己的揣测。我很抱歉，姜小贞。"

夜灯下，何玉的侧脸笼着一层暖色的柔光。

他的睫毛低垂，很漂亮。

与他曾经形容她的形容词相反，姜小贞想，这个人真是美好，不论是心灵还是外表。

"你比我想的要厉害……"顿了片刻，他认真地给出自己的观点，"所以，姜小贞，你应该继续上学。"

"厉害？"重复他话中的字眼，她好似听见个笑话，"怎么可能啊？"

"被人讨厌，没有朋友，又丑又胖，别人觉得我恶心，我也觉得自己恶心。这样的我有什么厉害的？"

何玉牢牢握住姜小贞的手。

他身上有种古怪的力量，神奇地令她镇定下来。

他的目光澄澈明净，她在里面仿佛能望见自己。

"即便是那样，你还是努力往前走了。你大概自己也没有意识到，可我已经看见了，你正在坚强地迈上成长的路程。"

姜小贞张了张嘴，心中的自厌是浇不灭的火，她想要反驳，想让他知道自己有多糟糕。

"你书包的拉链没有拉，我见到了里面的两张申请表。你申请转班，你申请竞选学生会干部，姜小贞，你做出了转变去适应环境，你做出了选择去争取自己想要的东西，你是想要继续学习的。"

何玉摸了摸她的头，像是在对她说"做得好呀，姜小贞"。

姜小贞已然忘记了自己要说的话是什么。

纠缠在她内心的绳结被人松绑。

第八章 她等的季节

细细小小的温暖由皮肤渗进心底。

她从牢底往上看,瞥见天光。

唇动了动,姜小贞忽然好想从那无休止的等待中解脱,她忍不住问他:"你知道,姜明珍的季节什么时候会到来吗?"

何玉的脸上挂着淡淡的笑意。

他说:"她正在去往那里的路上。"

小时候的我们以为成长会发生在一夜之间。

小鬼头在某天之后,一下子蹿高个头,穿上西装,打上领带。

花骨朵在弹指之间,一下子舒展它的全部,盛放得鲜妍夺目。

等待成长的姜明珍自愿走进了用于自保的囚笼。面对家庭的变故、动荡的环境,她躲在笼子里,畏惧着成长。她没有找到一个合适的应对世界、应对恶意的技巧,她一心一意等待着属于自己的盛放的季节。

代替她走出笼子的是姜小贞,她把她的恐惧、卑微、动摇全部关了起来。

她用假装的、自己塑造出的坚强,强逼着自己去面对让她感到不安的一切。

那些走过的日子里,她分裂着、扮演着、情绪麻木着。

姜小贞埋头前进,耗尽所有力气,死撑过台历上的一个个日期。

但是啊,花骨朵与小鬼头从来都不是在一瞬之间完成成长的。

成长本就需要经历,而负重前行、走过那片黑暗丛林的经历亦是"成长"的本身。

姜明珍等的季节总是不来。

但是没有关系,姜小贞带着她,正在去往那里的路上。

"下周,我会去考试的。"

眯起眼,姜小贞对何玉回以微笑。

"嗯。"

终于见到她的笑容,何玉的语气也变得轻快。

"其实下学期你也可以不在我们学校上。我们学校教学质量挺高的,去别的公立学校,你的学习进度也跟得上。要不要去别的学校试一下?"

姜小贞摇头:"我爸妈不会同意的。"

"我帮你一起跟他们说。"

他们牵手走在回家的路上,何玉的步子稍微快一些。

姜小贞的手被他牵着,小幅度地上下晃呀晃。

何玉一路说着话,晃得自然,全然没发觉有什么不对的地方。

"我高中以前都是在乡下读书的,全部是公立的学校。我的学习成绩非常好,所以绝对不存在什么公立学校比私立学校差的说法。

"家庭困难的话,可以向国家申请补助,这一套程序我很熟悉了。而且,公立学校学费很少,才不像我们学校贵得吓人。"

他极有耐心地絮絮叨叨,这里一句,那里一句,替她规划起未来。

姜小贞仔仔细细地听,把他说的每个字都记下来。

"你现在上高一,再读两年多就上大学了,文凭很重要的。

"等你以后上大学了,成绩好能有奖学金拿的。啊,对了,你还可以申请助学贷款。

"到大学了,你可以利用课余时间去打工,那样比你现在打工的工资高,也有轻松些的工作,比如家教啊,学校里的兼职啊……"

大半夜的,天空中为什么出太阳了?

姜小贞分明感到,自己晒到了阳光。

第八章 她等的季节

关于转学的对话持续了一周。

如姜小贞预料的那样,她爸妈不同意她去公立学校。

她在何玉的帮助下,说出自己想要转学,那一刻起,父母的自责就铺天盖地地朝她压来了。

她看见的是抹眼泪的妈妈,听见的是爸爸不断打来的电话,他夸下海口,说钱的事他来想办法。

她不能直接看见的是物质上的补偿。

用借的钱买的大鱼大肉是只给她一个人吃的,还有用借的钱买的新裙子、新发卡。

他们小心翼翼地询问她,现在的学生们喜欢什么礼物。

姜小贞眼里是一片乌沉沉的黑。

那些无法传达的诉求使她心中试图痊愈却又重被划破的伤口反反复复发作。

下一周是期末考,再不去学校不行了,所有人都知道的,包括姜小贞。

父母使尽浑身解数对她好,哄她、说服她。

沉默是她竖起的反击的墙,在父母的软磨硬泡之中,那墙越筑越高。

姜小贞不吃她妈妈买的东西,不穿衣柜里的公主裙,不接她爸爸的电话。

面对她妈妈的哭泣,她闭上眼睛,捂住耳朵,将自己封闭起来。

一周快要结束的时候,徐美茵将姜小贞书包里那两张表格拿出来。

她坐在一言不发的女儿身边,和远方的姜元打电话。

"小珍肯定是想在这个学校上学的,她书包里有《转班申请表》和《学生会干部申请表》,如果不是催债的人拿走了我们的钱,她现在上学还上得好好的。"

姜小贞咬着自己的手指头,啃得最外层破了皮。

"是啊,"姜元附和道,"我们借到钱了,小珍就可以继续读书了。别听何玉说的转去公立学校那些,公立学校要真的好,他自己怎么不去读呢?"

姜小贞能尝到嘴里的血腥味,手指又麻又痛,她知道,有些话即便是对最亲近的家人也不能说,因为它一旦说出口,便是永久的伤口。

可是,太辛苦了。

姜小贞没有办法忍下去了。

喉咙干干的,她很久没有开口,一发声,嗓子是哑的,调子是碎的。

她问父母:"你们知道我要的是什么吗?"

徐美茵看向她,电话的另一头也陷入了一片寂静。

"你们不知道,"姜小贞说,"因为长时间以来,你们只给我你们认为最好的。你们没问过我,我要的是什么。"

"是我要在这个学校上学,还是你们想要我在这个学校上学?

"是我要穿公主裙,还是你们想要我穿公主裙?

"是我要吃那些我们吃不起的好东西,还是你们想要我吃?

"我说要转学,你们曲解为我是担心家里没钱;我说不用再买裙子,你们曲解为我是为家里省钱割舍自己喜欢的东西;我说不吃那些东西了,你们觉得我故意饿着自己,怕你们花钱。

"其实我没那么需要的,上学、打扮、吃住——那些表面的东西。可你们千辛万苦为我创造了这些,你们希望我享受它。如果我表现出不需要的话,我就会感到愧对你们的付出,我感到自己罪孽深重。

"爸、妈,一直以来,介意家里没有钱的人究竟是我,还是你们?"

第八章 她等的季节

徐美茵又一次开始流泪了。

不过这一次,她的眼泪没有堵住姜小贞的嘴。她硬着心肠,要把想讲的话一次性说完。

事已至此,覆水难收。姜小贞明白听到那些话,她的父母一定会很难过。只是,他们一家三口已经逃避了这么多年,无法再逃避下去了,他们得一起去面对这个难堪的场面,甚至包括她。

"你们喋喋不休地谈论着高级私立学校的学费,你们要我回去读书,我怎么读啊?我满脑子想的事情是,等我们被家具店的老板赶出去,接下来要住哪儿?欠的钱要怎么还?下次被催债,钱从哪里来?"

姜元长叹一口气:"小珍啊,这些不是你要管的事情。"

"爸爸,"姜小贞打断他,"光是一句'不是你要管的事情',就能把我从我们家的困难中推出去吗?"

"你们从来不告诉我我们家欠了多少钱,那是一个多大的数字。因为你们觉得我小,我不应该为家里操心,你们希望我还是从前的小公主。"

往自己脸上抹了一把,姜小贞摸到湿乎乎的泪水。

她不愿意哭的,却还是不小心哭了。

"我不可避免地会去想这些啊,爸爸妈妈。我们住的地方没有厕所,我和妈妈要走到几百米以外的公共厕所;我们没有厨房,妈妈吃不饱,我听得到她肚子叫;我们没有淋浴间,每次洗澡都要用烧好的热水兑自来水,搓澡的时候,水不能溅出来,否则会弄湿房间的地板,我不可避免地担惊受怕;当我看到催债的人来,他们把你们按在地上打时,我不可避免地感到自己格格不入;当学校的同学们谈论他们优越的生活,当看到他们花钱的时候眼睛眨也不眨……"

徐美茵捧着女儿的脸，心疼极了："说到底还是怪我们没有钱啊，有钱的话，我家女儿不会遭这些罪。"

"不是的，"姜小贞重重摇头，"你们仍旧没懂。"

"最让我感到辛苦的，不是我们家没有钱，我们的生活艰难。最让我感到辛苦的，是我要享受你们给予我的一切，就算我并不自在，就算我满心负疚。即便是我已经感到了辛苦，我也还是要装作没事人似的，不让你们担心，因为我是姜家的掌上明珠、你们的小公主。"

她苦着脸，很抱歉地对他们说："爸爸妈妈，我没有办法了，做公主真的好难啊。"

拎起粉蓝色的蕾丝裙摆，她让妈妈看一看她。

看一看她的脸、她的身材，以及这一条裙子。

"妈妈，你觉得我穿着合适吗？"

徐美茵无法再欺骗自己。

不合适，很丑啊。

如果小珍也不觉得快乐的话，这样的她、这样的打扮，是为了让谁快乐？

为什么这些年，他们一直装作看不见呢？

姜小贞擦干净自己的脸，然后，她扯了纸巾擦去妈妈的眼泪。

她不哭了，声音中不见一丝哭腔。

姜家的女儿啊，她比爸爸妈妈想象的要坚强多了。

明明朝夕相处，他们却好像今天才认识这个她。

姜小贞藏起被她啃破的手指，昂起脑袋说："我早就不再是那个飞扬跋扈、无忧无虑的姜明珍了，我会惶恐，会忧虑，会自卑。我长大了，无法对家里的情况视而不见，也无法对你们的付出无动于衷，

第八章 她等的季节

所以我的内心始终难以安宁……回到最初的问题,爸爸妈妈,你们知道我要的是什么吗?"

他们倾听她的话。

数十年不计回报的给予过后,他们第一次认真地去等待、去倾听,由她来说出自己的愿望。

姜小贞笑道:"我要我们一家三口好好的。"

姜小贞心中的第一栏、愿望中的优先选项,从来都不是关于她个人的。

她爱她的家、她的家人,胜过爱世间的五彩斑斓,胜过所有一切可望不可即的浮华。

第九章
何玉我爱你

寒假结束,开学的第一个星期。

放学后,何玉在校门口遇到了姜小贞。

胖胖的少女扎着简单的马尾,戴着黑框眼镜,长袖长裤的灰色校服配了条白色围巾,看上去超级暖和。

见他出来,姜小贞跳起来,朝他招手。

何玉冲她笑,抛下朋友走向她。

"你在等我啊?"他想着能在这个点看到她的原因只有这个了。

"对啊,特地等你。"姜小贞踮高脚,揽住他的肩膀。

何玉被她压得快要摔倒,笑着打她,让她别胡闹。

"今天刚发了校服,你看看我的新校服,好看吗?"她臭美地向他展示自己厚实的长袖、宽宽的裤腿。

"还行吧。"何玉诚实地评价。

姜小贞不服:"快说好看,不然弹你脑瓜崩。"

"好吧,好看好看。"他举双手投降。

"太敷衍了吧?"姜小贞气呼呼地说,"罚你请我吃麻辣烫。"

何玉拒绝:"我不要!"

第九章 何玉我爱你

"你要!"她弹人的手势准备完成,锁着他的脖子让他不能动弹。

何玉不发威,姜小贞以为他还是从前的乖小狗呢。

"这是求人请吃饭的态度吗,姜小贞?"他冷着声,语调变得危险。

"嘣……"

她一个脑瓜崩弹下去,只听某人"咝咝"的吸气声。

"请不请啊?"姜小贞气定神闲地问。

"我考虑下……"何玉摸着痛处,"我怎么感觉额头流血了?"

"我帮你看看。"姜小贞掰过他的头。

"天哪!"她夸张地大喊,"你额头上面有字!"

"哈?什么什么?"何玉配合她演。

姜小贞皱着眉头,眼睛看着他额头,一字一句地念:"姜小贞,何玉特别想请你吃饭。因为听说,不请的话,她又会弹他呢。"

念完后,她与他对视。

"请吧。"何玉从善如流。

她挽起他的胳膊,一蹦一跳地喊"耶"。

何玉一边揉着头,一边心不甘情不愿地被她拉走。

朋友们也没有等何玉的意思,因为何玉看到姜小贞的那一刻,就跟他们说了"有朋友来找我,你们先走吧,我和她一起"。

何玉请姜小贞吃麻辣烫,姜小贞请何玉喝饮料。

她先选好之后,他过去要了和她一样的茶饮。

付钱时,小卖铺老板提醒他们:"这个饮料现在做活动呢,你们一会儿打开,如果发现盖子上写了'再来一瓶',可以过来兑奖哦。"

姜小贞点点头,没太在意。

她从小到大喝过无数次饮料,一次也没有中过奖。

到了卖麻辣烫的小摊,姜小贞选了一个大碗,往自己的碗里放她喜欢吃的东西。

见身后的何玉站着没有动,她奇怪地道:"你不想吃吗?"

"吃。"何玉轻咳一声,"想看看你拿的什么。"

姜小贞给他看自己的碗,他避开她选的那些,拿了完全不一样的。

"……"

既然这样,那看她选的有什么用?把她的看成是错误答案吗?姜小贞愤愤地推了他一把。

何玉被她推得莫名其妙:"姜小贞,你怎么这么爱对我动手动脚?"

他说的话有歧义,卖麻辣烫的阿姨闻言,抬起头,瞧了瞧何玉,又瞧了瞧姜小贞。然后,她毫不犹豫地站在了何玉那边,望向姜小贞的眼神仿佛是望着一只在拱白菜的猪。

她被阿姨看得窘迫,将自己的麻辣烫往何玉手里一放,去小摊的位子上坐下了。

何玉给两份麻辣烫算钱的时候,阿姨还特地问他:"那个大块头是不是欺负你了?"

"没有没有,"他连忙否认,"她是我的朋友,我们开玩笑呢。"

阿姨皱着眉头表示怀疑:"那她的麻辣烫的钱要你付?"

"我自愿请她的。"

桌子和小摊隔得并不远,何玉拼命解释的模样落到姜小贞的眼里,让她心里更堵得慌。

这时候,姜小贞想:如果我又瘦又漂亮就好了,走在好看的何玉旁边,别人就能看出我们是"一路子"的朋友。

第九章 何玉我爱你

拧开刚买的饮料,姜小贞"咕嘟嘟"地喝了一口。

想起商店老板的话,她瞅了眼瓶盖。

"中奖了吗?"何玉走过来,在她身旁坐下。

"没有,"姜小贞举起瓶盖给他看,"是'谢谢惠顾'。"

像之前那样笑着闹着,才是他们正常的相处模式。

姜小贞变得沉静了,他们之间反而显得尴尬起来。

一个人玩着瓶盖,另一个人关注着刚下锅的麻辣烫。

他们猝然转头,同一时间看向对方。

"你在新学校还好吗?"

"你的画展准备得怎么样?"

很明显,在刚才沉默的时候,两个人都在脑子里思考话题……

"正在适应,挺好的。"

"准备得差不多了。"

他们特地为彼此留出回答的空隙,卡顿了两秒后,以为对面的人在等自己,他们又一次同一时间张开了嘴。

姜小贞捂住额头,何玉"扑哧"笑出声。

他让她:"你先说吧。"

于是姜小贞开始向他讲述自己开学一星期以来的感受。

每个班级中,似乎都会有固定的角色。

有人是领导者,有人是书呆子,有人是品学兼优的班草,有人是脑子空空的花瓶。同学们会为这些角色选出一些人,有外号是"胖子"的,有外号是"丑女"的,有外号是"邋遢鬼"的……纵使他们其实并不胖得非常过分、丑得非常过分,他们在这个集体中也还是被单独地隔离开来。

新学校在姜小贞到来之前,已经有了"胖子"和"丑女"的角色。

被叫"丑女"的女生有一个漂亮的名字——林雪媚。听到她的名字,别人可能会联想到肤白貌美、风情万种的美女,但林雪媚不是。她的五官平平无奇,说她难看,其实也找不到哪里是特别难看的,只是她的牙齿不整齐,微微有些凸。

被叫"胖子"的是一个男孩儿,他叫赵福贵。赵福贵的脸蛋和他的名字一样喜庆,他笑起来的时候,脸颊上肉鼓鼓的,很可爱,不过大多数时候他也不会笑。因为有先天性的心脏病,赵福贵不参与班级的体育活动,所有的体育课他都坐在操场边,跑步的学生经过时,能看见萎靡的赵福贵耷拉着肩膀,肚子上坠着一圈厚厚的肚腩肉。

姜小贞比他们的情况都严重,她是货真价实的胖妞、丑女。

因此,不受欢迎的林雪媚、赵福贵等人在见到转校生的第一面时,他们的目光中都写着三个字——有救了。

"我没想到的是,"姜小贞笑起来,"他们俩主动来找我玩,要和我做朋友。"

何玉替她感到开心:"真好,你这么快就交到朋友了。我下个月的画展,你们有空的话,你可以邀请他们一起来看。"

"好啊。"她爽快地答应之后又感慨,"我还在适应新的学校环境,你已经要开画展了。"

何玉惊奇:"姜小贞,你是在羡慕我吗?"

"没有。"她是不会承认的。

何玉的麻辣烫先煮好了,阿姨喊他过去端。

他兴高采烈地回来,手里握着两双筷子。

"来吧,你吃吃我的。"他递给姜小贞一双筷子。

第九章 何玉我爱你

她摇头:"我自己有啊,一会儿就好了。"

"早知道你会这么说,"何玉把他的麻辣烫放在桌子中间,"我跟你点的不一样,你可以试试看你那碗里没有的东西。"

原来,这才是他要看她选哪些食材的原因。

姜小贞掰开一次性筷子,夹走一颗他碗里的丸子。

心窝暖乎乎的,她嚼着丸子,嘴中嘀嘀咕咕地自言自语:"哎,他太好了吧,世界上怎么会有何玉这么好的人呢?"

恍惚听到自己的名字,他朝她投来疑惑的视线。

"呃。"姜小贞挠挠后脖。

"你是在跟我说什么吗?"何玉没有放过她的意思。

"我……"姜小贞的眼珠子转来转去,随口编造,"我问你喝不喝水!我看你买了也不喝!哈哈。"

何玉看她的眼神变得更加古怪,姜小贞笑得像个巫婆,笑容又假又僵。

不过他仍旧依她所言,打开了他的饮料。

随便往瓶盖上一瞥,何玉看到一行小字。

"再来一瓶。"他念出来。

"什么?你中奖了?"姜小贞立刻凑过来看。

还真的就中了"再来一瓶"。

"天哪,买饮料真的可以中奖啊?"这是姜小贞人生头一回见到的景象,她捏着瓶盖,翻来覆去地看,不敢相信。

"中奖不是很正常吗?"何玉一脸稀松平常。

"这话说的!"她瞪大眼睛,"你经常中奖吗?"

"我不经常买零食什么的,所以也不算经常中奖吧。"他缓慢地回忆道,"不过我上个星期买薯片中了一套玩偶。我对玩偶没什么兴趣,就没去兑奖。你想要玩偶吗?"

"要!我要!"姜小贞举双手表示感兴趣。

在麻辣烫摊子吃饱喝足,他们回到学校的小卖铺,何玉领到了他的"再来一瓶"。

"你带回家喝吧。"他把饮料塞进姜小贞的怀里。

"那怎么好意思,"她推还给他,"说好我请你喝饮料的,这样你还我一瓶,我不就白吃白喝你的了吗?"

"没关系。"何玉对她说。

他的目光很亲近,他的笑容也很亲近。

其实姜小贞是羡慕何玉的。

她之前介意把这种羡慕说出口,现下却觉得根本没有隐瞒的必要。

她不会因为羡慕他被看轻,不会因为欠他东西被看轻,她在别处学到后建立起的防御机制,在何玉这儿通通不再需要。

他乐意与她分享他所拥有的。

何玉的好意直截了当,干干净净。

姜小贞收下了何玉换来的奖品。

和何玉分别后,她坐在公交车上旋开饮料盖子,喝了一口。

香香甜甜的茶,是她熟悉的、喜欢的口味。

姜小贞笑了笑,长叹出一口气。

动荡的家庭、新换的学校……许许多多关于未来的、让她不安的事情,在这一次和他相见之后,因着何玉带来的安心感,它们重新稳稳地落地。

想到一件事,她低头看了眼瓶盖。

第九章 何玉我爱你

"扑哧。"

这人,让人不羡慕也不行吧?又中奖了。

他挑的那瓶依旧是"再来一瓶"。

何玉的画展开在植物园里,主题是"野蛮生长"。

展出的作品主要是他的油画,创作灵感来源于何玉儿时的山野生活。

生命力旺盛的画作摆在真实的植物旁边,油画中的颜色夺目得仿佛溢出画框,融进背景之中。

开画展的那天是个周五,晚上放学后姜小贞和她的朋友们一起过来。

三人在进场时便得到了一本关于展览的小册子,上面简要地介绍了何玉与场地内展出的每一幅画。

起初林雪媚和赵福贵听到姜小贞说她的朋友要开画展,都以为是那种简单的校园教室内的小展览,没想到会是这样一个规模的——何玉的画展把一整个植物园都给包了下来。

等他们进到内场,还有专门服务的人员为他们提供免费的茶水、点心。

赵福贵一手端着茶杯,一手拿着小蛋糕,胖嘟嘟的脸上满是兴奋的神色:"姜小贞,你认识画这些画的画家吗?我还是不敢相信!"

林雪媚忙着翻那本介绍的小册子,点头附和:"我也不敢相信,这太酷了吧。"

他们默认姜小贞是知道这个画展很厉害的,殊不知,她的心中同样在不住地惊讶与感慨着——何玉真的好厉害!

姜小贞在场地内扫了一圈,没有看见何玉在哪儿。

植物园太大了,来的人很多,有跟他们看上去差不多大的年轻人,有穿着体面的中年人,也有推着婴儿车的夫妻……

他们三个是被淹没在人群中不起眼的存在。

他们在植物园中走走逛逛,最开始被画作和环境吸引的惊奇渐渐降了下来,他们开始留意身边的人,察觉到自己与这里的环境并不是很搭。

盯着路过的一队人的背影,林雪媚捂着嘴对朋友说:"那些好像也是高中生,但他们不穿校服呢,他们打扮得好漂亮、好时髦。"

"嗯,"赵福贵也发现了,"这里好像只有我们穿校服啊。"

他们不仅穿着校服,还背着书包,三个人形影不离地挨着彼此。

人来人往,他们不由自主地感到渺小,感到有些局促不安。

赵福贵和林雪媚对视一眼,对姜小贞说:"小贞,不然我们去门口等你好吗?我们也不太懂得看画。"

姜小贞不同意:"我们才刚刚进来呢,应该再看看的。"

可是两人面上的表情写着"为难"。

"好吧……"她只好让他们先出去等她。

姜小贞一个人在植物园里逛。

何玉的画展她期待了很久,因为自童年分别之后,她再也没有看过他画的画。

今日一见她才知道,原来以前学校的文化之窗里展示的画全都出自何玉之手。

他画的是油画。他落笔大胆,画中景观深邃,不过是色块间的深浅交叠,自然大气的山野风光就被勾勒出来,跃然纸上……姜小贞对

第九章 何玉我爱你

他的画只能形容到这里了。

实际上,除了他画得很好之外,她什么都体会不出来。

看画总归要感悟出一些东西的吧,姜小贞自认为她和何玉很熟悉,面对他的画,她却无端地对他感到陌生起来。

不过姜小贞不愿意这么快就走,她不想把他给的门票浪费了,还是三张。

仔仔细细地看完一个区域,走过转角,她瞥见一个熟悉的人影。

画展的主人公站在那边和人交谈着。

姜小贞下意识地往后退了一步,茂盛的植物丛挡住了她。

那一刻,姜小贞忽然明白了,自己心中古怪的焦躁与沮丧从何而来。

当她被何玉从经年累月的痛苦中解救出来时,她终于有机会走近他,他也乐意与她分享他所拥有的……可姜小贞不敢。

她好像每时每刻都感到,他比自己想象的要更好一些。

她知道他们的差距好大。

如今的何玉已经成为聚光灯下的人物,而如今的姜小贞——她和她新交的朋友们一样,她怕光。

毫无疑问,姜小贞羡慕着何玉。

可这种羡慕,仅仅是羡慕,她安心地在台下抬头看他。

"拥有我这样一个朋友,会让他丢人吧。"她悄悄这么想。

姜小贞抓紧书包带子,脚步匆匆地走向出口的方向。

何玉以为姜小贞没有来看他的画展。

隔了几周,他和她通了电话,姜小贞听上去学习很忙,回答他的每一句都挺简短。

他体谅她到新的学校事情多，讲话挑着重点讲。

"我获得了保送的名额。"何玉说道。

电话那边顿了几秒，她的声音一下子大起来，吼得他耳膜生疼。

"真的啊？哪个学校？"

他说出一个名字，是全国最顶尖的那所美院。

这一次，姜小贞沉默的时间更长。

"何玉……"

他托着腮应她："嗯？"

她小声地说："我两年后也想去那里，和你上同一所学校。"

耳朵牢牢贴着听筒，何玉费劲地听清了她无精打采的嘟嘟囔囔。

"啧啧，姜小贞的口气不小啊！"他的语气带了讽刺，故意刺激她，"你以为我的学校是随随便便的阿猫阿狗都能考上的吗？"

姜小贞果然上套。

"我一定会成为厉害的人！"

她一下子恢复原本的音量，把桌面捶得"哐哐"响，中气十足得宛如在喊口号。

"何玉！你不信我的话，就等着后悔吧。"

"好啊，"话筒那头，他轻声笑，"我等着后悔啊。"

姜小贞从来不是运气好的人，甚至可以说她的运气非常差。

她跟上帝爷爷许愿的时候，对于他老人家会在百忙之中抽出空闲来回应她并没有抱很大的希望。

可是在那一天，姜小贞还是双手合十，非常诚挚地对他许愿了。

在经历了浑浑噩噩的十几年后，她终于有了想要实现的愿望，有

第九章 何玉我爱你

了想去的地方。

没来由地,姜小贞这一生做什么事好像都比别人来得波折一点儿。

对校园生活的适应比正常学生慢,她留级了两年;青春期比同龄人来得凶猛,她长了一脸消不掉的青春痘;到了新的学校,想要做回像从前一样的班干部,她连着竞选了好几个职务,却都落了空。

她心中强烈地想要摆脱现在的外貌,早起、午休、每晚做完功课,她都在拼了命地运动,消耗身上的脂肪,即便身体有不适的酸痛,也不肯停下来。

太重的身体和这般突增的高强度运动,导致姜小贞在某天的夜跑之后,因为脚部疼痛难忍,被徐美茵送进了医院。

经医生检查,是跟腱断裂,当晚便做了手术。

她要打六周的石膏,要经历漫长的跟腱复健期。

姜小贞有心为他们家减少在她身上的花销,这笔突如其来的医药费却又在债款上添了一笔。

用力捏着自己手臂上的肥肉,姜小贞陷入了长久的沉默,自己与自己生闷气。

徐美茵虽然没有一次明说,但她看在眼里——自己的女儿在悄悄地长大,她想要变优秀,变美丽。

自上次借钱之后,徐美茵和范秀慧的来往变得频繁。经过范秀慧介绍,徐美茵开始在一家她朋友开的美容店里当学徒,学一些文眉、拔罐、按摩、化妆、美甲之类的手艺。

从前,贵妇身份的徐美茵是美容店的常客,深知这一行生意好的话可以有很大的利润。加之范秀慧在旁说服她:"你看你的手啊,那么嫩,一看就不是干重活儿的手。你的脸蛋天生漂亮,是最好的招牌。等你学几年,学到手艺、攒了人脉,可以来我服装店,我让一块地方给你做生意。"

凭着丈夫的工伤赔偿款,范秀慧从乡下走到城市,靠的不仅是运气,还有她的头脑。她对徐美茵说的话句句在理。

所以即便是给人做学徒,初始工资不高,工作又累,徐美茵仍旧非常感激范秀慧,选择了接受这份工作。

姜小贞打着石膏,躺在病床上看着天花板时,徐美茵对她说:"等妈妈学会了那些美容的手艺,小珍是免费的顾客,未来的小珍一定会变得非常非常漂亮的。"

姜小贞转头望向她的母亲。

"妈妈,"她说,"你知道吗,这是你第一次主动承认我不够漂亮这件事。"

徐美茵才觉失言,胆战心惊地凝视着姜小贞的眼睛。

出乎意料的是,她于其中没有找到任何灰暗的、负面的情绪,姜小贞眸中甚至是带着笑意的。

徐美茵到了嘴边的解释因着那一抹笑意,悉数咽了下去。

抿抿嘴,她对女儿也笑:"嗯。"

诚如之前提到的,姜小贞做什么事都比别人更波折一点儿。

所以高中剩余的两年多内,她还是丑丑胖胖的,没有减肥成功。不好的人缘使她除了身边雷打不动的两个朋友,其余的没有改变。

到了高三,班里的生活委员因为学业繁重自己辞去职务,姜小贞热情不减,如愿以偿地被老师分配了一个班委的职务。

第九章 何玉我爱你

何玉就读的那所美院，基本是不收非艺术生的，姜小贞能选择的范围很窄。

她最终定了"工业设计"专业作为第一志愿。

从高考考场出来的那一天，姜小贞到校门口的小卖铺买了一瓶饮料。

是那种有"再来一瓶"奖的，她和何玉之前买过的茶饮。

姜小贞搓搓手，祈祷会有她想要的结果，然后扭开瓶盖。

一只眼睛闭，一只眼睛睁，她掀起瓶盖，看到那个小小的"谢"。

"谢谢惠顾"——雷打不动，万年不变。

于是，姜小贞做了充足的第一志愿没报上的准备。

可上天有时候真的很奇怪。

你将心愿不断投入人生奖池，他长年看都不去看一眼。在某一天，你完全不抱希望，随手按下按钮，屏幕却"嘭"地忽然出现了头等大奖。

姜小贞在查询录取的页面上，见到了自己的录取结果。

她就那么顺顺利利地、没有实感地被何玉的学校录取了——那个听上去就很厉害的工业设计专业。

姜小贞到大学报到的第一天，何玉请了假去接她。

画画这项技能已经可以为何玉带来收入了，这两年他攒下钱，自己考了驾照买了车。

见到从车上下来的何玉，姜小贞不住惊叹："这两年你做了什么？"

何玉见了姜小贞，同样惊叹："你对自己的脸做了什么？"

她那张脸盆大的圆脸死白里透着灰，两颊上有一层浮在表面的粉红。她的眉毛粗粗的，像是用毛笔画的。黑色黏结物糊住了她的眼睛，厚厚的、一根一根的，能数清多少根似的分明。

"我寻思着上大学了，得打扮打扮，从我妈那儿学了点儿化妆技术。"

姜小贞僵硬地冲何玉笑着，眨巴眼睛时明显十分吃力。

"临下火车前，我还补了好几次妆呢，你觉得……不好看吗？"

何玉挠了挠后颈，没有回答。

姜小贞读出了他的意思。

上车后，开出一段路，她转头问他。

"你车上有水吗？我这样不舒服，还是擦了它吧。"

何玉递给姜小贞一瓶没开封的矿泉水。

掏出兜里的纸巾，她用水打湿后，直接粗暴地往脸上搓。

遇到红灯停下，何玉看向姜小贞，被她的脸生生地吓了一跳。

妆被搓花了，她整个人像从打翻的调色盘里爬出的一只鬼。

姜小贞"咝咝"地呼痛。她用了太大的劲，把脸当作桌子来擦，被狠狠地揉搓过后，脸上火辣辣地疼。

"卸妆原本就是这样卸的吗？"何玉看着都替她难受。

"不是啊，"回忆着妈妈平时的做法，姜小贞细数道，"要有卸妆水、卸妆油、卸妆棉吧。"

"你没带吗？"

姜小贞摇摇头。

"那你别擦了，我带你去商场买一些吧。"何玉调转方向。

于是，小心翼翼地在火车上化了全妆来见何玉的姜小贞在他们见的第一面，收到了来自何玉的第一份礼物，一套卸妆产品。

他们买东西的时候，柜姐正帮一个姑娘化妆。

第九章 何玉我爱你

那个姑娘长着大眼睛、挺鼻子、可爱的樱桃小嘴,化妆为女孩儿的脸蛋增加的每一抹颜色都不过是锦上添花。

何玉盯着那个漂亮女孩儿,看得目不转睛。

身后站着一位帅哥,姑娘又羞又怯,时不时望向镜子,与柜姐交流的声音也大了许多。

姜小贞瞥了他们一眼,而后,她拆出在专柜买的产品,默默地对着镜子卸妆。

回到车里。

姜小贞仍在不停地照镜子。

比起之前见到他的时候,她的话变少了。

"姜小贞,"何玉直截了当地询问,"你好像不太开心?"

"有吗?"她摩挲小镜子的边缘,愁眉苦脸地望着镜中的自己。

大概是因为辛辛苦苦地化了妆又全部擦掉了,所以她感到可惜,何玉如此猜想着,开口问姜小贞:"你带化妆品了吗?"

"带了的。"

说话间,他们到达目的地。

何玉停好车,试探性地提议。

"要不……"

他解了安全带,突然凑近。

姜小贞下意识往后缩了一些。

他直勾勾地凝视她的脸,她咽了咽口水,眼珠子惊惶地转个不停。

"我来试试,给你化妆?"

"啊?"花了点儿时间反应过来,姜小贞点点头,"好啊。"

她把自己的化妆包在腿上摊开，里面全是从她妈妈那里拿的彩妆产品。

对着那些瓶瓶罐罐，何玉一一询问它们是用来做什么的。

"你说要帮我化妆，我以为你懂这些呢。"姜小贞顿时感觉何玉不怎么靠谱。

"完全不懂。"他拿起一盘亮晶晶的粉，回想刚才在商场里看到的它的用法，用手指蘸取一些后，准备往姜小贞的眼睛上抹。

虽然她只和妈妈学了个半吊子，也看出何玉的做法不对。

"要先上粉底，再上眼影吧？"姜小贞躲闪着他的手。

何玉很听她的话，立刻去找："粉底是哪个？"

"算啦……"姜小贞长叹一声，"化妆拯救不了我，我妈妈的化妆技术很好的，她都拿我的脸没办法呢。"

何玉不乐意看她自暴自弃的模样，自个儿把粉底找出来，攥在手上。

"说不定我比你妈妈厉害呢？"

不知从哪里得来的理论，他自信十足地说："我会画画，画画好的人化妆技术也不会差。"

她只好信他。

姜小贞的大脸成为何玉的画布。

她没有化妆刷海绵蛋，所有的底妆由他徒手涂画。

粉底冰冰凉凉的，遮瑕液也冰冰凉凉的，但他的手是暖的，却与她皮肤温度不同。姜小贞浑身紧绷，紧紧闭着眼，不自在极了。

察觉到何玉有一会儿没动作，她将眼睛睁开一点点缝隙。

车内光线不足，下巴被何玉的食指托起，他的眼神在她脸上游走，仔仔细细地打量着她的五官。

姜小贞也在悄悄看他。

她能闻到他身上令人安心的、清淡的皂香。这么近的距离下,她更觉得他的眉眼精致,长睫覆住眼眸,他微微歪着脑袋,一副若有所思的模样。

"闭上。"

闻言,她连忙合上嘴。

"我指眼睛。"

"哦。"

她的偷看被发现了。

"要开空调吗?"

目光固定在她双颊,他说:"你看着有点儿热。"

闭着眼的姜小贞奋力摇头,脸更红了。

最后一步,他给她抹好口红。

何玉宣布大功告成,姜小贞可以睁眼了。

他把镜子递给她。

捧着镜子左看看、右看看,姜小贞的表情似乎不大好。

"……"

何玉打着腹稿,准备跟她承认,画画跟化妆是不同的,他确实技术不行。

"扑哧。"

憋不住了,指着镜子,姜小贞爆发大笑。

"我好丑啊!"

何玉弄了半天,比之前她自己化的还难看。

在他仔仔细细的描画之下,她的眼睛更小、皮肤更黄、鼻子更塌,嘴倒是抹得够红。如此,一眼扫过去,她的脸是一派寸草不生的土色荒漠,那张格外艳红的大嘴宛如一朵凶恶的食人花,抢夺视线焦点,使人见之难忘。

"我这脸,实在太厉害了!我怎么能丑成这样啊?"

她笑得停不下来,挤眉弄眼地照镜子,靠自己的丑态来取乐。

何玉看着姜小贞,想对她的容貌做出客观的评价。

近在咫尺的她笑弯了眼睛,"咯咯咯"的笑声像只鸡在打鸣。

就是这样一个姜小贞,她的笑容别样地灿烂,看着别样地生动,面上有细细碎碎的柔和的光。

"你,不丑啊……"他喃喃道。

姜小贞信他才有鬼。

"别安慰我啦,"她拍拍他的肩,心情不错地跟他开玩笑,"大夫,我知道你尽力了。"

最终,姜小贞没有再度卸妆,直接顶着这张脸走进了她的大学校园。

美院的学生似乎比普通人长得更好看一些,而姜小贞丝毫没有被俊男美女们的光彩压过去。

人群中,她丑得最出类拔萃。

不论美女多美,人们的第一眼只看得见她。

姜小贞对于大学生活的适应比何玉想象的还要快。

教学楼、宿舍楼、图书馆、自习室之类的,何玉领着她走了一遍她就记住了;他带她去吃过几家物美价廉的小饭馆,它们就成了姜小

第九章 何玉我爱你

贞新的食堂；他们逛过一次的商品街成了她买衣服和日用品的地方。

来学校报到的那天，姜小贞跟何玉谈过，她打算利用课余时间去打工，不再管家里要生活费。开学一周后，他跟她打电话的时候，姜小贞告诉何玉，她找到工作了。

有不少需要临时工的工作单位喜欢招大学生，雇大学生不仅价格便宜，而且小年轻们正处在最好的年纪，一水儿的鲜嫩好看。

姜小贞本人与"好看"这个词没有太大的联系，不过她的这个工作单位，极为罕见地对姜小贞的外貌条件十分满意。

"帮游乐园发传单，要做符合乐园主题的特殊打扮？"听到她话中的这几个字，何玉皱起了眉头。

这是那种听上去都累的工作。

有时是要穿玩偶服，有时是需要进行特殊的大面积化妆，姜小贞需要站在人流量大的地方，尽可能地去引起大家的注意。她每天定点定量地派发传单，等到发完就算工作结束。

"发传单其实挺好的，我们的工作时间很自由。"姜小贞很满意这份工作，"而且，吸引别人的视线本来就是我的强项啊。"

何玉看穿她在逞能："要做特殊打扮，要站很久，会很辛苦的。"

姜小贞不在意："要赚钱必须要辛苦的嘛。"

他继续打击她："陌生人无所顾忌地朝你表现出不耐烦，不断地拒绝你……"

姜小贞依然不为所动："面对拒绝依然凑过去也是我的强项啊。"

她搬出自己过去的经历，笑嘻嘻地打趣道："高中时我练过的好不好！"

姜小贞心意已决，对何玉说不过是知会他一声。

何玉有心想要帮她,但他们家已经帮了姜家太多。他们不催着姜家还钱,徐美茵学好美容的手艺后,何玉的妈妈在服装店隔出一块区域,让徐美茵在那儿做生意,也不收她租金。

他越想伸出援手过多地干预她、反对她,反而越会伤了姜小贞的自尊。

何玉问姜小贞在哪里发传单,她模模糊糊地回答:"每天工作的地方不一样,你问了也没用。"

于是他心知,她不想在自己工作的时候看到他。

如姜小贞希望的,她发传单的时候一次也没有遇见何玉。不过她下班之后,倒是常常在小饭馆偶遇他。

向来好人缘的何玉出来吃饭时,身边总是有他的伙伴。而姜小贞向来是一个人坐在饭馆的角落。

宿舍有门禁时间,学生们要赶在关门前吃完东西回去。如果下班晚了,她来不及卸妆、换服装、还道具,看上去就会奇奇怪怪的。

何玉见到过打扮成女鬼的姜小贞、穿着健美服的姜小贞、座位上放着大翅膀的姜小贞,也见到过戴彩色假发、头上顶着假鸡冠、编着一头夸张冲天辫的姜小贞。最夸张的一次,他看见她满脸涂蓝。

游乐园根据不同的节日和活动,让人派发不同的传单。姜小贞涂蓝的那次,游乐园做了蓝精灵的主题。

无论姜小贞看上去多么诡异,何玉还是每次碰到她都主动过去问好。

不论姜小贞是在狼吞虎咽还是在等餐,听到那个熟悉的声音叫她时,她都会立刻停下手中的事,回过头认认真真地给他一个微笑。

第九章 何玉我爱你

他们之间却也仅限于此了。

何玉不是没有邀请过她，他问她愿不愿意和他及他的伙伴们坐一桌吃饭，她回答说不想。他说"那我跟你坐一起，你吃完我再去找我朋友吧"，姜小贞还是不想。

她愿意和他打电话、发短信、单独出去，那些时刻，姜小贞显得活泼又话多。

可是，当他身边有朋友的时候，或者当他们走在容易碰见熟人的场所时，她便不会与他有过多的交流。

问及缘由，姜小贞言之凿凿："我讨厌别人用'你真走运'的眼神看我，讨厌别人用'你为什么要跟她玩'的眼神看你，讨厌别人的眼神在你的脸蛋和我的脸蛋之间不断地扫来扫去。"

何玉想回答的那句"不用管他们啊"轻飘飘的，他没法儿对姜小贞讲出口。

所以，他跟姜小贞同桌吃饭是在她打工一个月后，发工资的那天。

姜小贞单独约了何玉。

她到得早，选了小饭馆内最敞亮的位置，坐下后，盯着窗外的车水马龙发呆。

"这位小姐，您好。"

她的肩膀被人轻拍了两下，来人做作地清了清嗓子。

"我能坐您旁边吗？"

姜小贞拉开身边的塑料椅，上边放了一个包装好的大礼物盒。

她自然地将礼物往何玉怀里一推，示意他入座。

何玉微讶："送我的？"

姜小贞点头。

"我不要。"

他把礼物退还，明显不悦。

她懂他，他心疼她赚钱辛苦，买礼物浪费了。

"是很便宜的礼物啦，我用赚到的第一笔工资买的，是有纪念意义的，你得收下。"

纪念意义……

话说到这个高度了，何玉只好收下。

姜小贞没有撒谎，确实是不贵的东西，这稍微减轻了他的心理负担。

回到宿舍，何玉拆开包装，礼物盒中装着一个散发淡淡清香的枕头。

那是个绿豆皮枕头，摸一摸能听见"沙沙"的响声，据说这种枕头有非常好的助眠效果。

离何玉做噩梦、被姜明珍打醒的童年，已经过去了多少年？

她还记得他睡得浅。

相比儿时帮他维护睡眠的手段，姜小贞的长进可不止一点点。

何玉不自觉地微笑起来。

这个说着不要礼物的人当晚就开开心心地用上了新枕头。

姜小贞那边，同样收到了一份意外惊喜。

一整个月都在绞尽脑汁地给别人塞传单的她，今天被人偷偷塞了传单。

那是一张补习机构的宣传单——何玉悄悄放进她包里的。角落里，小小的招聘信息被他用黑笔圈了出来。

第九章 何玉我爱你

次日，姜小贞去传单上的补习机构参加面试了。

她的高考成绩优秀，上的大学也好，教起人来有板有眼的，机构对她很满意。不过基于姜小贞刚上大学、经验少，所以他们给她分配的学生是低年级的。

家教的工作一周四次，按小时收费，姜小贞刚开始一共负责两个学生。

总体下来，这样一个月赚的钱和发传单的差不多，两者一个费体力，一个费脑力。

上五年级的女生要补习的科目是英语，上六年级的男生要补语文。为了不误人子弟，姜小贞勤勤恳恳地看起五六年级的教材，结合学生的情况，帮他们出题、讲解、答疑。

何玉向姜小贞推荐家教的工作，本意是想让她不那么累。

但不累是不可能的，因为姜小贞并没有辞去发传单的工作。

学习、课业、两份工，她全部攥住，想着全都要完成到最好。

她太贪心，她需要的东西太多了。

女生宿舍里，大家变得亲近后直接的表现是熄灯之后叽叽喳喳的卧谈。

女孩儿们聊聊人生、聊聊理想、聊聊感情，你一言我一语。不过，姜小贞的声音不在其中。

她每天出去得早，回来得晚，在宿舍的时间基本上只用来洗澡和睡觉。

姜小贞没有参与舍友间的谈话，并不是因为她被排挤。

相反，大家很乐意让她参与，她们对这个独来独往、时常装扮怪异的胖女孩儿有一肚子的疑问。

她为什么总是那么忙?为什么晚上常穿着奇装异服回来?

常来宿舍楼下找她的那个超级大帅哥是谁?和她什么关系?

姜小贞学生证上的出生年份比她们大两岁,她是休学了两年吗?还是复读了?

开学过去了几个月,她们得到了一部分问题的回答,但有的问题依然没有答案。

姜小贞每天跟全宿舍的人说的话用一只手都数得过来。

舍友们齐心协力,她们主动找姜小贞搭话,向她展示她们的友好与热情,毫不掩饰那蓬勃的好奇心。

姜小贞没能成功交到朋友的原因在她自己。

之前在学校的经历给她造成了一定的心理阴影,她一见到那些漂亮又挺会来事的小姑娘们感情很好地抱成团,就不大敢和人家玩了。

即便姜小贞明显的难相处,她的舍友也没将她从"熄灯夜话"中除名,她们聊她们的,不会因为姜小贞在场就避讳什么。

说不定她听着听着,哪天想接话了,那便是再好不过的事情。

"话说,"隔壁床的女生按灭手机,开启话题,"你们有什么梦想吗?"

"有啊,我想当设计师,所以选的工业设计。"

"我也是,设计师听上去多么高大独立,有种职场丽人的感觉。"

"职场丽人?那肯定要承受很多压力吧。我的人生梦想是环游世界。等上班赚够了机票钱,我就辞职,出发去看尽天下好风光。"

姜小贞双眸紧闭,保持均匀的呼吸,催自己尽快入眠。

她的作业还没交,明天要早起,下午有家教课。对了,放学最好

第九章 何玉我爱你

能去趟银行,给她父母汇点儿钱……

"姜小贞,你有梦想吗?"只差她没有说,女孩儿们点了她的名。

熄灯没过多久,按理说她是不会这么快睡着的,姜小贞自己也知道。

黑暗中,她睁开眼。

梦想吗……姜小贞准备随便说上几句,合一合群。

该说什么好?

为什么选择工业设计?因为何玉在这个学校,工业设计是有限的非艺术生可以选的专业之一。人生理想?希望父亲欠的债能尽快还完,这算是理想吗?

这么说来,仅仅关于她自己的、她想做的事,姜小贞还没有想好。

她没有能拿得出手的、那种闪闪发光的愿望,也不太清楚未来要做什么。

编一个吧。

"我……"她刚张开嘴,话音就沉没于其他女生的更高的嗓门中。

当姜小贞睡着了或者不想说话时,她们心照不宣地绕过她,换了别的话题。

"李翠,你打算接受黑帽子的表白吗?"

"啊啊,我也想知道!黑帽子天天帮你带早餐呢,你这没同意又不拒绝的,是什么意思?"

李翠发出轻笑,仍旧没跟她们说出她的真实心意。

"我觉得李翠这么做,挺有道理的。干吗急着同意或拒绝,她是被追的,要有被追的态度。那个黑帽子等不了,李翠也不缺他一个追求者啊。"

"确实是，"先前打抱不平的女生立刻被说服了，"李翠长得美，身材又好，追她的人有一大把呢。前脚答应了黑帽子，后脚有更好的人来，那就可惜了。"

"不能这么说吧，不是什么可惜不可惜的，我是想更慎重一点儿。"李翠保持着足够的理智，一番话说得云淡风轻，"我暂时无法在他身上发现什么特别优秀的、能让我喜欢的闪光点，却也不存在太差的、我没法儿接受的缺点。所以先拖着，再看看呗。"

角落的床位，闭眼的姜小贞正在缓缓进入睡眠的状态。

她的身体太疲惫了，急需休息。

所以，她没有去听她们的谈话，专注于进入她自己的世界。

只是，偶尔会有一些字眼，它们不听话地钻到她的脑袋里，钻进她混沌的意识。

被追的人长得美，身材好。

追人的人暂时没什么特别优秀的地方。

再看看呗。

总要有点儿什么不一样的，构成被爱的缘由，两个人才可以谈恋爱吧。

都是这样的。

我爱你，因为你漂亮。

我爱你，因为你聪明。

我爱你，因为你和我最合拍。

我爱你，因为你对我最好，把别人都比下去了。

我爱你且你爱我，我们从对方那里找到了缘由，获得了平衡，便

第九章 何玉我爱你

能爱得有理有据。我们需要那个缘由去填补自己,成为在恋爱关系中牢靠的存在,去解释为什么偌大世界,我们会成为彼此的唯一。

姜小贞有一个喜欢的人,他的外表和心灵一样美丽。

他浑身上下有着数不清的、长长一串被爱的缘由。

对应的,他值得世上最最美好的人。

姜小贞不会去追他。他这么好,她见谁与他匹配,都会为他觉得可惜,更何况是她心知肚明的、最次的自己。

哪怕是她无法发现自己身上有什么是特别优秀的地方,假如她不是差得令自己也无法接受,她也会选择鼓起勇气表白的。

但她偏偏是丑陋的灵魂寄居于丑陋的身体。

"先拖着,再看看呗。"姜小贞也是这么想的。

拖着沉重的过去,她看向一片模糊的未来。

她有心要前进,迈向喜欢的人所在的方向,又忍不住觉得心怀侥幸的自己卑鄙。

凌晨两三点,整个校园的人都在好眠,除了极个别同学。

"着火啦!"男生宿舍传来的喊声宛如一道惊雷,先是小部分的人被吵醒,而后恐慌迅速扩散。

姜小贞隔壁床的女生不知是没睡还是觉浅,她扒拉着窗台看向对面,看到有烟冒出。

"大哪!对面的楼是不是着火了?!"

睡梦中的姜小贞听到这一句,模模糊糊地在脑中消化了一下。

男生宿舍……

她被吓得一激灵,猛地睁眼,彻底清醒了。

正看着热闹的女生被冲下床的姜小贞挤到了旁边。

"哪里着火了?"姜小贞近视严重,不戴眼镜看不清东西。

"对面啊!你看那里,冒烟了!"女生好心地帮她指了指。

男生宿舍楼传来骚动声,近视如姜小贞,也模糊地望见了那一抹不同寻常的灰烟轮廓。

她拿起眼镜、手机,随便披了件外套,冲出了寝室。

姜小贞一路跑向男生寝室,她给何玉的手机打电话,他没有接。

等她跑到男生宿舍楼下,已经有不少男同学聚集在空地上,姜小贞粗略一看,其中不见何玉的身影。

楼里不断有人往外跑,逆着人流,姜小贞朝里走。

没等进楼,她被好心的男生拦住了。

"里面着火了!"

"我知道,我找人。"她一脸焦急,攥着手机,看向茫茫的人群。

"他住哪层?"

"三层。"

她这么说,他们更不敢让她乱跑。

"二层起的火,火烧得那么快,三层早被波及了。你在安全的地方等吧,消防车马上来了,现在进去太危险了。"

姜小贞知道,可是,她想快点儿找到何玉。

跑出男生寝室的人越来越多,这时,姜小贞瞥见一张眼熟的面孔。

他们之前在小饭馆有过几面之缘,那男生是何玉的舍友。

她立刻冲向他:"何玉出来没?"

舍友取下捂住鼻子的手帕,冲她摇了摇头。

"你怎么不叫他啊?他还在睡觉吗?"

第九章 何玉我爱你

姜小贞声音尖厉,他们即便是站在宿舍楼外,也能感觉到火焰的热浪,她心里急得快要发疯。

舍友面露无奈:"我和他醒来得晚,但也算及时出来了。我跟他都快走到一楼了,何玉说有东西要拿,又跑回去了,我叫不住他啊。"

拿东西?这个节骨眼了,去拿什么东西?

有什么东西比他的命还重要?!

姜小贞死命咬着嘴唇,观察到那个舍友左手手臂圈着一样东西。

"你手上的……"

魂不守舍的舍友低下头:"是何玉之前出来时抱着的枕头。"

对于这个枕头,姜小贞熟得不能再熟,因为那是她亲自挑选送给何玉的礼物。

她脑海中闪过一个念头——绿豆皮枕头会不会成为何玉的遗物?

姜小贞迅速掐灭了不吉利的想法,瞎想!不可能!何玉绝对不会出事的!

她决定去找他。

抢了一床别人带出来丢在旁边的湿棉被,姜小贞头也不回地跑进了男生宿舍。

生死面前,人心恍如明镜。

只在那短短的瞬间,你做出了选择。

你一下子看清,什么是对你来说最重要的,那样东西值得你用生命去守护。

对于姜小贞来说,她心中的名字叫"何玉"啊。

和小猫咪对话、笑起来眉眼弯弯的何玉。

揭开她的伤口,字字带刺,却温柔地为她擦去眼泪的何玉。

回到黑漆漆的教室找她、背起她、谎称她一点儿都不重的何玉。

想要听她的故事,愿意做她朋友,不断鼓励她的何玉。

请她吃麻辣烫,中奖后毫不吝啬地将幸运分给她的何玉。

何玉被大火困在三楼。

拿完东西的他正要逃离火场,听到了走廊尽头的房间传来呼救声。

火势太大,那个寝室的门被烧坏了,只能打开半个手臂大小的缝隙,里面的人出不去。

何玉返回去帮他们,最后连自己也被困住。

倒塌下的门架阻断了他逃生的路,几个男生合力仍旧打不开门,他咳嗽起来,周围氧气稀薄。

门内的人有另一条逃生路线——窗户。

见门打不开,他们聚集到窗户那边求救。

何玉看见姜小贞的时候,以为自己出现了幻觉。

胖胖的女孩儿披着厚重的湿被子出现,魁梧沉重的身躯跃起来,一脚踹飞了他面前燃烧的门架。

"傻子!"姜小贞冲他吼。

确实是她。

"跑啊!"她声嘶力竭地喊。

她准备把湿棉被给他,何玉的手臂从后面圈住她,连带着她的肩膀和保护她的湿棉被一起,紧紧地圈住。

他们一起跑出来,和冲进楼里的消防员错身而过。

"三楼还有人。"何玉立刻跟他们汇报。

消防员护送他们出去。

第九章 何玉我爱你

一出火场,姜小贞大口喘着气,双腿一软,坐到地上。

甩开身上的湿棉被,她转身抱着何玉,大声地哭了起来。

太好了,获救了。

"你回去拿什么?"

他恍惚了一下,拿出怀中总是随身携带的那本素描本。

何玉脸上被烟熏灰,衣裤上有被火燎过的痕迹,素描本倒是完好无损。

"你是不是有病?!"姜小贞怒极大骂,"有那么重要吗?可以再画的啊!"

他被她骂得一愣一愣,像个做错事的孩子。

他一言不发、愧疚地将头深深低了下去。

"何玉!"

她忽然感到无法忍受,她必须告诉他。

何玉没有抬起头,姜小贞便又喊了一声。

"何玉啊!"

她说:"何玉,我爱你。"

他惊诧地看向她。

是的,惊诧。

姜小贞早就料到何玉会是这个反应。

躲开他的眼睛,她尽量让自己看上去镇定。

在他拒绝之前,在他们的关系变得尴尬之前,她飞快地补充道:"我说出来,并不是要跟你在一起,你不用对我说的话表态,不用有压力。"

令姜小贞庆幸的是,听见她没头没尾的表白,何玉没有顾左右而言他。

"好。"他说。

尊重她的要求,他顺着她铺的台阶下了。

没有表态,也没有露出为难的表情,他帮她护住了脸面。

姜小贞松了口气。

"不过!"她笑起来,问他,"何玉,你可以稍微等等我吗?"

他望向她,眼眸沉沉。

姜小贞又有点儿想哭了。

她揉揉鼻子,故作轻巧地说:"我姜小贞,会变漂亮,变成大美女,变成浑身都是闪光点的人!"

找回自己以往自信满满的、一往无前的模样,姜小贞像穿一件衣服似的,将它完完整整地穿上。

这样她说话时才能流畅。

"我的意思是,你不等我就去喜欢别人的话,一定、一定会后悔的。"

大概是这句话的句式太"姜小贞",走神了半天的何玉,终于回到现实。

他咬了咬唇,嘟嘟囔囔道:"你每次威胁人,都是同一句。"

想来也是。

姜小贞承认得干脆。

"嗯……"

第十章
故事的交互

妞妞尚未听姥姥讲到她故事中"打倒女配角的情节"。

年后不久,姥爷被救护车送进了医院。

中风复发……

姥爷原本是偏瘫,复发后病情加重,浑身只剩脚趾头和手指头能动一动。他不太说话,也不怎么吃得下东西。

妞妞的心里一直记挂着姥姥和姥爷。

从前姥爷意外中风,没有及时送医,姥姥面上不说,心中是责怪自己的。之后,她便寸步不离地陪在他的身边照顾。

打电话叫救护车的那天,外面大雪纷飞,大地上的一切都被覆上了一层白色。

姥姥披着一件单衣跑到巷口。

望着那条空荡荡的、车开进来的街道,她嘴里碎碎念:"怎么还不来啊?"

妞妞跟在姥姥后面跑出家门。

寒风吹得妞妞好冷,她仰起头,见到冰雪中姥姥的侧脸。

妞妞第一次看见姥姥流眼泪。

雪花片片落下，为她添上满头霜色，她伫立巷口，神情茫然无措，似一个迷路的孩童。

"姥姥……"妞妞轻轻叫了她一声，去牵她的手。

好冰。

姥姥的手太冰了，妞妞下意识缩回了手指。

姥姥注意到了她。

她看向她，手隔着妞妞厚实的外衣，揽住她瘦小的肩膀。

于是妞妞和姥姥一起凝视那片冰天雪地，等待救护车出现。

姥爷住院之后，妞妞的父母怕她添乱，没有带她去医院看望过他。

所以妞妞每天问她爸爸妈妈一遍："姥爷好些了吗？"

"好些了，"他们抚着她的小脑袋安慰，"你别担心。"

妞妞继续问："那姥姥和姥爷什么时候回来？"

他们陷入了沉默。

待她问的次数多了，他们选择正经地回答她。

"姥爷这次发病，又引起一系列并发症，医生建议他住院观察一段时间。所以妞妞呀，住在医院里，是为了姥爷好。"

妞妞愣了片刻，似懂非懂地点了点头。

妞妞再见到姥爷，是通过妈妈手机上姥姥发来的照片。

时间过去几个月，姥姥又帮姥爷理了次头发。

这次剪得很好看，剪完后她得意扬扬地拿出手机，要帮他照相。

她照了好几张，都照得不太好。

他看着太瘦了。

"哎呀，主要是表情不好。"

第十章 故事的交互

删掉照片,姥姥重新举起手机。

"你来学着我啊,要笑。"

她在镜头外,正对着他,喊完"三二一",做了个丑丑的鬼脸。

照片上,姥爷抿着嘴角,笑容淡淡的。

她把照片给他看。

"照得很好。"

那天他的神志比平时要清明,眼神恋恋不舍地在手机屏上看了又看。

他说:"要这张做遗照。"

姥姥反应极大地抢走手机,站了起来:"你说什么胡话呢!"

姥爷的语气平静,像在谈论天气一般稀松平常:"明珍,病情是越来越坏,我总归是越来越老。"

前几天新请的两个护工又被辞退了,她觉得别人做事不到位,照顾他总是亲力亲为。他这个病,病了这么多年,她就照顾了这么多年。

他看得见的是她衣不解带,为了他,她不再有正常的生活。医药费宛如投进一个无底的黑洞,换来那些没完没了的药片、检查以及安排上日程的手术。

他看不见却可以想象的是压在她心头的、压在家人们心头的痛苦、担心、焦虑。

姥姥没应他的话,转身岔开话题:"我出去买点儿水果。"

姥爷看着她走出房门。

她的脚步太快,以至于错过了他喃喃自语的那句话。

"明珍啊,我一直想问你……早知如此,你会不会后悔?"

当他大小便无法自理,她换掉床单时;当她每日帮他擦身,抚摸

为了让何玉后悔

到他萎缩的肌肉时；当他需要洗澡，她的肩膀扛起他的全部重量时；当他被推进手术室，她在门后等候时；当他明知会伤害到她，仍旧与她谈起"死亡"的话题时——姜明珍，你一定已经发现，你面前的人，不再是当初那个聪明、英俊、优秀，可以让你放心依靠的何玉了。他变得敏感、懦弱、无能，变成了噩梦，变成了你甩也甩不掉的累赘。早知如此，你会不会后悔？

何玉后悔。

无法动弹地躺在病床上，凝视着白色的天花板，他将拥有思考能力的全部时间，拿来后悔。

即使姜明珍从来不说，他也想给她一个解脱。

说实话，姜小贞后悔跟何玉表白了。

她的心中有很多乱七八糟的情绪堆着，现实生活又太忙，以至于她无暇去处理它们。

于是，它们对她最直接的影响就是食欲不振。

她每天按着三餐的时间，把黄瓜、生菜、西红柿当饭吃。

当肚子饿得咕咕叫时，姜小贞会拿出随身携带的镜子。

看一看自己的那张肥脸，她便一点儿胃口都没有了。

"何玉，我爱你。"

"你可以稍微等等我吗？"

"我姜小贞会变漂亮，变成大美女。"

一天到晚奔波着打工赚钱，姜小贞由着那些声音在她脑子里循环播放。

要他等她变成大美女是她说出的话。

第十章 故事的交互

姜小贞自己信吗？她不信也得信。

由于不再需要去饭馆吃饭，近来姜小贞都没有碰见过何玉。

何玉好像误会了什么，打过电话来问她为什么最近总躲着他。

姜小贞跟他解释，她忙，她是真的忙。

半工半读已经让她无暇分身。

如今为了变好看，姜小贞开始运动锻炼，每天早晚出去骑车跑步。

关于后面这一点，她没有对何玉说。

后来何玉又发了几次短信给她。

连着几次他约她，姜小贞都恰好有事。

何玉像是跟她赌气似的，回她短信的字数越来越少。

所以，即便是没有见面，他们俩也都察觉出两人间的气氛变得尴尬了。

有天，凌晨两三点的时候，姜小贞被手机的振动声吵醒。

迷迷糊糊睁开眼，她看到一条何玉发来的短信："可以。"

短信没头没尾的，就这两个字。

姜小贞打了个哈欠，起身翻看他们之前的短信。上一条他发的短信是问她要不要吃麻辣烫，她说自己那天做家教没法儿去，他便不再回复了。

通信内容是一星期以前的……

何玉回消息的速度可真是快，他现在才想起她不能赴约的事吗？

姜小贞悻悻然地关掉手机。

第二天，她早起去晨跑的时候，在女生宿舍楼的楼下，碰见了拎着豆浆油条的何玉。

为了让何玉后悔

他看上去一副没睡好的样子,倚着电线杆,双眼无神地盯着女生宿舍出口紧闭的大门。

时间太早,门还没开,姜小贞是从后门绕出来的。

看见他了,她没理由不去打个招呼。

"你等谁吗?"她从后面拍了拍他。

"啊?"

何玉慢了半拍才反应过来是她。

转身面对姜小贞,他支吾起来:"我……"

突然,他瞪大眼睛打量着姜小贞:"你是不是瘦了?"

这话姜小贞爱听,她减肥减了两个月,就为了这一句。

"哈哈哈,大概吧。"

姜小贞不太自在地挪了挪脚步,刻意藏起自己的七分运动裤下暴露出的肥胖小腿。

何玉没错过她的动作和她一身的运动装:"你是要去跑步吗?"

"嗯。"姜小贞有点儿走神。

她盯着何玉的身后,太阳还没出来,晨间的天气雾蒙蒙的。

"姜小贞,你看到我昨晚发的短信了吗?"他说话声音小,语气莫名地慎重。

姜小贞照实说:"看到了。"

两人等着彼此说话,默契地沉默了一阵。

"然后?"他问。

她不解地皱起眉:"什么然后?"

何玉叹了口气,一脸挫败。

"你要不要看看这个?"他抓抓后脖,从背包里掏出一样东西。

第十章 故事的交互

姜小贞没接:"这是什么?"

"素描本。"何玉走近一步递到她手边,"那次火灾,我回去拿的,还被你骂了。"

"哦。你要选画吗?是又要开画展了?"她连连摆手,"这事你可别找我,我对画没有鉴赏能力。高中你开的那个画展我去过,我除了能说画得很好以外,什么有意义的话都说不出来。"

他抿了抿唇,看上去很坚持:"你看看就好,可以不用评价。"

"嗯,下次吧。"

姜小贞长舒一口气,指向他身后:"你看,太阳快出来了,我再跟你说话,就跑不完一圈了。"

说完,也不等他应声,她冲他摆摆手,先一步跑走了。

"姜小贞。"

何玉喊了她一声,她没回头。

他想起来手上还挂着另一样东西。

"豆浆油条……"

他想追过去却已经太迟了,人都没影了。

大学的第一个寒假,姜小贞没跟何玉说一声,自己先买了回家乡的车票。

他打电话问她什么时候回去时,她已经在回家的火车上了。

等何玉回家,在他妈妈的店里也没有碰到姜小贞和她妈妈。

"她们去找小贞爸爸一起过年了。"范秀慧对何玉说。

"小贞上了大学变化好大啊,小半年没见,她瘦了挺多呢。她一来店里找阿茵,就说自己想要文眉、种睫毛什么的,小姑娘懂得爱美啦。"

范秀慧和徐美茵一起开店,对姜家的人称呼也全变了。

姜家太太现在是"阿茵",姜老板是"小贞爸爸",而从前的珍小姐变成了"小贞"。

他妈妈说话的语气高高兴兴,抬头见何玉的表情却不怎么好。

"你想什么呢?"

"没,"他打起精神笑了笑,"妈,我出去打个电话。"

姜小贞的电话很快打通。

"有什么事吗?"她压低了声音,莫名生分。

何玉被她影响,讲话也变得硬巴巴:"你什么时候回来?"

"不知道,得看我爸妈。"

"回来跟我说。"

"哦。"

两人无言一阵。

"你就这么忙吗?"他闷闷地问。

"是啊。"她说。

何玉有点儿忍不住了。

"我多久没见到你了?"

问题问得突兀,他语速变快,受委屈了似的。

"你每天有没有好好吃饭啊?"

能听见电话另一边的风声,姜小贞没回答他。

"你在听吗?"

"何玉,"她小声道,"我妈来了,下次再说吧。"

电话传来嘟嘟声,她挂掉了。

第十章 故事的交互

到了这个分儿上,说是没有在躲他,姜小贞自己都不相信。

她是刻意的。

她躲他,不敢见他。

变成大美女好慢的。

姜小贞坚持运动节食,可变瘦又不是一天两天就能做到的。

况且,瘦了的她也不一定好看,越是减肥,姜小贞的感受越深。

她的眼睛还是小,鼻子还是塌,皮肤还是差。她学习其他女孩儿们化妆打扮,相同的产品在人家身上的效果和在她身上完全不一样。

她让手艺和审美水平都高的妈妈帮自己做美容,文好的精致眉毛和她粗糙的脸蛋一点儿也不相称,假得可怕。种的睫毛就更糟了,她的眼皮到现在还肿得好大。

每天,照镜子是姜小贞最煎熬的事。

那天,何玉虽然没有答应等她变美,但他同样没有拒绝她。

姜小贞靠着这个"没有拒绝"坚持着,她对自己说:"我还有希望。"

但这希望一次次被镜子中自己的模样浇熄。

如果她不能变漂亮,如果最后她用尽全力依旧不够漂亮,怎么办?

姜小贞忍不住想,如果当初她没有和何玉告白就好了。

不告白就不用考虑被拒绝的可能,她可以偷偷地喜欢他,喜欢到天荒地老。

何玉喜欢别人、和别人在一起,她完全可以接受的。

本该如此啊。

她除了小时候敢误会何玉喜欢自己、幻想和何玉结婚,之后连想都不会去想了。

因为他们很不般配,所以想了会伤心。

其实,能做他的朋友她已经很满足了。

何玉和她一样非常重视他们的友情吧。

特意打来电话,他装得很凶,实际上说的话全在关心她。

姜小贞又更爱他了。

说完"下次再说吧",她匆忙挂断通话,将手机重重地捂在胸口。

她多么多么想见他。

今晚的姜小贞也决定不吃晚饭了。

年后的某天,何玉在百货商场偶遇了姜小贞。

起初他以为自己看错了,毕竟她答应过他,等她回来的时候会联系他……而何玉自从上一次的那通电话后,再也没有听到有关她的消息。

姜小贞穿了件新毛衣,是米白色的,看上去很精神。她的头发被染黄了,耳朵上戴着亮闪闪的耳钉,明显是特意打扮过的。

她身边的男生身材微胖,穿着和她同色系的帽衫,两个人有说有笑地乘着电梯往上层走。

当他们快要消失在他的视线里时,何玉紧了紧拳,跟了上去。

看到商场中"欢度情人节"的标语,他后知后觉了解到今天是什么日子。

他们要到顶层……那里全是餐厅。

姜小贞跟别的男生吃饭,而且是在情人节。

手扶梯快到的时候,男生伸出手虚虚地揽了一下姜小贞。

何玉忍不住了。

他唐突地上前,在扶梯旁叫住了姜小贞。

第十章 故事的交互

"何玉?"相比吓了一跳的她,那男生倒是更早一步喊出了他的名字。

何玉没搭理他,盯着姜小贞,语气很冲地问:"他是谁啊?"

她瞅了瞅身边的人,文文静静地回答他:"我朋友。"

这三个字不足以打消他心中窜来窜去的火,何玉看上去愈发咄咄逼人。

"你跟他在这里干吗?"

"我约她吃饭。"男生挺身而出,替她回答了。

"哦,你约她的啊。"何玉一副恍然大悟的模样,转头对他笑笑。

何玉会装,他从小就会装。

对于他讨厌的东西,他可以装作喜欢;对于他在意的东西,他可以装作无所谓。

他总是笑得好看,总是人群中最受欢迎的那个。

眉眼弯弯,他身上散发出亲近友好的气息。

当何玉要站过来,男生不自觉地为他让开道。

姜小贞不得不面对近在咫尺的何玉。

她耷拉着肩,脸上一点儿笑容都没有。

"我算是你的朋友吗,姜小贞?"

她想也没想地点头。

何玉应该继续装的,没道理每次遇到姜小贞就原形毕露,可他笑不出来。

他很大声地对她说话,整个人阴阳怪气到了极点:"那我约你,你没时间,他约你,你就有时间了?"

姜小贞深深地看了他一眼。

她的嘴巴动了动,又抿住,最终什么也没解释。

何玉哂笑一声:"祝你们俩玩得开心。"

他转身走了。

姜小贞没去追他。

要解释不过是几句话的事啊——这个男生叫赵福贵,是我高中珍贵的朋友。他的女朋友叫林雪媚,也是我在高中的好朋友。我带他们去看过你的画展,他们都很佩服你。我今天跟他们一起吃饭是临时约的,我早上刚回来,所以还没来得及联系你。

这么清白、这么容易解释的事情,为什么不说呢姜小贞?

"小贞,你真的喜欢何玉吗?"

吃饭时,听说了刚才的事,林雪媚这么问她。

"喜欢他真的好吗?"赵福贵替姜小贞叹气,"我一直感觉,他和我们不是一个世界的人。"

"是啊。"

她苦笑着附和,不知答的是哪个问题。

当晚,姜小贞收到来自何玉的短信:"一定要闹得这么别扭的话,还不如别喜欢我了。"

她抱着手机,对着这条信息哭到深更半夜。

然后她回:"你这么说真好,我早就后悔跟你表白了。"

之后何玉一个字都没再回。

姜小贞也没有找他。

这一次他们出奇地默契,断了联系。

寒假过后,姜小贞回到校园,照样打着两份工,坚持她的变美之路。

第十章 故事的交互

她买化妆品、买衣服,学化妆、学打扮,继续节食锻炼。几个月后,她终于攒够正畸的钱,去医院预约了医生拔牙,准备戴牙套。

"你考虑好了吗?"牙医对着拍出来的片子跟她说,"我的意思是你的牙不齐,其实呢,它不影响你的正常生活。如果做正畸,你得拔掉四颗牙,所需的时间也是很长的。"

"我要做,"姜小贞说,"它们让我觉得疼。"

医生摇头:"不可能疼的,像你这样的牙齿长歪是不会疼的。"

她目光定定,道:"就是会疼。"

躺在诊室中,姜小贞望着头顶的橙光。

拔牙时,她清晰地感到了痛。

她从牙根酸到下巴、喉咙,再连到心脏,牙齿的松动、松动后的拔起连带着一系列震动的崩塌,一些被埋得很深的东西,被用力地拽出、摊开,鲜血淋淋。

耳朵听到"呜呜"的声响,一阵头晕目眩中,她闭上了眼。

细碎的呜声在嗡鸣里化作更具体的声音,是某人的低语、是某种裂口。她屏住气息去听。

"你家明珍,太内向了。"

"姜明珍,丑东西。"

"姜大小姐?姜大肥猪还差不多。"

她的胸腔剧烈起伏。

眼角一热,她的泪水顺着太阳穴淌下,一滴接着一滴。

"很难受吗?"医生停下来,感到情况不太正常,"麻药没起作用?"

"难受。"

姜小贞哆哆嗦嗦的,语不成句。

"感觉很不好。"

"我害怕。"

"没事的,"医生安慰她,"你放心。"

他转头,准备给她补一针麻药。

"我会变漂亮吗?"身后的姜小贞猝然问道。

"戴牙套有概率改变脸型,但……"

她打断他,又问了一遍:"我会变漂亮吗?"

盯着她泛红的眼眶,医生长叹一口气。

"你们这些个小姑娘,外貌有这么重要吗?"

姜小贞点点头:"嗯。"

"好吧,"他对她笑笑,"那你会变漂亮。"

姜小贞也笑了。

她的嘴唇没有知觉了,但她尽力扯起嘴角。

漂亮很重要。

一路成长至今,因为外貌受的冷眼嘲笑早已成为姜小贞再自然不过的日常。

她本可以在自己的小小世界中骗自己说"我最漂亮",闷声不吭于此静候属于她的季节到来,或者永不到来。

可光啊,它闯进她的世界,好明亮,好温暖。

她走近光,借着光,看清自己真正的模样。

她被光灼伤。

越接近越难堪,越接近越感到自己多么丑啊。

姜小贞不敢再看着光。

第十章 故事的交互

她缩回手,缩回自己小小的世界,攒了劲要变漂亮。

她要像毛毛虫变成蝴蝶一样,有朝一日褪去沉重的蛹壳,展开令世人瞠目结舌的五彩翅膀,使她足够在大大的世界中,与光共舞,闪闪发亮。

医生拿起针。

姜小贞乖乖配合,把眼睛闭上。

戴上牙套后,姜小贞的牙齿终日酸软。

她把一日三餐全换成好咽的白粥。

舌头舔过牙齿消失后留下的空洞,舔过牙套细细的铁丝,一种紧绷的痛感让她皱起眉头。姜小贞饿的时候就这么干,然后她就不怎么想吃东西了。

有一天,她没吃饭就去上家教课。

从学生家里出来走了一段楼梯,颠着颠着腿一软,姜小贞摔下了楼梯。

穿着牛仔裤,刚摔的时候痛感不强,她拍拍裤子,爬起来去坐公交车。

在公交车上,瞥见车门的反光玻璃,姜小贞见到膝盖处被血浸红了一块。

她惊讶了一瞬,视线很快被其他东西吸引。

"那是我的腿吗?好细啊。"

她抬了抬脚尖,玻璃中姑娘的腿也动了动。

最近,她竟然不知不觉瘦了这么多吗?

姜小贞好开心,迫不及待想要跟人分享这个好消息。

她点开手机的通话记录,翻找着那人的名字,翻到底却没见到他。

手机上设置了两个月以上的通话记录会被自动删除。

他们竟然已经这么久没有通过电话了。

姜小贞是在过完二十二岁的生日之后悄悄变得好看的。

她找到了适合自己的妆容、发型、服装风格，坚持减肥有了显著成效，她的身体像被放了气的气球一样瘪了下来。

徐美茵跟姜小贞通话时，不住地为她感到骄傲："虽然我们小珍做什么事都比别人波折一些，但没有关系的，波折过后的结果总是好的。"

家里的美容生意蒸蒸日上，姜元和徐美茵让姜小贞不要再寄钱回家，家里的经济压力已经小了很多。

一切都变得越来越好。

同宿舍的女生、同班的同学跟姜小贞的交流并不多，可他们不讨厌她，不排斥她。

相反，见到她这么努力生活、努力变漂亮的样子，他们暗地里佩服她——姜小贞好厉害。

姜小贞意识到自己变好看正是因为同学和舍友们的询问。

"小贞，你今天穿的衣服真好看，哪里买的呀？"

"你这个眼妆化得好干净啊，眼睛看上去深邃了好多。"

"姜小贞姜小贞，你的包包是什么牌子的？"

"小贞啊，你的皮肤变得好好哦，有没有什么护肤秘籍能分享一下啊？"

姜小贞的好看是会打扮的小姑娘的那种好看。

扬长避短的服装掩盖了她身上减肥不到位的部分，修饰脸型的发

第十章 故事的交互

型将她的脸缩小了一圈,多次实践后找到了最适合自己的粉底色号、口红颜色、放大眼睛的眼妆和美瞳片、让鼻梁挺拔的鼻影与高光和削尖下巴线条的阴影粉……

一个不合格的底子经过她细心的经营,终于够上了大众的审美。

姜小贞一直记着何玉对她说过的话。

高中时,他谈起他练习普通话是因为在意别人嘲笑他的口音。

她问他:"为什么要为别人的审美妥协?于你而言,这很不公平,不是吗?"

"是不公平。"他说,"可我自己介意的话,那就改掉它。"

如果想改变就去改变,正视自己的丑陋。姜小贞正是这么做的,听上去是一条正确的道路,不是吗?

可是,也就是在她二十二岁的时候,姜小贞整个人像是忽然醒过来了。

这个社会、周围这些人在接纳她、欢迎她走出自己的世界。

当姜小贞站在人群中,多年被她封闭的、别人对她的嘲笑顷刻间全部被她听见了。

她意识到自己有多丑、多讨人厌。

从前那一声声的嘲笑——丑女、肥猪、怪胎、告状精、自闭儿、假公主,如今被洗清了几分?它们是能够洗清的吗?

"加油啊姜小贞,你做得很好。"周围的声音不断地鼓励她。

受到称赞的姜小贞却变得越来越话少。

加油。

加油是要继续往前走,是仍旧不足,是维持现状撑下去。

加油到什么程度才足够摆脱这个灵魂、这副躯壳?

眼睛要再大一点儿，鼻子要再挺再小一点儿，胳膊要再细一点儿，脸要再白一点儿……姜小贞挑剔地揣着镜子，翻来覆去地照。

她拽着腰上、腿上因为迅速减肥显得松垮的皮肤，把自己掐到痛，掐出痕。

好丑。

减肥了还是丑。

怎么会这样？再减一点儿吧，很多地方还要再减一点儿。

她记不起什么时候正常吃过一餐饭，闻到荤腥甚至反射性地想吐。

"加油姜小贞。"打起精神，她朝镜子中的自己挤出一个微笑。

她要怎么去承认自己其实已经撑不下去了？

走到现在，她一直憋着一口气。

她继续加油，继续咬着牙，可她离到达目的地依旧遥遥无期。

那次，姜小贞忐忑地拨通了何玉的电话。

那边很快接通，熟悉的声音礼貌地问道："你好，请问你找谁？"

他删除了她的号码。

王八蛋。

姜小贞发誓会永远讨厌何玉。

姜小贞再次看见何玉的名字是在大四毕业晚会的名单上。

她路过校门口的公告栏时，恰巧见到那张宣传单。

晚会在学校礼堂举行，何玉是当晚的参演人。

宣传语用艺术字体写着"与校园挥别，朝未来迈进"。

姜小贞盯着那行字，忽然感到恍惚——他毕业了。

毕业之后，何玉会去哪个城市？他会做什么工作？

第十章 故事的交互

他们闹翻之前,总觉得离那一天还好远,从没有进行过讨论……

深吸一口气,姜小贞又想:不过,像何玉这么厉害的人,去哪里都能过得很好吧。

毕业晚会的前一天,熄灯前的夜聊,舍友们讨论着她们想去看看大四的晚会。

"我们能去吗?只有毕业生能参加吧?"

另一个舍友回答:"礼堂位置那么多,我们坐后面看,谁会注意我们啊。"

是啊,不会被注意到吧?要去吗?姜小贞问自己。

第二天,她有课有工作,忙忙碌碌,足够充实地把一天过完……

可是,她减肥这么久,花了这么大的力气变漂亮,何玉全都没见到。

姜小贞决定,明晚的家教课跟她的学生请一次假。

一整天,姜小贞都在使尽浑身解数打扮自己。

她洗了个澡,精心化了三个小时的妆,卷头发,换来换去选最漂亮的裙子,喷香水,在耳环、项链这样的小配饰上也用足了心思。

最后,对着镜子里的女生,她露出了满意的笑容。

月上枝头。

待姜小贞终于迈出宿舍,正好撞见回来的舍友们。

从她们口中,她知道了毕业晚会已经开完。

"礼堂的人全走了吗?"姜小贞小声问。

舍友没察觉她面上失意的神色,直言道:"是啊,散啦。"

姜小贞恍恍惚惚地点点头。

"咦?"她们定睛一看姜小贞的穿着打扮,纷纷夸赞,"你今天怎么这么好看?要去哪里玩吗?"

那个名为"好看"的字眼轻飘飘的,犹如一个开关,让无精打采的姜小贞复活。

"我……"她捋了捋头发,抬起头,对她们说,"我去见一个人。"

语罢,不等她们再问更多,她往宿舍楼下跑去。

她踩着细细的高跟鞋一路跑,跑过小树丛,跑过小卖铺,跑过操场,跑向礼堂的方向。

夜风掠过耳边,姜小贞朝着心中唯一的目的地奔跑,祈祷他能等等她。

她明明是向他跑去的。

他不知道的话、没机会知道的话,姜小贞怎么办?

所幸,礼堂周围的灯光仍亮着,隐约可见几个稀疏的人影。

姜小贞眼尖地发现几个穿演出服的人,气喘吁吁地过去询问。

他们告诉她,礼堂已经没人了,表演的人员走得也差不多了。他们没看见何玉,他要是没走的话,有可能还在后台。

见姜小贞焦急的模样,他们为她指了后台入口的方位。

她道谢后,半点儿不敢耽搁,又是一阵跑。

穿过长廊,再往前走是化妆间,姜小贞心下一喜,因为她听见了何玉讲话的声音。

他还没走!

姜小贞揣着自己怦怦乱跳的心脏,咬紧牙,一鼓作气冲进化妆间。

眼前是一排大镜子,光线充足,她闯进来时,何玉正在和一个女生交谈。

他们同时朝她望过来。

第十章 故事的交互

何玉真好看,有着清俊的脸蛋、明亮的眼睛。他的嘴角藏着一抹笑,没来得及收起,她正好进来,沾了别人的光,也见着了一眼。

姑娘卸完了妆,素着张脸,眉不描而黛,唇不点而朱,皮肤在灯光下白皙清透,看不见毛孔般完美。

姜小贞看着他们,脑海中闪过的念头是"好登对"。

她忍不住移开目光,猝然瞥见镜中的自己。

浓艳的妆容修饰着五官的缺点,在这强光下,显得她的脸僵硬异常,像戴了副面具似的。

姜小贞低头扯了扯裙摆,自嘲地笑笑,盛装打扮做什么?她又不是主角。

她叫姜明珍的时候,就爱抢主角当,扮家家酒必须她是新娘。

后来披着姜明珍碎片的姜小贞依然爱当主角,吸引眼球的事没少干,一身公主裙穿得人见人厌。

这一次,姜小贞当不了主角了。

她很清楚,没有哪一次比这一刻更清楚,她永永远远不可能获得那种天生丽质的美丽,她并不足够与心上人相配。

心中泛起酸酸的泡泡,姜小贞转身走出化妆间。

她不意外何玉会追来。

他是那种心肠特别好的男孩儿,从小到大一直这么好。

幼儿园的姜明珍接受过他递来的拖鞋,高中的姜小贞被他从熄灯的学校里背出来,大学的姜小贞给他添了麻烦,他却还是追过来。

听到脚步声,姜小贞便回头了。

他们隔着一段距离,礼堂的灯关了。

她对他笑了一下,不清楚他能否看见。

"我们还能做朋友吗?"他问。

何玉的声音远远的,他的音量并不小,可是,就是远了。

"不要了吧。"姜小贞说。

她举起手,冲他挥了挥,算作道别。

何玉看上去没什么要说的了,姜小贞等了他一会儿,他一动没动。

她只好先走。

"你没有勇气面对我,没有勇气要我继续等你。唯独在离开我的时候,你这么决断,不缺勇气。"

她的脚步没停。

姜小贞听到何玉说的话了,他说得没错。

错的是她,她错了很多。

"姜小贞。"

他没有追,他放她走掉,他说:"那我不等你了。"

姜小贞喉咙一哽。

她有话要说。

她知道,再不说点儿什么的话,一切都晚了。

何玉和她之间有误会,她得解释的。

姜小贞想啊想,该从什么事说起?好像那些小小的事情也不值一提,像她一样不值一提。

她好想告诉何玉,她爱他。

可惜,她过不去自己那一关——从她知道自己爱上他的那一刻起。

没有一样拿得出手的东西能让她鼓起勇气,能让她说服自己"何玉非等她不可",更别提让她去说服何玉。

姜小贞自己都不相信,等她能等出好结果,她自己都觉得自己

第十章 故事的交互

差劲。

她没有勇气。

从前她一无是处,只余勇气;如今她站在这里,两手空空,选择缩进乌龟的壳里。

心脏一抽一抽的疼,姜小贞的脑子好乱。

她太累了,这段时间好吃力,她想尽快结束。

为了不要又在他面前掉眼泪,她再度穿上了那件国王的新衣。

"不等就不等吧。"

她的最后一句话,头也没回地说:"你会后悔的,何玉。"

姜小贞分不清自己说这句话的用意。她是想要让何玉后悔没等她,等她再接再厉变好后让他侧目,还是单纯地想让他对自己讨厌得更彻底。

在姥姥短暂离开的一个下午,姥爷悄悄地闭上了眼睛。

她回来时叫他的名字,没将他叫醒。

姥爷又进了一次手术室。

漫长的等待后,手术室的门被打开。

"看这几天了,"出来的医生说,"守着他吧,能醒就没大碍。"

妞妞妈妈掐着姥姥的手,目光一颤。

"您的意思是……"

"嗯,他也有可能醒不过来,你们做好心理准备。"

从手术室被推出来后,姥爷一直昏迷。

妞妞也到医院来跟姥爷说话,给他鼓劲。

当孩子长时间凝望着病床上的老人时,她忽然对他感到陌生。

记忆中的姥爷仍是年前的模样，板着张脸，跟姥姥在院子里斗嘴。姥姥让他笑一笑，用手去提他的嘴角，他转头咬住姥姥的手指，她呼痛着拍他，他却不肯松。

如今的姥爷，脸庞枯黄瘦削，插着呼吸机。

身上密布的管子，连通到床侧的一台台仪器，它们填满他的病房，监控着他的病情。

姥姥始终陪着姥爷。

她坐在他床边的小凳子上，缓慢地为他织着一件过冬的毛衣。

她时不时看一眼他，然后低下头，织呀织。

织得无聊了，她又看看他。

妞妞叹了口气，从病床旁走开，转身蹲在姥姥身边，抬头看她。

"姥姥，你觉得姥爷能听见我们说话吗？"

"不知道啊。"

姥姥没停下手里的活儿，斜了一眼安静躺着的姥爷："他有可能听不见，有可能听见了不理我们。"

她本该是最心焦的人，送姥爷到医院的那天，妞妞见过姥姥的眼泪。现下，家里人人愁容不展，担忧姥爷的状况，姥姥倒成了最平静的那个。

"姥姥。"

"嗯？"

"我想听完姜明珍的故事。"

何玉听见姜明珍的声音。

她正给他们的外孙女讲那个没讲完的故事。

他看不见她们。

第十章 故事的交互

身体无法动弹,他好似在黑色的水面上漂浮,有一块巨大的、遮天蔽日的黑布,将他与她们分隔开了。

外孙女的声音远远的。

她问姥姥:"姜小贞真的要放弃何玉了吗?"

"是啊。"姜明珍答道。

听到她的回答,何玉顿住脚步,心头涌上一股强烈的酸楚。

这股莫名的情绪宛如一粒石子落入他意识的海,原本死寂的水面因为石子的惊扰泛起圈圈涟漪。

他的眼前不再是无穷尽的黑色。

姜明珍继续讲着故事。跟随她的叙述,他四周的环境飞速变换。

何玉想起她所讲的这一段是在故事的什么时刻了,他的意识变得清晰,这使得他看清了周遭……

他回到了大四毕业晚会结束的那个晚上。

他的意识交汇于她的故事之中。

夜很深了。

年轻的姜小贞踩着高跟鞋,从大学的礼堂离开。

年迈的何玉下意识地追过去,他转动身侧的轮椅,这个动作让他发现,自己的身体是用双脚站立的。

于是他朝姜小贞跑去。

姜小贞走得好快,而如今的何玉已经太老了。

他脚步深深,呼吸沉沉,没走两步就开始大喘气。

他试着喊她。

她没回头。

她说，姜小贞真的要放弃何玉了。

还要追吗？不然不追了吧。

何玉的心脏突突地疼。

这种失落的、无力的感觉好熟悉。

成长的路途、分离后的再见、熟识后的又一次疏离……他无数次凝视着姜小贞的背影，心里在问：姜小贞，你在想什么？

你在想什么？

她管他叫小狗，却在画《我的朋友》时画了坐在地瓜山上的他。

她家道中落，却依然如儿时那般端着公主的架子。

无人在意卫生委员的职位，她却当回事，尽职尽责，骄傲地站上主席台领锦旗。

为什么哭呢？

她明明是一副谁都没法儿欺负的模样，从没有打过败仗，为什么哭呢？

明明生活在变好，她也变得越来越好，为什么丢失了勇气，开始退缩呢？

明明说过爱他，明明要他等的，她为什么放弃了？

何玉不懂。

他无数次凝视着姜小贞的背影，感到茫然的失落。

她是真的要走、真的要放弃他了吗？

姜小贞身后的何玉停住脚步，望着她耷拉着肩膀远去的身影，他的耳边响起了姜明珍苍老的声音。

她深深地呼出一口气，声音听上去很累，像身处冰天雪地的人拽着一袋拽不动的水泥。

第十章 故事的交互

一瞬之间,他宛如能窥见她内心那般神奇。

"姜小贞放弃了喜欢何玉这件事。"

"当她放弃之后,她重新审视自己走过的人生,见到了一派无意义的空洞。"

"她为了他来到这个学校,在硬选的专业上了两年课,完全不是她感兴趣的。"

"为了足以和他匹配,她拼命变漂亮,迎合人们的审美、在意别人的目光,结果却被自卑推入更深的深渊。"

"全搞砸了啊,她想。"

何玉看清了姜小贞前往的方向。

她沿着教学楼的阶梯一层一层地往上走。

她要去往顶楼。

何玉不记得他们的故事中有这一段。

原本就没有吗?或者,是他对此并不知情。

往顶楼走去的、失魂落魄的少女分明是要寻短见,但他认识的姜小贞不是那么脆弱的人。

脆弱的人……

何玉望向她来时的礼堂的方向,他知道,在那一片漆黑的寂静中,有一个年轻的男人。他紧紧地皱着眉头,等在原地,脚下宛如生了根,无法动弹,恰如现在这个同样被黑暗渐渐吞噬的他。

脆弱的人自始至终是他才对。

寄人篱下的乡下小男孩儿小心翼翼地讨好家里的大小姐。思念亡父的他每日做着噩梦,躲在保姆房,抱紧画不出颜色的水彩笔。被同学排挤，他佯装不在意，变得寡言，却默默训练改掉口音。他跟着母亲回到乡下讨债前，童年见到她的最后一眼，是豪华大酒店中央丑丑的小公主那无忧无虑的笑靥。

他在意姜小贞怎么看他，在意那双眼睛里是否仍有轻视。

他用最坏的想法去揣测她，他们本不该靠得这么近，那他便可以装出云淡风轻的样子，高高地端起自己，不必忧虑再被看轻。

如果她没有跟他表白……

是她说爱他的。

为什么爱？是不是真的爱？会不会永远爱？

是不是后悔了？为什么犹疑？为什么没有坚定地坚持到底？

年轻的何玉面对姜小贞的彷徨，选择了不懂事地跟她斗气。

年老的何玉拥有姜明珍的坚守，却选择先一步松开她。

脆弱的人自始至终是他自己。

她要是知道了，肯定也会怪罪他的。

"姜小贞不怪何玉。"

苍老的声音牵动故事，牵动他的脚步。何玉抬起头时，见到姜小贞正在走阶梯，她瘦了好多，驼着背，细长的腿像纸张一样雪白。

他走在她的后面，隔着一段不远又无法超越的距离。

潮湿的、漫长的楼道里，惨淡的月光下，她的呼吸好吃力，脚下分明是水泥地，却每一脚都像迈进了泥泞。

"她回想自己的整段人生，最好的事情就是遇到了何玉。"

"姜小贞也不怪爸爸妈妈，他们倾尽所有去爱她、保护她，将所有的希望寄予她。"

"姜小贞只怪自己。"

第十章 故事的交互

天台的门被一把拉开,涌入楼道的凉风夹杂着浓厚的水汽。

这股凉意让何玉感到了重回人间的真实。

叙述的背景音不见了,取代它的是雨声与风声。

那是年轻的姜小贞,她的容貌在月光下如此清晰。

她在哭。

泪水从眼角滑落,掠过憔悴的双颊,滴落于空寂的黑暗。

跨过敞开的大门,她毫不犹豫地迈进雨幕。

何玉一激灵。

"不可以!"

他追过去,跳出旁观者的镇定、故事的虚拟,从纷乱的思绪中忽然抓住了一缕发丝。

姜小贞的发丝从他的指间溜走。

雨水穿透他老人斑密布的手背,落入水里。

姜小贞在拨电话。

他走到她的旁边,见到她按下她妈妈美容店的号码。

他陪她听完一连串单调的嘟嘟声。

时间太晚,姜小贞的求救无人回应。

她在电话挂断后张开口,声音是局促的、懊悔的、困顿又疼痛的,像一尾被钩子钩住的濒死的鱼。

她说:"妈妈,对不起。"

"当我想说点儿什么的时候,只觉得很对不起。因为这么想逃走对不起,因为搞砸了对不起,因为太脆弱对不起;因为辜负了别人的期待、辜负了自己对不起;因为没能打起精神,反而每况愈下对不起;因为回不去又没法儿往前走,选在这个时刻放弃对不起。"

怎么会这样？何玉不相信。

"你醒醒。"他冲她喊。

他想要摇晃她肩膀的手却触不到任何实体。

他们是彼此世界中的幻影。

"姜明珍，快醒来。"

她合上电话，眼神空洞地往天台的边缘走去。

她在七楼，跳下去必死无疑。

何玉打开手臂，一次次拦在她面前。

他跟她说话，乞求她能听见。

"这不是你啊明珍，你知道什么样的才是你吗？

"小朋友不跟你玩，扬起下巴哼声走掉的是你；家道中落却仍旧做着小公主，肩负起爸爸妈妈梦想的是你。那些人的欺凌、嘲笑、蔑视，它们都没办法打倒你。

"我们再次相逢的那年，你把你爸爸的饭店重新开张了，你是雷厉风行的女老板、女主厨，把饭店的生意经营得风生水起。生我们的宝贝女儿时，你难产大出血，你扛着疼痛、保持清醒，挺过来了。我老年中风，你在家照顾我，你的身材比我还瘦，把我扛上扛下，你却没喊过一次累。"

所以何玉想啊，即使他先一步走了，她也能撑过来的。

他的妻子是勇敢的、厉害的、无坚不摧的一个人。

姜小贞跨过栏杆，一只脚悬空了。

她直勾勾地看着令人胆战心惊的七楼的高度，表情平静。

姜小贞听不见啊，何玉确定。

她的模样很年轻，她的眼眸很陌生。

第十章 故事的交互

这是青年的姜明珍。

复杂的、麻烦的、不合适的、满是缺点的少女姜小贞。

她的另一只腿翻越围栏时,何玉不假思索地和她一起翻过去。

后背朝外,他以一个拥着她的姿势等待坠落。

让她醒来,怎么醒来呢?在拥紧她的刹那,何玉猝然想通。

这个姜小贞,也是他的明珍。

她是令她自己唾弃的一部分。

她没那么好,他知道的。

可何玉爱全部的姜明珍。

何玉不曾得知姜小贞的这段往事,但他知道她走过来了。

她将经历那段艰难的时期,像她人生里曾经走过和将要走过的难关那样,她独自经历,凭借自己的力量克服。

只是,如果他当时知道,如果他当时就在那里……

姜小贞翻越围栏,向下倒去。

洒向校园的大雨里,烈风吹动裙角,她纷杂的烦恼被解开,张开双臂后,宛如投入谁的怀抱那样安心。

唯一想起来的,是她蓦地睁开眼,望见心爱的人近在咫尺的、与她一同坠落的忧愁的眉眼。

时间停滞在这里。

何玉的后腰被一双手臂向内收紧的力道带回到天台之上。

预想的疼痛没有到来,应该说一点儿都不疼。

垫在他身下的姜小贞仰躺于水泥地,龇牙咧嘴,一脸的吃痛。

"你没事吧?"

他连忙松开她,查看她有没有大碍。

姜小贞黑黝黝的眼睛盯住何玉的脸。

推开他的手,她语气紧巴巴地开了口。

"你怎么在这里?"

他怎么会在这里?

低下头,何玉的神情滞了一滞。

他看到自己的白衣黑裤白球鞋、活动自如的四肢以及肩上的背包带。

错愕之后,他"扑哧"笑出声,心下清明。

向地上的她伸出手,何玉说道:"我后悔了,姜小贞。"

"其实,大四毕业典礼那天你来找我,我好高兴。我想对你说的话一直没变过——我会等你。"

她的脸皱起来,心情像是被人揉坏的一张纸,湿漉漉的、饱胀的酸涩忽地无处躲藏,全部通过她的眼睛涌出来了。

"哭什么啊,傻瓜。"

他揩去她的泪水。

凉风细雨,无光的夜晚。

何玉的温柔是一件厚厚的大衣。

不知道能在这个世界停留多久,他使尽浑身解数地哄她,为她做多一刻的止疼剂。

"你愿不愿意和我在一起?"

她傻傻地点点头,继而又用力地摇头。

"你这一刻的同情会拖累你的。别对我怀抱期待了,我不会好起来,还会变得越来越差。"

第十章 故事的交互

姜小贞的表情死气沉沉,眼角眉梢写满颓丧,从她迈上天台的那一刻起,她已经自我放弃了。

何玉联想到另一张脸。

躺在医院的病床上时,他在镜子里见过那张脸。

行将就木的、老去的他的脸。

所以他是理解的,姜小贞讲的话、要表达的意思他全都懂。

可是……

"甘愿被拖累的那份感情,"他深深叹了口气,"不是同情啊。"

何玉明明知道的。

他一次次否定姜明珍,他的日渐消沉为她带来伤心,他眼见她肩头沉重的担子,想要给她一个解脱。

何来解脱呢?

衣带渐宽终不悔,为伊消得人憔悴。

她的陪伴,她的照顾,她这些年来做的一切……她对他的感情从来不是同情。

"看着我呀,姜小贞。"

他捧起她的脸。

姜小贞抽泣不止,何玉不厌其烦地为她抹去泪水。

"我们在一起,我跟你一起,我们一起等,等你变漂亮、变得有信心,等你喜欢上自己。"

她终于看向他:"如果等不到呢?"

"那也没关系。"

"为什么?"

"我爱你。"

风雨为这一句停滞。

天地间只余那三个字的余音。

姜小贞咬着唇,眼里的泪滴不滴,脸上是困惑的神色。

解下背包,何玉把手往里一探。

果然在——他年少时从不离身的素描本。

它被他交到姜小贞的手中。

何玉的故事里也有姜明珍不曾得知的片段被存放在其中。

姜小贞翻开它。

她蹙起的眉头,被一页页纸张轻柔地抚平。

你不一定爱全部的自己,但世上有那么一个人,他会爱你的全部。

她不是大眼睛,不是尖下巴,脸蛋肉乎乎的,总是看起来不够聪明。

那个人群中笑得最灿烂的小白痴呀,她有漂亮的公主裙,有亮闪闪的蝴蝶结。她毛茸茸的碎发在暖光中朦朦胧胧地发着光,像一颗没有被水洗过的桃子,质朴天然。

夜晚的路灯下,她独自一人,手中气势汹汹地攥着个塑料袋,表情凶巴巴的。似有风吹拂过她的耳廓,她的长发向后扬起。她无论要走向哪里,眼神都那么坚定。

车后座睡得四仰八叉的少女,脸上是贴歪的双眼皮贴、蹭掉的唇彩和没有画好的眼线。少女蜷着的拳头垫在胸前,微卷的发丝贴在酡红的双颊,像小猪幻化成的妖怪。她睡得好甜。

世上有一个人,他爱全部的你。

他看得见你的美丽,藏在强忍着不落下的眼泪中,藏在跌跌撞撞站起来的勇敢中,藏在为自己加油的呐喊中,藏在不合时宜的公主裙中,藏在口是心非的某次倔强中,藏在苍老的眼角褶皱中。

第十章 故事的交互

纵然你漏洞百出,他也依然觉得你美丽。

不论是经历情感的易逝,还是时光的荏苒,在他的眼中,你将自始至终美丽如初。

"你会不会后悔……"

姜小贞合上画册。她早就不哭了,扭扭捏捏地拿眼角余光扫着何玉,声音怯怯地问:"对我说完'我爱你',余生会被鬼缠上的,你会不会后悔?"

"不后悔。"

他话音未落,姜小贞已等不及。

她起身一个飞扑,撞进他的怀里。

与幸运无缘的姜小贞攒着她的运气,兑到了人生的头奖。

"何玉何玉,我也爱你。"

何玉,你可知,姜明珍这一生同样地深爱着你。

你对她说,没有关系。

因为爱,所以没有关系。

不够完美,会被包容;做了傻事,会被原谅。

生病了,不会被抛弃。

是心甘情愿地爱你、疼你。

"何玉。"

他听见来自远方的声音,手指抚过姜小贞褪成银色的发丝,他看见年后纷飞的一场白雪。

冰天雪地里,苍老的她在家门前声声呼唤着他,怀中揣着为他刚织好的毛衣。

近在耳边的、熟悉的、温暖的、久违的声音响了起来。

"回来吧,何玉。"

他看见她的口型在说:"我在等你。"

何玉做了一个漫长的梦。

梦中的他参与了姜小贞的过往,在迷惘的她最需要他的时刻,他出现了,紧紧地抱住了她。

梦的结尾,姜明珍喊他回家。

是她的声音、她的思念将他从混沌的意识中唤醒。

何玉睡了个饱觉,在一个阳光充足的午后苏醒。

金黄色的光线透过窗户洒入房间,天花板映着一团团絮状的花纹,风一吹,纹路延长晕开,是来自窗帘上的图形。

他想,风使它们有了形状,落在他眼中像投石湖中,留下一片晕开的水波。

梦中的雨季悄然过去。

室内的暖气,干燥的被褥,被妥帖掖好的被角……随即,感观回到他的身体。

何玉听见近在咫尺的,另一个人的呼吸。

他望向病床一边。

姜明珍靠在边沿小睡,双眸紧闭,呼吸声轻轻。

一头银发在阳光中被晒得仿佛化开,柔软又耀眼得剔透晶莹。

他瞥见床头柜上摆着的花束,花瓣洁白,小雏菊拥有明媚的笑脸。于是他很自然地抬起手,摘下那朵小花,稳稳地将它戴到她的耳边。

姜明珍的眉头一皱,小花跟着微微一颤,何玉连忙屏住呼吸。

有惊无险,没有把她吵醒。

第十章 故事的交互

他弯了弯嘴角,听着她吐息的步调。

一下一下,他跟着她吸气呼气,与她同一频率。

上一次妞妞问他问题:"姥爷,何玉后来后悔了吗?"

和之前的回答不同,他想这一次他会说"我后悔啦"。

如果可以回去,他要回到五岁初见时,回到姜明珍对他第一次撂狠话之前。

馒头脸的小新郎双手慎重地捏住红布边缘,往上一掀,见到盖头下的小女孩儿那双饱含期待的眼。

他要告诉她,在见第一面时就告诉她。

"谢谢你做我的新娘。"

"你好漂亮。"

童年的花儿夹在白发间,风好,阳光好。

遗憾是因为你太珍贵,不论过去还是往后,所有有你的时光都想珍惜。

不知不觉地,何玉也有了困意。

他决定跟姜明珍一起,再小睡一会儿。

待他们下一次醒来,他会穿上她织的毛衣,他们会一起回家,一起跟外孙女讲他们没讲完的爱情故事。

大学分别后他们是如何相遇,姜明珍是如何找回她的名字,他们如何确认彼此的心意……以及妞妞最关心的姥姥打倒女配角的部分。

那够讲好久呀,他想。

现在稍稍休息一下,没有关系。

何玉安心地闭上了眼睛。

神明眷顾,在小小的病房里,在谁都还没有发现的时刻,发生了一些小小的奇迹。

姜明珍醒来时，将用尖叫声吵醒何玉。

耳边那朵小雏菊让她得知他的苏醒，以及他的手臂可以自如地活动了。

姜明珍将会很开心。

她戴着他亲手别上的小花，皱纹与白发挡不住美丽的七十岁。

拥抱何玉的小珍有比花朵更灿烂的笑脸。

（全文完）

番外一
被炒粉拯救

"亲爱的妞妞,你得知道一件有点儿残酷的事。

"在你需要的时候恰好能伸出援手的英雄只存在于小说和肥皂剧中。大多数时候你需要自救,如果无法自救,那你会经历失败,会跌落谷底。

"这时候你得知道另一件有点儿幸运的事。

"失败和跌落谷底不意味着你未来的人生一蹶不振。大多数时候你可以站起来的,我们其实比自己想象的要坚强一点儿。"

何玉大四毕业典礼的那天,跟他分别后的姜小贞去了顶楼。

狂风暴雨中,她被无尽的自厌折磨。

打不通妈妈的电话,姜小贞与死亡只差纵身一跃。

友情抛弃了她,爱情抛弃了她,亲情也无法成为扯住她生命的那根丝线。

眼神空洞地往天台的边缘走去,姜小贞跨过栏杆,一只脚悬空了。

"姥姥不要死!"

妞妞掐住姜明珍的胳膊,她被她掐得嗷嗷叫。

"疼,疼!没死呢,你别掐这么重啊。"

说到哪里了?

哦,一只脚悬空了。

就在这时——

有一道声音穿破风声雨声,传到姜小贞的耳朵里。

"咕……"

拖得长长的一声肚子叫。

饿,不会因为你有要事要做而迟到。

姜小贞精心打扮来见何玉,一天都没有吃东西。

"我在那一刻,想到了炒粉。很不合时宜,但我真的想吃一碗炒粉再死。"

病床上的姥爷皱了皱眉。

随着姜明珍对故事的讲述,昏迷于梦境中的何玉向跌落的姜小贞伸出手。

他跨出栏杆,冲向她,将她拥进怀里。

"是炒粉,"现实中的姜明珍对着妞妞正色道,"是炒粉救了我的命!"

天台上的姜小贞低头,望向七楼之下。

课间的学校外面、街的对面是大排档的红色顶棚,它们还在营业中。

"要怎么形容那碗炒粉的味道呢……

"肉丝炒得微焦,咬下去却一点儿也不柴,肉的口感饱满细腻。

面条和豆芽的搭配让人拍案叫绝,爽口,咸辣,夹起一大口在嘴里嚼,芳香四溢。"

就这样,为了减肥好久不沾荤腥油腻的姜小贞坐在大排档,生生吃完了四碗炒粉。

"虽说我在跟你讲我和你姥爷的爱情故事,但怎么说呢?炒粉带来的快乐和爱情带来的快乐是不能比的。爱情会让你时而痛苦时而快乐。炒粉呢?炒粉带来的快乐是简单的、充实的、能填饱肚子的,只有炒粉不好吃才有可能不快乐。可那没关系,大千世界还有其他好吃的,你再吃吃别的就好了。"

"姥姥……"妞妞咽了一口口水,"我都被你说饿了。"

诚如姜明珍所言,拯救少女姜小贞的是炒粉。

吃那四碗炒粉之余,姜小贞的脑袋被这样的想法点亮——她决定以后要做出不同的好吃的东西,要为自己和大家带来持续不断的快乐。

炒粉炒粉的,显得太接地气。

因为这是讲给小朋友听的故事,要有教育意义,所以我们将它称之为梦想。

姜小贞被拯救的那一夜,向她伸出手的是梦想。

寒冷的雨夜,对店家喊出"再来一碗"时,她忽然就还想继续活下去。

番外二

与你再相逢

大四毕业之后，我留在读大学的城市。

我在画院任职，成了一名职业画家。而你选择回到故乡的城市。

我妈和徐阿姨始终是很好的朋友，你家的美容店扩大规模后，仍旧选择开在我妈的服装店附近。每年回家过春节，我都会给姜叔叔和徐阿姨拜年，看见他们手机里的你。

照片中的你总是笑得开怀，仿佛遇到了许多好事情。

三十岁那年，我生日那天，我妈给我打了电话。

我们在电话里聊了许久，她说起你。

你把你爸爸的饭店重新开张了，正式营业前邀请我妈去玩。我妈说，饭店里的装潢比几十年前她印象中的姜家大饭店更加气派辉煌。她提到你是饭店女主厨，对你的厨艺赞不绝口。

我说："她小时候就梦想在她爸爸的饭店里做厨师啊。"

"有吗？"看样子我妈是不记得了。

"有。"我很确定。

那时候，微信的使用已经在中年人中普及。我妈积极参与群聊、参与抢红包，有事没事给我分享文章、分享表情包，玩起各种奇奇怪怪的小程序。

我和姜叔叔、徐阿姨成了微信好友。

自然地,我也加了你。

"你已添加了'姜大厨',现在可以开始聊天了"是我们聊天框的唯一内容。

过了几个月,有一天你突然找我说话。

姜大厨:"你是分手了吗!"

我思考了一会儿,发了个问号过去。

你回得很快:"就是,我看到你朋友圈的照片删了。"

我发朋友圈发得少,前一天我确实删了张照片,以为不会有人发现的,除非……

我问:"你每天翻我朋友圈?"

屏幕那边显示"对方正在输入",输入了十分钟。

你发来三个字:"没有啦。"

我不知道回复什么,你也没有再说话。

对话终止。

隔天,又隔天,一个星期过去。

两星期后我跟单位申请休假,买了回家的机票。

我好几天没睡好,到达目的地的时候却一点儿也不困。

我的心中有种要去终结一件大事的果断。我知道自己的脸看上去凶煞,在饭店的前台让经理喊你出来的时候,他的态度恭敬,可神情十分犹豫。

经理捂着电话,不知对你说了什么。

我杵着一动不动,在大堂里等你。

若干年后,你穿着厨师工作服出场,走路带风。

叉着手皱着眉,表情宛如冷酷女杀手的你于我面前站定。

看来问候寒暄的步骤不适用。

"找我有事?"你一脸业务繁忙,直截了当切入主题。

我必须看上去也很酷,纵使我问的问题使我看上去非常像个神经病。

"你问我'你是分手了吗',这句话后面为什么是感叹号?"

你上下打量我一遍,随即理直气壮地反问:"用感叹号怎么了?"

"用感叹号看上去显得很迫不及待,很激动……"我的声音小下来,气势矮了你一截。

你摇摇头,云淡风轻道:"我没有。"

或许是真的没有。

你不慌不忙的样子衬得跳脚的我愈发像个神经病,更别提这么多年不见,我从别的城市飞过来,就为了问这么一个不着调的问题。

我低下头。

支撑我见到你的、突如其来的勇气,一下子泄得精光。

不知如何面对你,我只想迫切地离开,找个没有你的地洞,把自己埋进去,把狼狈收拾干净。

我开了口。

我压根儿没想清楚要说什么,就直接说了。

"你真过分,姜小贞。"我说,"以前口口声声说爱我的是你,后来后悔表白的也是你。为什么总来招惹我呢?从前是,现在也是,这么多年了……这么多年了……"

番外二 与你再相逢

这么多年了啊,姜小贞,为什么我还是没能释怀,没能将你忘记?

心中一痛,我没能把话说完。

你咬咬唇,眉眼间的神色那样灰暗。

真糟糕,你看,我再次搞砸了。

以为早就凉透的心因为你小小的举动死灰复燃。明明是我死皮赖脸地来找你,提起那些陈芝麻烂谷子的事;明明错的不是你,你又被我的话伤了心。

其实不应该再找你,我知道。

从前导致我们没有在一起的原因依然横在那里。

你躲闪回避,不再看向我的眼睛。

我担心对我表白后的你没有一天过得开心。

我一贯太脆弱的自尊心使我怕输、怕低头、怕更喜欢会被看轻。

"噢。"你应我。

扯扯嘴角,你继续说道:"不至于啦,这么多年还惦记着要招惹你,这么多年还对你念念不忘,显得好有病。就像是幻想自己是纯情肥皂剧女主角,多么无望的等待都能守得云开见月明那般有病。我曾经爱过你,可我还是可以爱上别人的,到了年纪和别人结婚生子是很正常的事情。"

一字一句宛如凌迟,我一言不发地听。

你深深地看了我一眼,叹了口气。

"所以,道理我都懂的,何玉。只是,我有变得越来越好啊,天天做着自己喜欢的事情,懂得了珍惜自己。我会打扮啦,我笑得多了,我交到了新朋友,赚了钱,会和人打交道,爸爸妈妈为现在的我骄傲。我觉得如今的我比从前好上太多太多,有时候想,看到如今的我,何玉会不会后悔没等我。"

我难以置信自己听见了什么，用力地瞪大眼睛，看向你。

你红了眼眶，对我笑笑。

"我不由自主地想等你，"你说，"我怕你要是后悔了找不到我。"

心脏怦怦地跳，激动得快要跃出胸膛，被巨大的喜悦包裹着的我甚至想去确认，这是否是梦境，你是否是真的。

触碰你的念头使我发现，我的手在发抖。

无数个思念你的日夜，千言万语，从何说起？

我抬手，用袖子帮你擦眼泪。

实际上哭得更惨的是我。

我在饭店大厅崩溃大哭，我不知道怎么跟你说，我好爱你。

你先一步清醒，没哭多久便推开我的手，找回迟到的怒气。

"你这是在做什么？离我这么近，又对我这么亲密！"

"我……我……"深呼吸之后，我一鼓作气说了出来，"我想跟你好。"

你抽抽鼻子，眼神犹疑："跟我好？你朋友圈那位肤白貌美的女朋友不要了？"

我卖力对你表忠心："什么女朋友啊？不存在的。"

"咳，你还真上道。"

挠挠脑袋，你似乎在道德与爱情中权衡了半秒，用略有负担的表情接受了自己的胜利，其间，掺杂了一丝丝女主角打败强劲女配角的欣喜。

有两件丢脸的事，在我们相拥的当下，我没好意思告诉你。

其一，你讲纯情肥皂剧女主角那段时，我被你说得很心虚。

其二，你在我朋友圈看到的照片是我妈分享给我的小程序发出的。

测一测未来伴侣的长相——一个没什么技术含量的小程序，上传一张照片后，它会自动P图，把你的照片转换个性别发出来。有段时间我妈很沉迷玩这个，见到谁都让人试试它，看着那些不伦不类的照片，她能乐半天。

我被测的那张转换照同样惨不忍睹，十八级美颜磨皮加头套马尾辫，照片看上去宛如小姑娘，亲妈都认不出是我。

但偏偏这样了，我妈还不肯让我删。看着我那样子，她觉得特好玩。

"不愧是我儿子的女朋友，漂亮，我喜欢。"

在我妈的积极评论之下，这条朋友圈没被我删除……直到前段时间我加了你。

我也在等你。

说出这句话，我们俩简直是纯情肥皂剧本剧。

经我深思熟虑，决定暂时对你保留这个美丽的误会。

番外三

第一次约会

交往后的第一次约会,姜小贞精心打扮,光是高跟鞋就穿了十四厘米的。

进到餐厅,上菜的服务员风风火火冲来,她一避,差点儿摇摇晃晃地一屁股坐进隔壁桌的火锅里。

这个"差点儿"是因为在关键时刻有人英雄救美。

何玉飞身扑来,搀了姜小贞一把。

"啊!"

她拽着来人的手臂挣扎。

尖细的十四厘米高跟鞋在寻求身体平稳的时刻,慌不择路地踩到一个东西——何玉穿着人字拖外露的大脚趾。

"……"

她缓缓回头,问他:"你还好吗?"

何玉眼角有泪,轻声道:"没事。"

见他如此隐忍、如此坚强,姜小贞心中愧疚。

"你可以走到座位吗?要不要我背你?"

何玉拒绝了她。

而后,他单脚跳回了他们的位子。

饭后。

情侣约会,共进晚餐后的步骤一般是逛逛街聊聊天。

餐厅附近是一条有名的步行街。

二人面对着长长的步行街,姜小贞尴尬地瞥了眼何玉的脚趾:"还痛吗?能走吗?"

"不痛了,走吧。"他牵起她,"我看你没吃饱,我们再买点儿零食吃。"

"真的没事?"她建议,"我可以背你,我力气很大的。"

"没事!"何玉拍拍胸脯。

十五分钟后。

原来何玉是真的可以。

不可以的是姜小贞,踩着十四厘米的高跟鞋走了这么会儿,脚又酸又痛。她不好意思说,咬着牙坚持往前走。

"我背你。"

说这句话的换了个人。

他在她跟前半跪,拍了拍自己的背。

何玉背着姜小贞,姜小贞乖乖地环着何玉。

她手里拿着在夜市买的零食,自己吃一口,再喂他一口。

他们第一次约会,两个人的脚都有点儿疼。

不过,除此之外,风景、心情和身边人都是最完美的。

番外四
改名的原因

结婚后,姜小贞发现,和何玉吵架时自己总处于劣势。

"喂,何玉!我出门前都跟你交代过,隔夜菜要倒掉,不能再吃了。你每次画起画就废寝忘食,我留的菜总是热了又热,你自己又不去做新的,这样对身体多不好啊,说了多少次,你就是不听。你看又被我发现了,你……"

"姜小贞贞!"先声夺人,他聪明得很,"不要生气啦。"

自知做错事,他跑过来叫她,用湿漉漉的眼睛瞅着她,小狗似的。

"都说过几百遍不要吃剩饭!"她对着那样的眼睛也说不出什么重话,勉强凶起来一句,"不准叫我姜小贞贞。"

"好的,下次知道了,姜姜小贞。"

他认错态度积极。

她瞪他一眼,何玉立马又换了个称呼。

"姜小小贞?"

姜小贞没被他逗笑。

她气没消,他怎么能拿自己的健康开玩笑呢?

"哼,小什么小,你才小!笨蛋老小孩儿,永远不会照顾自己。

以后不准叫我姜小贞了,我要把名字改回去,以后你只能叫我大名——姜明珍。"

明珍明珍,掌上明珠,无上珍宝。

她在他们的小家庭,重新坐上那个被宠坏的位置,趾高气扬地重新找回她的名字。

番外五
妞妞与阿鑫

阿鑫以为妞妞以后都不会找他玩了。

之前她来他家送年货,遇到他和他的堂姐,她就莫名其妙地跑回家了。

隔了好长一段时间,阿鑫都没见到妞妞,他听说她姥爷生病了。

后来,妞妞的姥爷病好回家了。

阿鑫时不时能看见妞妞,她在院子里跑来跑去,呼朋唤友时嗓门像以前一样大,不过她没有再来敲他家的门。

他犹豫了一下,要不要主动去找妞妞?

但这样的想法太奇怪,阿鑫很快就否决了。

妞妞总是打他,她不来找他最好了,不是吗?

时间一晃,到了四月。

清明节放假,堂姐又来找他玩,他们到家附近的公园玩滑滑梯。没玩多久,正好撞见妞妞和她姥姥买完菜从市场回家。

隔着老远看见阿鑫和之前的女生,妞妞表情不善地招招手让他过来。

平时被妞妞欺负惯了,阿鑫不敢违抗她的命令,垂着脑袋准备过去。

这时,他的袖子被堂姐扯住了。

堂姐挺起胸膛,对他使眼色,仿佛在说:"弟弟别怕,我替你撑腰。"

于是阿鑫退回脚步,躲到堂姐身后。

妞妞变了脸:"阿鑫!"

她把手拢成喇叭状,怒气冲冲地大吼:"你选择那个女人不选我,你一定会后悔的!"

他还没领会过来她是什么意思,妞妞甩甩头发,潇洒地走了。

跟在妞妞身后的姥姥扶住额头。

面对隔壁小男娃欲哭的脸,老人家的太阳穴一抽一抽地跳。

"妞妞!"姥姥大吼一声。

妞妞转头,露出小白牙,骄傲地冲她比了个 V。

姥姥:"?"

这孩子怪里怪气的模样跟谁学的?

家门不幸啊!家门不幸!